Le livre à venir

布朗肖作品集

MAURICE BLANCHOT

（法）莫里斯·布朗肖 著
赵苓岑 译

未来之书

Le livre à venir

南京大学出版社

未来之光

目 录

画蛇添足,但求知音(译序) ………… 1

I 塞壬之歌

遇见想象 ………… 3
普鲁斯特的经历 ………… 14

II 文学问题

"恐怕没个好结果" ………… 37
阿尔托 ………… 47
卢梭 ………… 57
儒贝尔与空间 ………… 69
克洛代尔与无限 ………… 92
先知之言 ………… 109
魔像之谜 ………… 120

文学的无限：aleph 130

魔鬼之败：使命 135

Ⅲ 没有未来的艺术

到极限 149

布洛赫 154

《螺丝在拧紧》 175

穆齐尔 186

对话之痛 209

小说之光 220

H. H 228

私人日记与叙事 252

叙事与争议 260

Ⅳ 文学何处去

文学消失 265

找寻零度 275

"现在何方？现在是谁？" 286

最后一个作家之死 297

未来之书 305

权势与荣耀 335

画蛇添足,但求知音(译序)

对于外国文学,懂门路的人挑译者选译本,新手看装帧和出版社,钻文字的打开翻上几页,这是对于外国名家名作。

我不敢说布朗肖在中国是个什么样的人物。所谓的学院派孤高者喜欢以他另辟蹊径,但嚼的都是外国评论家嚼剩的,无非堆砌的"主义"。我大胆说一句:"怕是没懂。"

所以,布朗肖的书孤单。

不是因为"曲高和寡",而是一再深入,却少人同往。曲无高低之分,无论听者何人,只要他懂,他与作者同往。

我这小译者,所作不会讨布朗肖喜欢。他厌恶一切解释性的序言、导读。就像有仙境一处,我似乎看到了,禁不住与人分享的欲望,要做出动作、发出声音唤人同行。所以写译序,带着私心。对于仙境,仙在无人无污染无干扰,我与他人,只能是"侵入者",但仙境,还在于它敞开的姿态,所以我想画蛇添足,现在给即将同行的人勾勒出线路:

神话里海妖**塞壬**以歌诱人致船毁人亡,所以歌的来源——歌唱开始的地方是听者的坟,所以源头,一无所有。以此比喻写作,写作,因灵感上身,逆流而上要找灵感之源,就成了向死的过程。而这过程所涵盖的**距离**,即承载**想象**的空间。

奥德修斯想听却怕危险,命手下一个个堵起耳朵然后把他捆上,所以任他迷醉大喊大叫,听不见的他人不理不顾依循原本的路线。神话里的诡计,是写作时的技巧,既要写作的迷醉,又要全盘控制。但他的意志,依旧在劫难逃。迷醉、掌控的欲望与手段相斗,结果成就了叙事。

这是《未来之书》开篇。

奥德修斯遇见塞壬之歌(任何文学作品的基本故事框架)是素材,要成**叙事**,写作之人要有道家"无为"的思想、娱乐的心、放任自流的态度,不断将素材变形,不以正常时间顺序为序,杂糅多种体裁,因为叙事中,没有定型的事件,因为叙事本身,就是叙事要完成的事件,所以一直变化不断,始终在路上。所以有了无限可能,可以从任何一点出发到任何地方,任何角度想象的绽放围拢成写作的**空间**——星球。说白了:一上写作的道,任何素材,无论关乎真实事件与否,都已不是原来的模样。

但叙事、写作,从源头看,循着素材的光(从已然发生的事件而来,代表过去),到非写不可时以笔为计时器将现在进行到未来(作品成形之时),过程中还会在过去、现在、未来,人物、叙述者、作者多种**时间**多种角度跳,所以重要的不是作者本人,所以没有**主宰**,而是一片荒野,任物生长,可能有石子绊脚,可能有深渊要坠,可能有大海要蹚,缺陷或虚**空**,所以令人挣扎,所以迈向**思考**。因为**远**与**空**,想象铺展成文学,"文学中,一切事物都会自我讲述,让自己显现,用自身真实的形象及隐秘的方式自我揭露"。

所以重要的并非说了什么,而是说的当下如何思考、如何下笔。

所以,写作之人如**先知**:以自己的身躯传神谕,简单一句话涵盖了种种可能,仿佛《圣经》里的出逃、游移,飘忽不定,说不出具体的含义;回归**旷野**,呈现最原始的、互不相干的状态。写作时,脑海里的一切仿佛神谕,写作之人不解其意、不知所措。不得不亲身体验才能感同身受,感同身受就意味着抹除自己,又如先知,违背自己的本心、本性,做出了自己也无法理解的行为,因而写下了意料之外的话。

所以归于作品的一切,只在写作之时才真实。

以塞壬之歌引出写作,第二部分以阿尔托、卢梭、儒贝尔、克洛代尔及先知、魔像阐述他以为的文学,第三部分说的就是文学中的特例:布洛赫、穆启尔与赫尔曼·黑塞、格里耶等人。特例,看似因为独特得无法复制断了后继的路,实际以否定的方式揭示着法则,以摧毁之势推动文学向更远的极限发展。

因生争议。所以有人不禁要问"**文学往何处去**"。

掺杂着出版、走向大众的欲望,又想挺起脊梁;要自我言说,又茫然不知所往;要掌控,又似乎被掌控,写作又往何处去?

就写作而言,写作之人在写作之时抛开自我,凭沉默言说,不攀**权势**,不揽**荣耀**,就文学而言,放下惯习的枷锁,从**零**开始,往深处走,各方向扩散,迎接应来却未来、始终在生成的未来之书,这大概是答案。

放手。

大雪覆盖一切,认不清方向,没有足迹,没有颜色,这时候你如果听,见冰层之下有河水涌动、地下的种子在萌发、远处森林的洞穴里冬眠的动物动了一下毛发……这大概就是布朗肖的《未来之书》。

一般,大雪封山,再无人接近。

写序这种平庸事,我做了,拙劣地简化演绎(拿原书小标题为线索串联起中心思想,小学生都会做的事),只求遇你这知音,而非真理。

如果你只盯着一袭华丽袍子上的虱子(他说了什么道理),那没意思。布朗肖用火柴玩多米诺骨牌的游戏,语言是火,一句点燃一句,看完只觉心上仍热,脑里是水,一脉热流的温柔,就连水草也要抚摸一下。

写序,愿你是写作之人,看布朗肖《未来之书》这诗。作家,再无理由推脱理念和逻辑,批评、评论,也别拿各种主义堆砌自己看不懂的话,只要关于文学,"世间一切皆诗也"。

如果我可以,我愿某位已逝的真作家能够像喜欢《写作的零度》一样喜欢这本《未来之书》。

如果我可以,我愿更多的人不仅享受文学的权利,关注自我的言说和言说的欲望,还能尽一点义务,艰涩、问题不应作为回避深刻、思考的借口,而恰为文学的开端。阅读,读好书,读应该读的"难"书,就是所谓的"义务"。

赵苓岑
2015年3月28日初稿
2015年7月7日修改

Ⅰ 塞壬之歌

遇见想象

塞壬:似乎就是她们在唱,却意犹未尽,只让人耳闻真正的歌源在何处、听见歌曲真乐。塞壬之歌,尚未完成,还在路上,却引航行者向歌唱真正开始的空间。所以她们没在骗人,真会带人去目的地。但到了又如何?哪里是目的地?那是一个只会让航行者消失的地方,因为就连音乐本身,在这源头地带也消失得彻底,世界上再无一地可与之相比:汪洋大海之上,活人堵住耳朵也得沦陷,就连考验人类意志顽强与否的美人鱼,终有一天也将消失不见。

塞壬之歌到底为何?缺了什么?为何缺失反让歌曲出神入化?有人总这么回答:这不是人类所唱,或许是自然的声响(还能有其他可能?),但又在自然的边沿,用一种人类完全陌生的方式发出,极低,唤起人类在生命常态下无法满足的、沉沦的极致快感。但其他人又说,最奇怪的还是它竟让人如此迷醉:歌,不过人类习以为常的歌,再现而已,但唱歌的是塞壬，——虽为兽，却因女性美的反光而娇艳无比，能像人一样唱，令所唱非同凡响，所以才让听者从这人类的歌中听出了不属于人的特性。所以就因着绝望，醉心自己歌中的人就这么完了？这是一种近乎狂喜的绝望。在这真实、普通、神秘、简单、寻常的歌中，是有那么点不可思议之处，人类一下子就能看出这点不可思议，无须真实，这歌凭着陌生的力量就能唱出来，那陌生的力量，说出来就是想象的力量，这歌，是深渊之歌，一旦流入人的耳朵，每个字都似深渊大敞，强烈地诱人消失。

别忘了，这歌唱给航行者听，这群人时刻身临险境、大胆无畏，歌本身就是一次航行：是一段距离，揭示出种种可能，可能横越这段距离，可能让歌成为走向歌曲的活动，再把这一活动变成最强欲望的表达。奇怪的航行，但朝向何地？总会想着所有接近之人也只能接近而已，焦躁煎熬，因为早就认定了：就这；我将在这抛锚。而对其他人来说，却恰好相反，是太晚：目标总是错过；迷醉，用谜一样的承诺让人无法忠于自己、人类的歌唱乃至歌的本质，唤起希望与欲望，去更高更远的地方，一个神奇的地方，一片荒野，就像音乐的源地是唯一一个完全没有音乐的地方，这神奇的地方，一片干旱，寸草不生，而沉默，如喧嚣，让所有沉默之人错过接近歌曲的道路。那让人这么往深处走，是不是心存恶意？是不是像习俗费力说服我们的那样，塞壬不过虚假之音，不该听，是诱骗，只有不忠、狡

I 塞壬之歌

诈之流方能抵抗?

一直以来,人类总是不光彩地要抹黑塞壬,苍白无力地指控着,说她们满嘴谎言:她们一开嗓就在骗,一呼吸就诱人上钩,人们一触碰她她就编造;塞壬根本就不存在,而且一点经不起推敲,奥德修斯凭常识就能识破、一举歼灭。

奥德修斯的确战胜了塞壬,但他用的什么法子?像他那样,顽固、心思缜密又狡诈,所以能得享美人鱼的表演,不冒一点风险、不担任何后果,如此懦弱、平庸、安静地享乐,是克制的结果,就适合一个堕落的希腊人,像他这样,休想做《伊利亚特》的主角,另外,懦弱,是可以让人幸福也安全,但这要建立在特权基础上,特权将奥德修斯置于寻常的条件外,其他人根本无权享受这种精英的幸福,只能乐见他们的首领滑稽地左扭右摆、凭空迷醉得一脸怪相,然后从掌控自己的首领那得些满足(或许这就是他们学到的,对他们而言这就是真正的塞壬之歌):奥德修斯在听却似乎听不见,那充耳不闻的样子出乎意料,足以让美人鱼绝望,而绝望原是留给人类的,绝望变她们为真实存在的美丽姑娘,一旦成了真一旦遵守诺言就消失在真实里、歌曲深处。

是技术力量打败了塞壬,技术一直竭力不冒任何风险与非真实(真实)的力量周旋。但就算这样,奥德修斯也在劫难逃。塞壬诱他沦陷到非他所愿的地方,她们就藏在《奥德赛》中,《奥德赛》已成她们的坟,她们将他——奥德修斯和其他人等放进这场幸又不幸的航行、叙事的航行,由此,塞壬之歌不再仅存于当下,而以讲述的方式,显得表面无害,颂歌终成篇章。

叙事的秘密法则

这并非寓言。整个叙事和遇见塞壬——因缺失而强大的谜样之歌——二者间,介入了极其幽暗的斗争。斗争中,奥德修斯的谨慎、他身上为人的真、蒙蔽之心、不愿参与神明游戏的固执,始终在发挥着作用并臻于完善。我们所说的"小说"就诞生于这一斗争。对小说而言,第一层是预备的航行,把奥德修斯带到那,遇见塞壬。这一航行完全是人类的故事,它关系着人类的时间,与人的激情相联,确确实实发生,极其丰富多变足以吸收叙述者的一切力量和注意力。迈向小说的叙事,看上去并不贫瘠,而是变成了一场丰富而广阔的探索,一会儿拥抱航行的无边无际,一会儿又局促在甲板一小块方寸之地,时而降到船舶深处——在那茫茫大海中永远看不见希望的地方。摆在航行者面前的命令:绝口不提目标、目的地。当然就该这么命令。谁都不能抱着必达卡普里岛的决心上路,谁都登不上这座岛,决心前往的人也只能靠偶然,但怎么才能偶然到达,其间的关系又无法看透。所以命令就是要人沉默、谨慎、忘记。

必须承认,生就谦逊、无欲无求就足以成就许许多多不会引发非议的小说、让小说成为最精妙的体裁,小说的任务就在于此,要凭谨慎、无所求轻松自在的姿态,要忘记别人看重、却会让自己降格的因素,要靠着这些力量才能做到。娱乐是深层的歌。不断变向、随意而往,通过充满不安、转而又让人幸运地得以分心的过程躲过一切目标,对小说而言这才是最首要也最确凿的证明。把人类的时间变成游戏、让游戏自由发挥,摒除一切当下即刻产生的利益和有用性,这样活动从根本上就变得很表面,但凭此表面的活动就可以吸收一切存在,这绝非小事。但很明显,如果说今天小说并没有扮演好自己的角色,那是因为技术改变了人类的时间和人类娱乐的方式。

叙事开始于小说去不到的地方,但叙事可以在拒绝和漫不经心中走向小说。叙事自负、英勇,只讲唯一一个片段——奥德修斯遇见塞壬之歌,那不充分却迷人的歌。表面上看,排开叙事这一天真的雄心,什么都没变,似乎从形式看,叙事也始终在回应着惯常的叙述使命。所以,《奥蕾莉亚》就假装简简单单地表现了一次相遇,《地狱一季》如此,《娜嘉》也同样。一般说来,叙事所涉及的的确是某一独特的事件,这一事件避开了日常时间的形式,躲开了我们习以为常的真相、或许一切真相构成的世界。这就是为何,叙事要如此坚决地摒弃一切可能、远离虚构作品无聊的特质(小说恰恰相反,说的尽是些可信、熟悉的东西,坚持要被看作虚构作品)。柏拉图在《高尔吉亚篇》中说:"注意听,这是一个非常美丽的故事。我想你会把它当作虚构,但我会把它当作事实。因为我确实将要告诉你的话当作真理。"[①]要不然,他讲的,就是最终审判的故事。

要是看一个叙事作品,觉得就是在真实地讲述一个已然发生、而我们正在努力讲述的独特事件,就根本没有掌握叙事的特征。叙事并非对某一事件的记述,而恰为事件本身,是在接近这一事件,是一个地点——凭着吸引力召唤着尚在途中的事件发生,有了这样的吸引力,叙事本身也有望实现。

这样就形成了某种微妙的关系,或许近于荒谬,但这就是叙事的秘密法则。叙事这一运动变化的过程,朝向某个未知、无人知晓又陌生的点,但叙事开始前或叙事之外,这个地方不会有任何的真实可言,所以显得相当专横,但恰恰因此,叙事得以成魅,到不了这一点叙事甚至难以"开始",但反过来,叙事和叙事这一无法预料的过程,提供了一个空间,让这一点成真、强大而魅力无穷。

当奥德修斯成了荷马

如果奥德修斯与荷马,并非单独两人各自分摊角色,而是

[①] 中译文选自《柏拉图全集 1》,王晓朝译,人民出版社,2002 年。——译注(本书未标明"译注"的注释皆为原注。)

合而为一成了一个人，会怎样？如果荷马的叙事不是其他，就是塞壬之歌开启的空间中奥德修斯完成的活动？如果只有借奥德修斯之名，挣脱所有束缚不再被固定的奥德修斯之名，走向能够拥有说话能力、讲述能力的地方，以消失为代价，荷马才能讲述？

这很怪异，可以说是叙事的抱负之一。它只讲自己，而讲述过程，在自我完成的同时制造出讲述内容，讲述过程有了内容才能像那么一回事，因为这样一来讲述就掌握了那点或那平面——在那，叙事"描述"的现实能不断地汇集到叙事的现实中，保证叙事的现实并从中得到保证。

但这幼稚得疯狂？某种意义上是。这就是为什么没有叙事，为什么不缺叙事。

听得见塞壬之歌，那是曾经的奥德修斯变成了荷马，但也只有在荷马的叙事中才能完成这次真实的相遇——奥德修斯变得能和自然力、深渊之音产生联系。

这看似晦涩难懂，让人联想到世上第一个人的尴尬处境，要被创造，他就必须自己发声，用一种完全属于人类的方式发声，然后上帝一声"光！"(le fiat lux)就能打开他的眼睛。

这样呈现事物，实际上极大简化了事物：人为或理论上的分门别类就不再那么复杂。的的确确只有在梅尔维尔的书中①,亚哈才会遇见莫比·迪克;的的确确只要有了这次相遇,梅尔维尔就能写出一本书,如此壮观、过度而非同寻常的相遇超出了相遇发生的所有平面和时间,无法定位,相遇看似早于书前便已发生,但只能发生一次,在作品的未来,那片与作品相衬的作品之海中。

亚哈与白鲸之间,上演着一出戏,如果泛泛地说,这出戏可以说是形而上的,和塞壬与奥德修斯之间的斗争一样。每一方都想让自己成为一切,变成整个世界,这样就不可能和另一个完整的世界共存,但每一方又都没有更大的欲望,除了共存与相遇。亚哈与白鲸、塞壬与奥德修斯会聚在同一空间,就是这个秘密的愿望,让奥德修斯变成荷马,亚哈成为了梅尔维尔,让导致相遇的世界成了一切可能的世界中最广阔最恐怖也最美丽的世界,一本书啊,就只是一本书。

亚哈与奥德修斯之间,意志力最强的那方并非最狂暴。在奥德修斯身上,审慎之后的顽固导向万能帝国:他在另一种力量面前玩的花招,就是表面上限制自身能力,冷静地计算着自己尚有的能力。如果他维持好界线、现实与想象之间的间隔——这恰是塞壬邀他横越的间隔,那就无所不能。对奥德修斯来说,最终算是胜了,但对亚哈而言,结局是暗无天日的灾难。无可否认,亚哈所见,奥德修斯听到了一点,但在听觉

---

① 赫尔曼·梅尔维尔《白鲸记》,讲述了捕鲸船船长亚哈追捕一条名叫莫比·迪克的大白鲸的历险过程。——译注

中他稳住了,而亚哈却迷失于象。一个拒绝,而另一个则深入变化之中、消失其中。考验之后,奥德修斯还是原来那样,世界或许更加贫瘠,但却愈加坚固、确实。亚哈再也回不去了,对梅尔维尔自己而言,世界不断地向没有世界的空间沉陷,唯一的象诱惑着他,趋向这没有世界的空间。

变　形

叙事,与奥德修斯、亚哈影射的变形相关。叙事铺展的情节,就是情节向各个层面的变形。如果,方便起见,——因为这样断言并不准确——我们说,是日常的、集体或个人的时间,或确切地说就是让时间说话的欲望在推动小说,那么叙事为推进这"另"一时间,这另一航行,从真实之歌到想象之歌,让真实之歌一步步,虽然即刻就可(这"虽然即刻就可"同样是变形的时间),成为想象、谜一样的歌,谜一样的歌曲始终在远方,并将远方的距离定为势必横越的空间、歌唱不再为圈套的地点,如此走下去。

叙事想走完这一空间。这空间因空而充盈,充盈需要转变,而正是转变推动了叙事。每一方向都有转变,写作者,就连叙事本身,叙事中的一切或许都得翻天覆地,叙事中,某种意义上来说无事发生,除了通道本身。但对梅尔维尔而言,孰能胜遇见莫比·迪克一场？和莫比·迪克的相遇就发生在当下，"同时"又始终在路上，所以梅尔维尔不断地走向这场相遇，为此他固执地一再追寻。但因这场相遇牵扯着原点，所以似乎也总是将他推回过去的深渊：沉醉熏熏然，普鲁斯特如此经历着，成功地将部分经历诉诸笔墨。

有人会反对：梅尔维尔、奈瓦尔、普鲁斯特所说的事件首先属于他们的"生活"。因为他们已经遇到了奥蕾莉亚，无意中走上了崎岖不平的道路看见了可下笔书写的那三座钟楼。他们极尽艺术之能是为了告诉我们他们真实的感受，他们之所以是艺术家是因为他们找到了形、象、故事或文字的对等物让我们有可能像他们一样去看。很不幸，事情没这么简单。之所以模糊是因为时间模糊，问题在于时间，时间让人能说并认识到：经历产生的迷人之象，在某一时刻在场，而这一在场却不属于任何的"现在"，这意象甚至摧毁了它看似进入的"现在"。的确，奥德修斯真的在航行，某一天，某一个确定的日期，他遇上了谜一样的歌。那么他可以说：现在，现在发生了。但现在发生了什么？仅仅是一首尚在路上的歌。与现在有何牵连？不是已然在场的相遇事件。他开启的是相遇本身这一无限的活动。相遇，始终与相遇发生的时间地点相隔，因为相遇本身就是间隔，在这想象的距离中，缺席得以实现，在这想象的距离中，事件只能是开始发生，在这里，相遇的真相得以完成，而道出这场相遇的言语，无论如何都想从这流淌而出。

I 塞壬之歌

  始终在路上,始终已成过去,始终在场于某个开始——陡然一下让人屏住呼吸,但却铺展开来似一场回归,似永不停息一再开始——歌德说:"哎,在前世里,你大概是我的姐妹或是我的妻子。"[①]——这就是叙事要走近的事件,它虽颠覆了时间关系,却显示了时间,让它以一种独特的方式完成,这是叙事本身的时间,用转变叙述者时间的方式进入叙述者时间,在这变化的时间里,在想象的同一时间内,在艺术试图实现的空间形式中,种种殊异而短暂的迷醉同时而生。

---

 ① 中译文选自《歌德抒情诗新选·你为何赋予我们慧眼》,钱春绮译,上海译文出版社,1989年,第72页。——译注

普鲁斯特的经历

1. 写作的秘密

能否有纯粹的叙事?整个叙事只有谨慎、努力地隐藏在小说的厚重里,才能纯粹。普鲁斯特可谓此间大家。叙事这一想象的航行将其他作家引向某一不真实的闪耀空间,在普鲁斯特这里却幸运地与其真实的生活航行交叠,引领他越过世间种种陷阱,发挥时间的毁灭性,直到虚构的地点,在那里他遇见让整个叙事成为可能的事件。还有,这一相遇,并没有将他置于深渊的空洞之中,似乎给予了他唯一的一个空间,在那,他的存在活动,不仅可被理解,也能重塑,真正地被体会到,真正得以实现。他只能以奥德修斯的方式,站在看得见塞壬之岛的地方,听见她们谜一样的歌,他那漫长而忧伤的漂泊才能得以实现,就以真正时刻——让已成过去的漂泊在场的真正时刻。幸运而惊人的巧合。那么,如果早早地就要他在那儿,他要怎样才能永不"终结",让之前那枯燥无味的迁移成为真实的、真的将他引向那儿的活动?

普鲁斯特通过迷人的混乱,提取特属于叙事的种种时间独特性,这些独特性渗透他的生活,帮助他留住真正时刻。其作品中,各种时间形式错综复杂,或许让人迷惑,但却绝妙非常。我们永远不可能知道,很快就连他也无从知晓自己提及的事件属于哪个时间,是只发生于叙事世界,还是为叙事之时来临,从叙事之时来临的那一刻起,已经发生的成为现实,变得真实。同样,普鲁斯特说时间,让自己所说活现,他只能靠这另外的时间来说,这另外的时间是他自身所带的言语,有时故意,有时像在梦里,他混合了时间之所以为时间的一切可能、一切矛盾以及一切方式。就这样,他最终以叙事的时间模式活着,神奇地同时活出了两个样子,生活着,也能讲述自己的生活,或至少在自己的生活中认出转变的活动,正是这一转变的活动让生活转向作品、朝向作品的时刻——作品完成之时。

四种时间

时间:一个独特的字眼,一词并置了最迥然不同的经历,虽然时间能正直而认真地加以区分,但这些叠合的经历会发生转变以构建一个近乎神圣的全新现实。只需回想一下其中的几种形式便知。时间首先是真实的,具有毁灭性的,是带来死亡、遗忘之死的可怕摩洛①。(怎么信赖这样一种时间?它如何引我们向没有真实、也不存在的地方?)然而还是这个时间,它通过毁灭性的活动拿走了什么却也给了我们什么,而且给予远甚剥夺,因为它将事物、事件及存在非真实地呈现,而这种呈现将事物、事件及存在拔高到了一个让我们感动的高度。但这还仅仅是自发回忆带来的幸福。

时间一转会更奇异。发生在某一确切时刻的小事,没什么意义,已成过去,落入遗忘,不仅为人遗忘还不曾被发现,时间的流动又推它回来,并非以回忆的身份回归,而是作为一个真实的事件②在一个新的时刻重演。在盖尔芒特小巷粗糙路面上绊了一下,那么突然——再没如此突然——在圣马克教堂凹凸不平石板上也绊了一下;都绊了一下,不是"翻版,过去感觉的回声……是感觉本身",微不足道的一件小事,震人心弦,撕裂了时间的纬线,就因这一裂口,我们进入了另一个世界:普鲁斯特抢着说,时间之外。他肯定道,对,废除了时间,因为,在同一时间,就那么真实地伸手一抓,那么稍纵即逝却又那么无可辩驳,我捕捉到了威尼斯的那一瞬间,我抓到了盖

---

① 上古近东神明的名号,与火祭儿童有关。在现代有特定引申义,指需要极大牺牲的人物或事业。——译注
② 对普鲁斯特而言,在他的语言中,正如他所说,这当然是指某一心理事件、某一感觉。

尔芒特的那一时刻,不是过去和现在,而是同一在场,被时间的流动隔开、无法兼容的多个时刻同时发生在一个感性的时刻。看看,时间抹去了时间本身;看看,死亡,作为时间之作的死亡,被悬置、中立,变得无效而无害。怎样的瞬间!逾越了时间秩序的一刻,在我身上再创了"一个逾越了时间秩序的人"。

但马上,因为一个连他自己都几乎无法察觉的矛盾,如此必要如此丰富的矛盾,普鲁斯特一不小心,说起了时间之外的这一分钟,这一分钟让他"获得、隔离出、定格住——闪电的期间——他从不担心的:纯粹的一点点时间"。为何颠覆?为何时间之外的内容让纯粹的时间为己所用?因为,通过这一同时性,威尼斯绊了的那一下、盖尔芒特绊了的那一下、过去那时与现在这时真实地交集,仿佛两个现在受到召唤并置一起,废除了时间中的两个现在、集结到一起,普鲁斯特因而体会到时间出离这一无与伦比的独特经历。废除时间万岁,这一活动快如闪电,让两个无限分离的瞬间(虽然立刻,却逐渐)相遇、会合,借由欲望的变化成为同一的存在,活动万岁,这是要将时间的所有现实全都走一遍,以此把时间当作空的空间和地点来体验,也就是说时间内再无通常填充其中的事件。纯粹的时间,没有事件、是运动的空白、晃动的距离、正在生成的内部空间,在这里,所有时间的出离都并置于迷人的一时,这到底是什么?但叙事的时间,虽非时间之外,但感觉又像在

"外",呈以空间的形式,在这个想象的空间里,艺术找到并拥有了资源。

写作的时间

普鲁斯特的经历始终神秘,因为他把它看得很重,奠定了这一经历的种种现象,心理学家根本不会赋予其特别的价值,即使这些现象可能已经危险得让尼采不能自已。虽然"感觉"充当着他笔下经历的密码,但这一经历之所以必不可少,是因为对普鲁斯特而言,这是在体验时间最初的结构,这一经历(在某一时刻他很清楚)关系着写作的可能,仿佛这个突破口突然间将他引入叙事特有的时间,没有写作的时间他当然可以写作,他忘不了,但他仍没开始下笔。这一决定性的经历,伟大得让他发现了《重现的时光》,让普鲁斯特遇上了塞壬之歌,从中他用一种看似荒谬的方式确定,现在他是一个作家,为何看似荒谬? 因为这些再现的回忆,虽然极其幸福而撩人,让他的舌尖一下子就尝到了过去和现在,就像他自己肯定的那样,这些回忆怎么就消除了直到现在还在困扰着他的疑虑——对自己文学才华的疑虑? 不是很荒谬么,像不像有一天,走在街上,默默无闻的鲁塞尔被这种感觉带着走,一下子就感到荣耀并确信自己能够获得荣耀?"就像我吃玛德莱娜点心那样,一切对未来的担忧、一切的精神困惑都消散不在。刚才我还饱受困扰,到底我真实的文学才华如何,真实的文学又是怎样,疑虑奇迹般不见。"①

正如我们所见,一下子,他不仅确定了自己的使命,肯定了自己的才华,他甚至触到了文学的本质,他在纯粹的状态感受到了这本质,也感受到了时间转变作想象的空间(特属于象的空间),转变成运动的缺席——没有事件遮盖,也没有存在堵塞,转变成这始终在生成的空:这远方、这距离构成了变化的关键及原则,也构成了普鲁斯特口中"隐喻"的关键及原则,在那里,不再打造心理,相反,那里不再有内在,因为一切内在都铺展在外,具有了象的形状。是,在这时,一切成象,象的本质是全都表露于外,无内在,但比起最内在的思想更加难以接近更加神秘;不意味着什么,但却召唤着一切可能的最深的含义;无所揭示,但缺席的在场却散发着塞壬的魅力及魔力,本质借此展现。

普鲁斯特意识到自己已经发现——就像他所说,写作前就已经发现——写作的秘密;他想,通过一个漫不经心的活动脱离事物运行的轨道,置身于写作的时间,在这一时间中,时间本身并不会迷失在种种事件中,而是时间自己动手去写,那么他还试图在其他一些他钦佩的作家,如夏多布里昂、奈瓦尔、波德莱尔那重新找到类似的经历来证明这一点。当他觉

---

① 此处选用译者译文。另一版本"如同我在品尝玛德莱娜点心的时候那样,对命运的惴惴不安、心头的疑云统统被驱散了。刚才还在纠缠不清关于我在文学上究竟有多少天分的问题,甚至关于文学的实在性问题全都神奇地撤走了。"——《追忆似水年华·重现的时光》,徐和瑾译,凤凰出版社,2012年,第171页。——译注

得在盖尔芒特招待会中制造了颠倒的经历(因为他将看着时间"显露"于人物身上,而年龄都给这些人物戴上了滑稽的面具可作伪装)时,他又生疑虑。他痛苦地想到,如果说多亏了时间转变而来的内在,他才能决定性地接触到文学真谛,那他也因毁灭性的时间遭受更持久的威胁——随时可能眼见自己被收回写作的时间,时间的改造力如何惊人,他亲眼所见。

悲怆的疑问,无法深究,因为在这一死亡中,普鲁斯特一下子瞥到了阻碍他成书的主要障碍,他知道这一死亡不只在他生命结束之时,还在作品中他个人的所有间隙里,他不会问是不是这死亡也并非他称为神的想象的中心。而我们,也困惑了,我们要问,和整个普鲁斯特作品相关的这一至关重要的经历是在怎样的条件下完成的。这经历,发生在何地?在哪"时"?哪个世界?谁体验的?是普鲁斯特,阿德里安·普鲁斯特的儿子,真实的普鲁斯特?还是已经成为作家在十五卷宏大著作中讲述着的普鲁斯特?他如何就有了使命感,是逐渐形成的,因为他成熟了,从一个没有毅力、焦虑不安又极度敏感的孩子长成了一个非同寻常的人,全神贯注于笔端,将一切从生活中、从庇荫下的童年中得到的、还没失去的都诉诸笔端?我们一无所知。哪个普鲁斯特都不是。那些日期,如果必要可作证明,因为揭示的内容——《重现的时光》在影射这些内容时,仿佛影射着必定动摇未写作品的事件——(书中)就发生在战时,那时《在斯万家那边》已经出版而小说已写过大半。那普鲁斯特没说真相？但他没义务告诉我们真相,也没法做到。只有将真相搬到真相得以实现的时间中、作品成为必然的时间中,他才能用语言表达出来,让真相真实、具体、确实。在真相可以安排时间、作品成为必然的时间中:在这叙事的时间中,即使他说"我",也不再是真实的普鲁斯特,也不是有能力诉说的作家普鲁斯特,而是由他们变化而来的影子,是变成书中"人物"的叙述者,这个叙述者在叙事中写了一个叙事,而写出来的这个叙事就是作品本身,与此同时叙述者还制造了自己的其他变形,一个个不同的"我",这一个个不同的"我"正是他所说经历的体验者。普鲁斯特变得不可捉摸,因为已经无法将他和翻倍的变形分开来,这翻倍的变形只是书向作品发展的活动。同样的,他描述的事件不仅产生于叙事世界、盖尔芒特那个只有凭借虚构才会真实的社会,这事件还是叙事行为本身、叙事的来临,以及叙事中叙事这一原始时间的实现,他所做,只是让叙事那迷人的结构结晶,这能力让现在、过去甚至看似遭普鲁斯特忽略的未来在同一虚构的点上同现,因为在这一点,作品的整个未来都在场,作品的整个未来因文学而获。

虽然逐渐但立刻

要补充一点,普鲁斯特的著作迥然有别于教育小说(Bildungsroman),虽然将二者混淆是件很诱人的事。或许,《重现的时光》这十五卷只是描绘了写就这十五卷的人是怎样成长的,描绘了形成这一使命的波折起伏。"如此,我的整个生命直到这一天,或许才能,或者无法用这一命题概括:使命。如果文学在我的生命中毫无分量,或许就不会有使命感。之所以有,或因这一生,一个个或忧伤或快乐的回忆,合成一个储物箱,像睡在植物胚珠里的胚乳,胚珠就是从中汲取了养分才变作种子……"①但如果我们严格遵循这一解读,就会忽视对他而言最重要的:通过揭示的内容,一下子,虽然逐渐但立刻,他进入时间转变而来的内在,在那,他支配纯粹的时间如同支配着变化的规律,而想象,如同空间——已成写作现实的空间。

然而,需要普鲁斯特生命的全部时间,真实航行的全部时间才能终成独特的一刻,由此,作品想象的航行起帆,这独特的一刻,在作品中,标志着成功之顶、终点之端,也同样标志着极低点,在这里,现在,放弃了写作的人不得不重握笔杆,直面召唤着他的虚无,直面已经在干扰着他思想及记忆的死亡。需要全部真实的时间终成不真实的活动,但,即使在生成的两种形式之间可能存在着难以捉摸的关系,无论如何普鲁斯特都无法看清的关系,他自己也表示,所揭示的,完全不是某一

---

① "因此,我的生活既能又不能归结为这个命题:感召。它不能这么归结,因为文学在我的生活中并没起到过任何作用。它能这么归结则是在于这个生活、它的伤心事、它的快事的回忆构成了类似胚乳的储存,留在花木的胚珠中,胚珠从中汲取营养以变成种子。"——《追忆似水年华·重现的时光》,徐和瑾译,凤凰出版社,2012 年,第 201 页。——译注

渐进发展的必然结果;而是偶然的无规律性,是才华那无偿的力量,长久地深入、智慧地深入,但憋屈的才华却无以回报。《重现的时光》是一个关于使命的故事,这一使命得益于时间,但条件是必须出人意料地一跃突然避开时间、找到那一点——在那,时间纯粹的内在成为想象的空间,给予所有事物"透明的统一体",让它们于其中"丧失原先的样子","分类排列,渗透着同一缕阳光……","转变为同一实体,泛泛的表面闪着单调的光。不留一点杂质。表面都反着光。所有事物都能显现但得凭借反射,同类物质没有变化。一切相异的东西都已遭转变、吸收。"[①]

普鲁斯特造就的这一想象时间的经历,只能发生在想象的时间中,让呈现其中的人成为想象的存在、飘忽不定的象,一直在那,却一直缺席,固定不变却又抽搐不停,正似安德烈·布勒东所说的美。时间的变形,首先改变了现在,变形似乎就产生于现在,将现在拉到不明的深处,在那,"现在"让"过去"重演,但也是在那里,过去敞向他反复重复的未来,以便在路上的,不断重来,一而再,再而三地重来。然而,所揭示的内容,第一次发生于此时此地,但第一次呈现于此处的象"已经发生过一次"现在又出现,它揭示出的"现在"已经"过去",而此地还有一个其他的地方,一个始终是"其他"的地方,如果站

[①] 在《德·盖尔芒特先生的巴尔扎克》一文中,普鲁斯特将巴尔扎克置于自己审美理想的对立面。

在外面的人相信能静静地参与这一转变,那他必须通过转变抽离自我并进入这一活动,才能让转变成为一种力量,而在这一活动中,他自己的一部分,首先就是那只书写的手,变如想象。

普鲁斯特做了个有力的决定,倾尽所能激活过去。但他到底重建了什么?留住了什么?是想象的过去,是本身就完全属于想象的存在,这存在因为一连串摇曳而短暂的"我"脱离自身,一点点从自我中剥离,从过去中解放出来,借由这一壮烈的牺牲,支配能够支配的想象。

未知的召唤

在这眩晕的运动中,他却不愿承认自己受不了停顿和静止,也不愿承认:当他闪耀地将真实过去的某一瞬间与现在某一瞬间合而为一时,看似固定在这真实过去的一瞬间时,同样是为了从现在中拉出现在,从既已确定的现实中拉出过去,——这活动,通过这开放的关系裹挟着我们,一直越来越远,向任何方向,将我们交付远方,把远方交予我们,远方是给予一切又收回一切的远方,不间不断。然而,至少有一次,普鲁斯特身处这未知的召唤中,当他看着眼前那三棵树却无法将之与他感觉就要苏醒的印象和记忆联系在一起时,他走向了陌生,之所以陌生,因为他永远无法领会,但陌生的就在那,在他身上,在他周围,但只有通过充满未知的活动才能迎接陌生。在此,交流对他而言始终无法完成,敞开着、无所依附而且让人焦虑,但或许和其他任何交流相比,它少了谎言,更接近全部交流的需求。

2. 惊人的耐心

我们已经注意到,以《让·桑特伊》之名出版的初稿中包含了一段叙事,可比照《重现的时光》中最终的经历,甚至下结论说从中抓住了事件的原型,阿德里安·普鲁斯特之子,普鲁斯特实际上就是这么经历的。就有这么强烈的欲望,要定位那些本来就不能定位的。所以就成了这样,事情发生在离日内瓦湖不远的地方,就在一次聊赖的散步中,让·桑特伊突然一眼瞥见,田野那端,就在那边,伴着一阵惊喜他看出了贝格梅海,他曾在那附近住过一段时日,但当时那景致平淡无奇。让·桑特伊问自己怎么新生幸福。他从中看出的,并非自发回忆带来的简单愉悦,因为本来就与回忆无关,而是"回忆蜕变成完全真实的现实"。他断定自己所面对的极其重要,不是现在,也不是过去在传递着什么,而是想象的喷涌,想象的田野就坐落在现在与过去之间,他下定决心从此以后,写,只是为了重现这样的瞬间,或者回应灵感,灵感,是这样一种快乐活动的产物。

实际上，这相当惊人。《重现的时光》中几乎所有的经历全在此：回忆重现、他宣称的变化（过去蜕变成现在）实现、感觉有一扇门敞向想象特有的领域，最后，下决心在一个个瞬间的光芒下写作使其现身光明。

那么，我们可能会幼稚地问：从这一刻开始就握有艺术钥匙的普鲁斯特，怎么只写《让·桑特伊》而不是那部真正的作品——从真正的作品这个意义来说他怎么一直没写？答案只能也很幼稚。答案就在这本初稿中，那么渴望写书、被人认可为作家的普鲁斯特毫不犹豫就抛开甚至忘了这本书，就好像它从来不曾存在过，就像他预感的那样，如果他所说的经历没有将他引向作为经历的无限活动中——无限的活动就是经历，那就什么都还没发生。《让·桑特伊》或许更接近真实的普鲁斯特，写这本书时的普鲁斯特，而不是《追忆似水年华》里的叙述者，但接近只表明他还停留在写作这一星球的表面，他还没有真正地投入到摇曳的感觉光辉一闪时让他瞥见的新时间中。这就是为何虽然他在写，但更像是圣西门、拉布吕耶尔、福楼拜在写，或者至少这么说，是作为文人的普鲁斯特、不得不依赖前人技巧的普鲁斯特在写，他还没有将自己交付风险和危难、想象所需的变化加工，因为变化加工首先触及的就是他的语言。

纯粹写作落空

不过，《让·桑特伊》这一页、这本书让我们了解了其他事。好像普鲁斯特在酝酿更纯粹的艺术,专注于那些独一无二的瞬间,无堆砌、不召唤自发的回忆,亦不呼唤凭智力形成或捕捉而得、常规范畴内的真相,后来他相信自己在作品中给了这些瞬间很大的位置:总之,一个纯粹的叙事应该由这些独一无二的点组成,他会从那里出发,那里如天空一般,除了星星,只有空。分析过《让·桑特伊》这页,差不多就可以肯定这一点:"(想象)带来的快乐,是一种优越的标志,我充分信赖这一快乐,以便写下的不是我所见所想、所思所忆,而只有当某一过去在某一味道、因过去而乍现的一瞥中突然苏醒时,只有当这喜悦给我灵感时,才动手写作。"回应灵感,普鲁斯特只想为此写作。回忆再现让他快乐,快乐给他灵感。给他灵感的喜悦,对他来说,就表明回忆再现极其重要有着根本的价值,也表明想象在一个个再现的回忆中宣告并抓住了我们生命的本质。赋予他写作能力的快乐,并不允他什么都写,而只让他传递那一个个快乐的瞬间还有瞬间背后那"颤动"的真相。

他所追求的艺术只能由短短一瞬构成:那快乐是短暂的,因这快乐而出彩的瞬间只能是瞬间。忠于纯粹的印象,这就是普鲁斯特对小说这种文学体裁的要求,但并不意味着他坚信传统的印象派,因为他只想随特定印象走,在这些印象中,过去的感受得以回归,想象蠢蠢而动。然而,印象派,在其他艺术那获他赞美的印象派,确实为他提供了典范。但他真的想写一本书,排除一切非必要的瞬间(这部分证实了弗耶拉先生的论断,对他来说,作品最初的版本极少展开心理分析,也没什么"心理上的长篇大论",而是依仗此种艺术:只从不由自主的回忆那一时的狂喜中求资源)。普鲁斯特当然希望《让·桑特伊》做到。至少这就是我们想要说明而手稿这段话加以体现的:"我能说这是小说吗?或许算不上,或许不止,它是我生命的精华,毫无杂质,撕裂之时流淌而出。此书非谁所造,而是收获之果。"字字句句符合《让·桑特伊》提出的构想。纯粹的叙事,因为"毫无杂质",唯有精华,写作之时,存在表面传统的那套在一个个特有瞬间中撕裂萃取出精华,普鲁斯特,因为想自发地无意识写作,试图排除一切可能避免书沦为工事之果:所以此书并非精心打造的结果,靠的是天赋,是他身体的一部分,而非他的创造。

但《让·桑特伊》实现这理想了吗?完全没有,越刻意越无果。一方面,他仍将大部分空间留予常规小说素材,比如场景、人物及大致观察,这些都是受回忆录艺术(圣西门)及伦理艺术(拉布吕耶尔)引发从自身生活提取的素材,包括他的中学时代、让他亲睹德雷福斯事件的种种沙龙。但在另一方面,他明显力避故事的外在统一及"既成事实";在这点上,他认为忠实了自己的设想。此书之所以呈现断断续续的特征,不仅仅因为我们面对的是一本零碎的作品;还因为一个个片段中,人物出场了又退场、场景间不求相互承接,恰好体现出他的企图,避开不纯粹的小说语篇。书中偶尔也有"诗意"的篇章,反射出一个个迷人的瞬间,他想我们接近这一个个瞬间,哪怕转瞬即逝。

此书明显败在这点:他想让我们感觉到一个个"瞬间",却将其描如场景,而不是让我们无意间发现,他所做完全背离了本意,是在素描。但下面这点尤其突出:如果想用几句话点明《追忆似水年华》之前的这部草稿,那么可以说,《让·桑特伊》为让我们感觉到生活由分隔的时刻构成,构思本身就零碎,时刻与时刻间留存的"空"无以体现显得空洞,相反,《追忆似水年华》庞大而绵延,在一个个闪烁的点中成功将"空"当"丰盈"添加进去,这一次,繁星不可思议地闪烁,因为群星间,终于有了"空"之广袤。因此,就凭着最密集最充实的连续性,作品成功表现出最不连贯的状态——闪光瞬间的间隙,由此,生出写作的可能。

作品的空间,星球

为何如此?如何成功?也可以用几句话概括:普鲁斯特——似乎他就如此,逐渐穿透这一经历——预感到,对他而言闪耀着永恒的这些瞬间,因为体现着回归,表现出时间变形中最内在的活动,是"纯粹的时间"。他因而发现,作品的空间理应拥有时间的一切能力,同时只能是作品朝向作品的活动,真正意义上对自我源头的寻找,最后,这一空间必是想象之地,普鲁斯特一点点体会到,这样一部作品的空间,势必近似于，如果就用一个形象表示的话，星球的本质：实际上，整部书，他的语言，由缓慢的曲折、浓重的流动、透明的浓密合成的风格，为表现庞大回旋那无尽变化的节奏而完美打造、始终在变的风格，就像星球那么神秘、深厚，像它那样旋转着运动，顶端一个属于天的半球（这里是童年的天堂、必要瞬间的天堂），底部一个属于地狱的半球（而这儿是所多玛与蛾摩拉，是具有毁灭性的时间，是在揭露一切幻想及一切虚假的人类慰藉），但两端的半球，在某一时刻，互相颠倒，本来在高处的下降，而地狱，甚至时间的虚无，则变得有益，并在极其幸福而纯粹的灵光一闪时激昂。

普鲁斯特发现，这些特有的瞬间并非静止的点，它们只真实一次，因为它们的出现必须独特而稍纵即逝，但它们在球面和球心间来来去去，虽是间歇却不断地，踏上自身真正的实现之路，从非真实性走向自身隐藏着的深邃——而要抵达这隐藏的深邃，就得抵达想象的中心、触及星球的秘密，由此，星球的完成意味着它的重生。此外，普鲁斯特还发现了自己作品的成长规律，需要作品像星球靠拢，不断扩充、丰满，达到过剩的状态，就像他说的，胃撑的状态，作品就需要这样的状态，他就能够带入最"混杂"的素材，也就是"和激情、性格、品行相关的真理"，但实际上，这些素材经他之手，就不再像"真理"、固定不变的凿凿之言，而是和不断发展的事物一样，慢慢地，围拢向前。充满了种种可能的歌曲，顺着越来越接近、始终只能接近中心点的环线,不懈旋转。而超越了一切可能的中心点,就是那唯一至高无上最真实的瞬间(但这一瞬间却凝聚了整个星球)。

从这个意义上说,弗耶拉(M. Feuillerat)认为逐渐添加上去的东西("心理上的长篇大论"、知识性评论)可能会严重扭曲原本的打算,再也写不成一部诗意瞬间的小说,这么想就像天真的让·桑特伊,没看清普鲁斯特何能成大器,这种经历为何就能开花结果。他不知道,对这经历而言,小说想象的空间是一个星球,是一个因无限延迟的活动而孕育的星球,由一个个根本的瞬间组成,而这些瞬间自身就一直都处于生成状态,它们本质不为准时,但普鲁斯特在作品最后发现,想象的时间,就是那一个个闪耀奇观的载体。

《让·桑特伊》中,时间基本缺席(即使全书以唤起衰老结尾:年轻人看着父亲的脸庞窥到了衰老;顶多,就像《情感教育》章节之间的空白一样,可能会提醒我们,我们所见的事件背后还发生了其他一些什么),但时间尤其缺席了那一个个闪耀的瞬间,叙事是用一种静止的方式去呈现这些瞬间,不让我们看出就连叙事本身也只能如此实现:像朝向自己原点那样朝向这些瞬间,并从这一个个瞬间中开始只推动叙述的活动。或许,普鲁斯特从未放弃,他始终想要把这一个个瞬间解读为超越时间的符号;从中他总能看到一个存在,脱离了时间的秩序。他在体验那一个个瞬间时感受到了美妙的冲击,他确信走丢了还能走回来,他总能认出那些瞬间,这就是他不愿质疑的神秘真理。这是他的信仰、他的宗教,同样的,他倾向于相信,存在着那么一个超越时间的精华世界,而艺术,能助它呈现。

有了这些想法,就可能会生出迥然不同于他自己小说观的观点。在这一观点下,或许操心的不再是永恒(比如乔伊斯,有时他就要永恒),而是在不同层次的概念间建立秩序、粉碎感性现实这二者之争。这就错了,因为就算不情愿,普鲁斯特始终听从经历的真理,这经历不仅让他脱离平常的时间,更让他投身于"另"一个时间,在这"另"一个时间里、"纯粹"的时间里,时间永远不可能是线性的,也不会缩减成一个个事件。所以叙事才会排除了简单的故事铺陈,难与局限太明显、太过形象的"场景"和解。普鲁斯特对传统场景还是有点兴趣的,所以时不时也用。尽管最后那个宏大场景太过突兀,根本无法符合它自身的企图:让我们相信时间解体。但明确说,《让·桑特伊》《普鲁斯特手记》留存下来的不同版本让我们知道,他从未停止,一直在追求非凡的转化,为应用自己画面中锋芒毕露的棱角,为将场景交付未来,让它们不致沦为僵化固定的景象,而是一点点,慢慢脱离时间,全部地深入,全部地融合在一起,就这样被一个无休无止缓慢的运动带着走,不是表面的运动,而是深入、密集而大规模的运动,最纷繁变化的时间都同置于这运动中,就好像时间诸多矛盾的力量与形式全都汇集在了这里。因此,有的片段——香榭丽舍的游戏,似乎在完全不同的人生阶段同时发生,在整个人生间歇的一时间,不是在纯粹的时刻,而是在星球一般、密集的时间运动中,发生了又再次发生。

推 延

普鲁斯特这本书,是未成的成品。《让·桑特伊》及《追忆似水年华》前数不胜数的版本中,反反复复都是普鲁斯特想呈之以形的主题,我们看到这些,很清楚他就在破坏性时间里找到了依靠,不管他愿不愿意,破坏性的时间就是他作品的同谋。对这部作品而言,仓促完工尤其是个威胁,它只有越来越迟延,才能越来越接近它自己。随这本书的变化发展,我们看出了拖延的感觉,拖着书不放,就好像预感到死亡在接近所以想避开,想逆着自己来时的方向。在普鲁斯特那里,慵懒与肤浅的野心相抗,然后,懒意化作耐心,耐心转为不懈的书写,最后当时间屈指可数时,又焦躁得无法忍耐要反抗时间。1914年,书已接近尾声。但 1914 年,战争来临,展开了一段陌生的时间,让普鲁斯特从自我陶醉中走出来,给他机会,让他无尽地书写,一再开始又重新开始,不停地写,让自己的书成为回归之地,那是他必须勾勒的地方(最能发挥时间毁灭性的战争,因而用一种最亲密的方式,辅以全球性的死亡,帮着作品建立,让它对抗它想要对抗的死亡)。

《让·桑特伊》是这惊人耐心的第一个关键词。急于出版《欢乐与时日》的普鲁斯特,怎么就中断了《让·桑特伊》这一相较而言更为重要的草稿(何况草稿当时已涵盖三卷之多),怎么就忘了它、放弃了它?这恰体现了作者灵感的深意,他下定了决心要让草稿维持在无休无止的运动中,如此延续着它。假如《让·桑特伊》当时就完成了也出版了,那么普鲁斯特该迷惘了,作品不再可能,而时间也将确定无疑地迷失。所以在这些面世的文稿中就有了份我说不清道不明的美妙,往往最伟大的作家都有种受到胁迫的感觉,而这诸多文稿就恰好向我们展示了,要有怎样的精力、惯性、闲适、专注、漫不经心,才能一贯到底迎向规划的一切。就因为这样,《让·桑特伊》真的在说普鲁斯特,在说普鲁斯特的经历,在说最深层、最隐秘的耐心,因为耐心,他为自己赢得了时间。

II 文学问题

"恐怕没个好结果"

年轻的歌德心想"恐怕没个好结果"。但《少年维特之烦恼》之后他反倒确信:并非注定要他沉沦,或许他已经感受到和自己口中魔鬼的力量达成了和解,又或许是些更隐秘的原因,他再不信自己会走向末路。这已经离奇,但更奇怪的是:确信能避免沉沦后,面对自己的诗性、知识力量他连态度都变了;在那之前还在挥霍无度,却变得节制、审慎、小心翼翼不浪费一丁点自己的天赋,命运眷顾他让他活得幸福,他不会再拿好日子冒险。

要解释这一反常之态,也可以。可以说之所以《少年维特之烦恼》后有了种获救感,因为写时毁灭感总在威胁他。也可以说在《少年维特之烦恼》前,他无需解释自己内在的法则,因为那无须解释,是冲动。一切同时到来:摇摆不定时,彻底的毁灭给他当头一棒,但在这考验下,他确信自己幸得天赋,让他无力沉沦,接踵而至的就是尊敬,尊敬"无力",他感觉到了,从此以后自己要对这"无力"负责。这就是契约。魔鬼是歌德的底线:无力消亡;否决:拒绝沉沦;因而生确定,确信自己能成功,为此他必须再沉沦一次,这就是代价。

需求不明

但上述解释还未触及本质。因为不清楚原因,所以我们要找的解释,就在规则屏退、道德沉默之地,不再涉及权利义务,不会因问心无愧得安慰,也不会因良心不安而内疚。任何时候,但凡沾染上一点文学言语的独特性,此人身上总有种说不清道不明的感觉,仿佛操弄着某种游戏,要排除共同法则留出空位让给更难以捉摸的法则。但这并不意味着写的人有权不计后果。谁因激情动手杀戮却把责任推给激情,也不能损毁激情半点。谁在写时碰到一个真理让写作无法遵循,或许不用负责,但正因为如此更应为"无须负责"承担起责任;应有担当而非质疑、背弃,这甚至是关乎他自己的秘密:因为清白,他有了保护伞,但清白的,不是他,而是他所占之地、他看似占有的地方,那个地方不会与他共存。

一个艺术家,一生不能仅有锐不可当之时。重要的不再是他做了什么,用什么方式让问题成为自己的保护伞,或者相反怎么用自身的存在来遮盖这些问题。每个人能怎么回答、想怎么回答就怎么回答。某个人的答案并不适用于其他任何人,没什么标准答案,因为答案所答我们必定不知,从这个意义上来说,无法破解答案,从无先例:艺术给我们谜,幸好,每个人都是主角。

那到底什么才重要?艺术作品让我们看清人与人之间的关系大体如何,但这样的艺术作品又能教会我们什么?到底是怎样的要求,能不受当时任何形式的道德所缚,做不到的无罪,自以为做到的也不因此清白,让我们摆脱一切"我应该"的命令、"我想"的意图以及"我能"的对策:就为了放我们自由?但实际上并没有放我们自由,也没有让我们失去自由,这要求仿佛把我们引到一点,其中没半点可能的气息,却有最原始的关系,这样的关系无法构成权力,甚至先于产生联系的可能。

怎样抓住这要求,我们用"抓"这个词因为它并不确定,因为这要求没有要求。但有一点很确定:诗性作品,绝不接受任何形式的法则,无论政治、道德、人性的或非人性的、短暂的还是永恒的,决不允许任何催告信限定自己的所在。艺术作品不惧任何法则。法则损害、废除或者腐蚀的是文化,是我们对艺术的看法、历史习惯、世界的运行、书籍和博物馆,有时是艺术家,但以上种种何苦避开暴力?如果某一政权对艺术无情,那我们恐惧的是这个政权,而非艺术。有时,面对自己历史的变迁,艺术会更绝情——无动于衷、遗忘。

安德烈·布勒东让我们想起他与托洛茨基共拟的宣言、

让我通过这一宣言听到"坚决捍卫:艺术畅通无阻"时,这才是最根本的需求。这二人会晤,合笔共写这一页有了这一表述,多少年过去依然让人热血沸腾。[①] 但"艺术畅通无阻",仅为第一要素,意味着所有言语——无论为实现某一人类秩序,还是为支持某一真理又或是为维持某种超越性——无法干涉艺术这种越来越靠近源头的言语,别无他法只能放它自由,原因唯一:这些言语永远无法走向艺术言语,至少在现有历史中,这些言语所确定的各种联系若想陆续登场,只能等呈现于艺术的最初关系褪去或被掩盖。"自由"这词,还没自由到让我们预感最原始的关系。自由和可能有关,承载着极致的人类能力。而最初关系并非一种能力,最初关系下,交流或者语言无法像能力那样完事。

里尔克希望年轻的诗人都能看着自己问一句:"我是不是真的非写不可?"当他听到"是,必须写"的回答,年轻的诗人就说:"好吧,既然不得不写,就构建吧,你的生命。"拐一个弯,是为了把写作活动提升到道德的高度。但很不幸,如果写作是谜,就不会给你神谕,任何人都休想提问。"我是不是真的非写不可?"一个完全缺乏最初语言的人根本不会生出这样的问题,又怎会如此问自己,他只有通过一个无限的活动,经历考验、转变、从坚定的"我"中自我驱逐,才能碰到这问题,才相信自己能够真诚地问自己。"走进你自己,找找是怎样的欲望驱

---

① 安德烈·布勒东《关键所在》。

使你写作。"但这问题只能让他走出他自己,把他带到那儿:在那儿,或许心里想着躲开无权、无理、无度的一切。实际上,很容易就听到这答案"是,必须写",甚至总能听到这句话,但"必须写"下什么却悬而未决,因为这问题本身就无法发现,一接近这问题,答案就悬着,就没了回答的必要。

"这是一份委任状。照我的个性,我只能接受一份没有委任人的委任状。我就生活在这矛盾中,唯有矛盾让我生存。"①还有更激烈的矛盾在等着作家。那不是一份委任状,他接受不了,也没人给,意味着作家自己,要变得"没人"才能迎来这份委任状。他无法活在这矛盾中。所以任何作家,就算歌德,也别想在预示他本人的作品中留有生活的自由;并非玩笑,没人能做决定献身作品,更不可能为作品捍卫自己。作品要的多得多:我们不能为作品操心,也不可能把它当目标找,我们和它的关系更深刻,是不在意、不经心。避开费雷德里克的人不为得自由,相反,这一刻,他感到前所未有的不自由,他是挣脱了束缚,却也不得不逃,逃比自杀计划危险得多。因为是创造性的忠实,违背誓言就再容易不过。同样,当劳伦斯看着一个小女孩在教堂前玩耍时,他问自己生死关头会救谁,他惊诧自己竟然选择了孩子,惊诧,正说明了:一诉诸价值,艺术就困惑。仿佛他不属于伟大著作特有的现实——一切伟大的著作及所有书籍,在天平上,他永远轻于那个正在玩耍的小女孩;

---

① 卡夫卡语。

仿佛,作品无限的重量无法集中于轻及无价值之物。

而非他自己

从文艺复兴到浪漫主义,大有惊人势头(多数时候很崇高)要将艺术仅归于天赋,把诗交付主观,要人知道:诗人表达的,就是他自己,是他最干净的内在,是他自身隐藏的深邃,是远远的"我",没有表露过也无法表明的"我"。画家,在画中实现,小说家,用人物具化某个观点,揭示自己。作品的需求,就成了内在表达的需求:诗人有歌要唱给他人听,作家有信息要传达。"我有话要说",这是艺术家与作品需求间最底线的关系,而制高点似乎是创造力的狂风暴雨,而这又无法说清道明。

有观点认为,马拉美在诗中自我表达,而凡·高(而非传记里的那位凡·高)则在《向日葵》中表现自我,这样似乎就能解释作品的需求为何绝对,为什么这样的需求是个人化的,而不能缩减为笼统的义务。这一切仅发生在艺术家面对自己时,外人无法介入,这是秘密,就像激情,任何外界的权威评判不了也理解不了。

就这样?难道这样我们就相信:不吭声、顽固又唠叨的激情,一直支配着塞尚要他手握画笔到生命最后一刻、要他一天都不能等要埋葬自己母亲的激情,就没别的解释,就只是表达的欲望?他寻找的秘密与画相关,而非他自己,当然,如果这幅画说的只是他塞尚,而非绘画、他无法走近的绘画之精髓,那这幅画对塞尚来说就毫无意义。所以将这样一种需求称作绘画、作品或者艺术,但称呼本身并不能揭示原因:这样一种需求为何权威,为何得了"权威"就问也不问支持它的人,彻底地吸引他又彻底地抛下他,对他的要求甚于任何道德任何人,但同时又不强迫他,不让他有丁点损失又不给他半点好处,召唤他维持这一联系却又和他无关——狂风暴雨就这样来临,令他心驰荡漾,乐无止境。

我们这个时代的任务之一,要让作家事前就有一种羞耻感,要他良心不安,要他什么都还没做就感觉自己错。一旦他动手要写,就听到一个声音在那高兴地喊:"好了,现在,你丢了。"——"那我要停下来?"——"不,停下来,你就丢了。"魔鬼就这么说,他对歌德也这么说,让歌德成了没有个人色彩的存在,自从生活超出了他自己,自己无力沉沦,因为再无沉沦的极致力量。魔鬼之所以威力无边,就在于通过他的声音表达出不同的诉求,以至于我们永远不知道"你丢了"意味着什么。有时指世界,日常生活的世界、行动的需要、工作的法则、人们操心的事、欲望的寻找。当世界不再,此时说话只能唤起说话人的怀疑——怀疑自己肤浅,唤起他的欲望——至少能说些有用、真实和简单的话接近当时的重心。"你丢了"表示:"你说不是因为你必须说,是要避开需求;要说些没意义、自命不凡受谴责的话;奢侈的话、贫乏的话。"——"所以我得停下来!"——"不,停下来,你就丢了。"

所以是另一个魔鬼,藏得更深:从不熟悉,但他一直都在,近在咫尺,近到像个错误;但他又不强制你,而是轻易随你把他忘记(但遗忘最可怕),他没权下不了令,谴责不了也谈不上饶恕。表面上,和世界法则的声音相比,这是一个安静的声音,有着温柔的内在,"你丢了"这句也带着温柔:况且,这还是一个诺言,一个邀请,邀你滑上一个感觉不到的斜坡——是为了上升?还是下降?不知道。"你丢了",轻快一句,不对谁说,就在这声音旁的人,听到这声召唤,就避开了我们所说"自我"的孤独,进到另一种孤独,确切说无关任何个人的孤独、个人所在及结局。但在这孤独中,谈不上错,也说不上清白,没有束缚所以就不需要放手,"我"不为什么负责,对一个放弃了可能的人,你能要求他什么?什么都不能——除了最奇怪的要求:因为这个要求,无权无力的一切开口说话,从这一要求开始,言语自己在发声,仿佛权力缺了席,就这样毫无遮盖赤裸裸地,无能为力,也没有任何可能,但这就是走向交流的第一步。

诗人的言语而非主宰之言

一个人能干什么？M.泰斯特问的是现代人。语言，是世上最典型的权力。谁说话，谁就手握大权谁就暴力。命名行为就是一种暴力，隔开命名之物，以名字这种简捷形式占有它。命名只会让人稀奇古怪，惹人心慌震惊，惊扰其他存在，甚至是我们口中缄默的孤独神灵。只有这样存在才会命名：能让自己不存在，能变不存在的状态为权力，再让这种权力成为决定性暴力进而打开自然、操控自然，制服它。就这样，语言将我们抛向主仆的辩证关系，我们困在这关系里出不来。主，掌握了话语权，因为他由始至终冒着生命危险：独自一人，一开口，就是命令。仆，只用听。所以，言说多么重要；只能听话的人依附于言语，处于次要地位。但最后会发现，正是需要"理解"的一方，弱势、从属、次要的一方，才是权力之地，才手握原则能真正掌控全局。

我们很愿意相信，诗人的言语就是主宰之言：当诗人开口，说出的就是至上之言，是一个投身风险的人在说话，说着从未说过的话，在命名他所听不到的，他只是在说，以至于不知自己说了什么。当尼采断定："艺术真是厉害得要命！……我们用一个个形象包围你们让你们战栗。我们就有这能耐！

堵住你们的耳朵:你们的眼睛会看到我们的神话,你们就要被我们下咒了!"诗人的言语就是主宰之言,这或许不可避免,或许疯狂笼罩着尼采就为变主宰之言为无主之言,无需理解的至高权力。就这样,荷尔德林之歌,在颂歌过于刺眼的光芒后,在疯狂中,重新变作四季纯洁的歌唱。

但,如此解读艺术与文学的言语,就是背叛、根本没弄清需求就在于言语,不回源头寻觅,却眼睁睁看着言语落入主仆的辩证关系、沦为权力的工具。所以要试着在文学作品中抓住一点,在那,语言中的关系无关权力,是最原始的状态,无关掌控与奴役,这语言,同样只说给这样的人听——开口不为占有不为权力,不为了解不为拥有,不为主宰也不为受人奴役,这语言,说给一个不似"人"的人听。要找到这一点,当然难,即使借着诗靠着诗的经历我们茫然四处寻找。我们,充满欲望、要劳作、有能力的人,甚至可能找不到方法站在合适的地方预感道路在何方。或许,其实特别简单,我们眼前就有捷径,或者至少难易各半。

阿尔托

27岁的阿尔托给一家杂志寄了几首诗,遭杂志主编礼貌拒绝。于是阿尔托试着解释自己为何珍视这几首有缺陷的诗:思想遗弃他让他如此挣扎,所以他无法忽略这些形式、没有核心存在落败的形式,虽然不足。这样得来的诗算什么?他随之与雅克·里维埃展开了书信往来,雅克·里维埃,正是这家杂志主编,他突然又建议阿尔托出版围绕几首被退诗文(但这次部分得到肯定是为举例和见证)展开的书信。阿尔托接受,但前提是秉持事实绝不作假。这就是阿尔托和里维埃之间的通信往来,闻名于世,意义非凡。

雅克·里维埃有没有意识到这么做很反常?他认为这些诗还不足以发表,也不值得发表,但把"不足"的经历叙述一遍补充上去就是另一回事。就好像,这些诗的缺点、不足都变得富足、完满,就因为开放地表达出缺陷,并深化了缺陷的必要性。雅克·里维埃感兴趣的,肯定不是作品本身,而是作品的经历,是走向作品的活动,是作品笨拙中透露的轨迹——无名、隐晦。再者,这些诗的失败在里维埃那算不了什么,却强烈吸引着后来写的人、看的人,成了一个核心思想事件的敏感符号,而阿尔托的解释则为这一事件投射惊人的光芒。那么这种现象似乎就关乎文学乃至艺术:只要一首诗不把自我实现当"主题",无论缄默还是显然,只要作品的成败在于走向作品的活动。

说到这,让我们回想里尔克十五年前写下的一封信:"走得越远越自我,生活得越独特。艺术作品就是这一独特现实的必然表达,不可辩驳,永远具有决定性……艺术作品就这样帮助着不得不打造作品之人,相当奇妙……这是在肯定地告诉我们,我们必须将自己交由最极端的考验,而且在沉浸于作品前只字不提,不要因讲述而减损作品半点:因为,独特就意味着别的任何人都不能懂也无权懂,这是我们特有的迷乱,迷乱要变得有价值,只能依附于我们的工作揭示其法则,唯有艺术的透明,能让迷乱的法则这最初的图画可见。"

所以里尔克了然于心,让作品走向我们的经历从不直接表达:这极端的考验要有价值得真实,只能深嵌于作品,在遥远的艺术之光下若隐若现。但里尔克他自己是否始终如此含蓄?他清晰地表达出含蓄不就为了以保留的方式打破它吗,虽然他清楚,任何人都无力冲破含蓄而只能与它维持关系?这是我们特有的迷乱……

Ⅱ 文学问题

无法思考就有了思想

雅克·里维埃是很关注和阿尔托的对话,善于理解也极其敏感。但明显能从对话看出他仍有误解,虽然说不清具体表现在哪。那时阿尔托还有耐心,但总能留意到误解的存在,他看得出,对方试图让自己放心所以对自己保证现在不严密但将来能,甚或向自己证明精神脆弱恰好相当必要。但阿尔托根本不想放心,他所接触到的,极为庄严,容不得半点减损。他同样感受到,思想坍塌、这些"实在不行"但终究还是写了下来的诗作之间存有异乎寻常、对他而言简直难以置信的关联。一方面,雅克·里维埃看不出这一事件有何特别,另一方面他同样不知,在这些思想缺席造就的思想之作中有着极致之处。

写信给里维埃、凭相当冷静的洞察力打动对方时,阿尔托对于自己想说什么就能说什么这点并不惊讶。唯有那些诗作让他置身于核心的迷失中,丢了思想,他挣扎不已:他焦虑,之后通过一些凌厉的表达他提及自己极度的焦虑,比如:"我要说窟窿的空洞,说一种寒冷中无象无感的挣扎,仿佛流产时难以言喻的横冲直撞之痛。"那他到底为何写下这些诗?为什么不满足于普普通通地使用语言?所有一切都表明了,诗歌,对他而言就关系着"思想磨蚀的过程,至关重要却又稍纵即逝",

因此基本上诗歌陷入了核心的迷失，但同时也确信只有自己——诗歌，才能表达出这一核心的迷失，并在一定程度上保全迷失本身以及已经丢失的思想。所以他才会不耐烦且傲慢地说："我感受最深：自己语言和思想打交道时惊慌失措、目瞪口呆……我迷失于自己的思想，说真的就像做梦一样，好像突然一下又回到了思想。迷失后碰这撞那，我都一清二楚。"

对他来说，"正确地想、正确地看"，有着互相关联又恰当的想法又能很好地表达出来并不重要，他自信具备的所有才华都不重要。当友人对他说：但你想得很好啊，无以言表就是当下一个现象时，他相当愤怒。（"有时人们觉得我很善于表达自己的不足、深层次的缺陷和无力，这太高估我了，我如此表达只为确信这些不足、缺陷并非想象或零碎臆造而成。"）他相当清楚，深刻的痛苦经历让他明白，思考并非脑里有念头，既有的想法只会让自己感觉"尚未开始思考"。他一转身，走向了如此沉痛的折磨。悲怆之错激他呐喊，他不情愿，但就这样触到了那一点，在那，思考，就是一直以来始终都还不能思考：用他的话就是"不能够"，这是思考之本但同时让思考成了极致之痛的缺失、衰弱状态，但衰弱之势，却可从此中心开始即刻散发光芒，消耗所思所想的物质载体向各层面分解变作无数独特的不可能。

无法思考就有了思想，诗正与此相关，这就是真理，无法发现，因为真理总在改向、逼他无法企及真正能感知它的地方。这不仅是形而上的困境,还是对痛苦的迷醉,诗就是无休止的痛,是"阴影"和"灵魂的夜",是"失声无法呐喊"。

二十多年后,一些经历让他古怪、暴躁,一封信中他说得极简:"我走进文学,写书就是要说我什么都写不了。我一有什么要写,把我抛得最远的就是思想。"还有:"我写,从来都只是为了表明我什么都没做,什么都做不了,做些什么但现实中我什么都没在做。我整个的作品只能建立在虚无之上,也只能如此……"按常理肯定会问:要是他无话可说,那为何实际还是说了?如果真的无话可说那大可不说,但他所说的"无"触及根本,借由它表现出的"无度",它通向的危险,它引发的张力,"无"要求形成最初的言语,投身其中,而这言语又区别于言之有物的话。无话可说之人,怎能不努力一把争取开始说点什么表达些什么?"好吧!这就是我不足之处,我荒谬,竟不计一切代价想写想表达自我。我饱受精神的折磨,就为这,我有权说。"

描写一场战役

他的作品——自然不算作品①——要颂扬"空",道出它、

---

① "我之前就跟你们说过:没作品,没语言,没思想,什么都没有,顶多就《神经比重计》这本书,这倒很好。"

穿过它并保全它,填满它也让它填满自己,阿尔托要通过自己做主的活动,走近"空"。一开始,在"空"之前,他仍努力要做到圆满,他确信自己能够做到,圆满能让他开发自发的财富、保持情感完整、完美依附于事物的连续性并加以利用,而在他身上,对事物连续性的依附已完美得凝结成诗。他有"深层的便利",如此相信着,并能用繁复的形式和词语恰当表达这一便利。但"就在灵魂准备好就要组织起自身的财富和发现时,在下意识的这一秒,在事物正要流淌而出的这一秒,一股强大而邪恶的意志袭击了灵魂,像矾类一样,腐蚀着一堆一堆的字词形象、腐蚀着一阵一阵的感觉,把气喘吁吁踟蹰生命门前的我,丢下"。

可以说此刻阿尔托受即刻的幻想所惑;很容易;但受惑的同时,他脱离被他唤作"生命"的"即刻":脱离,既不带着怀念隐遁,也不无动于衷地丢掉一个梦,恰相反,决裂得显而易见,直到保证他的内心会无止境地改变方向,改变成为他最独有的特质,让他猛然一惊发现自己真正的本质。

他不断地深入,确定不移却也痛苦,最终颠倒了活动的术语顺序,把"剥夺"放在首位,取代原先"即刻发生的一切",而在原先看来,剥夺似乎意味着缺乏"即刻发生的一切"。最首要的,并非存在的圆满,而是裂缝和裂口,是腐蚀和撕裂,是断断续续是一点一点啃噬:既已存在的不是存在,而是存在的缺陷,充满了活力,让生命有所欠缺,难以捉摸又难以言表,除非通过极致禁欲下爆发的呐喊。

或许阿尔托自以为圆满地掌握了"难以割裂的现实"时,其实永远都只是看出"空"投射在他身后那片深厚的阴影,因为在他那,只有巨大的否定之力才能证明完全的圆满,只能这样,无度地否定着,始终都在否定着然后增生出无限的"空"。压力巨大要他全身心投入制造"空"、坚持说"空",将其表达而出。

但,在他和雅克·里维埃通信时,在他还写诗时,他明显抱着希望:平等地面对自己,他写诗就是为了在诗毁了平等时加以重建。所以他说"他思考时低于自己";"我没法和自己平起平坐,我很清楚,因而挣扎不已。"后来他还说:"深层有便利,但外部困难重重,我就死在这矛盾下。"这一刻,如果他焦虑如果他自觉有罪,那是因为他思考的层面低于他一贯坚持的想法,始终坚持一个想法时他确信自己能够达到理想的完整,即使只用一个字表达,他也能在自身真正的伟大中表明:他就是自己绝对的见证。饱受折磨,因为他亏欠自己的思想,在他那,诗始终如希望——偿清这笔债务的希望,但诗只能拖延还债期。雅克·里维埃对这些诗没多大兴趣,只关注阿尔托怎样费心描述自身核心的混乱,再加上他俩的通信,这些都偏离了写作的中心。那时阿尔托写,为对抗"空",躲开"空"。如今他写,是把自己置身于"空",想努力表达出"空",提取"空"的表达。

偏离重心(《混沌之脐》和《神经比重计》为代表)是一种痛苦的要求,迫使他丢掉一切幻想专注于唯一的点。"虚空的点",他围绕这点游荡,清醒中带一丝讽刺,讲情理却又狡猾,然后种种苦痛挣扎的活动袭来推开他,苦痛挣扎的活动中听到他悲鸣,从前只有萨德呐喊出声,但和萨德一样,他也从未妥协,而是始终保持着战斗力,不断攀升匹敌他所握有的"空"。"我想超越这个虚空的点。驻足不前让我成了弱者,什么都比不上,谁都不如。我的生命结束了,我的生命结束了!我内心跃动的火焰熄灭了……我无法思考。想象这空洞,如此强烈而持久的虚无……前也不是,退也不成,就定在那里,转来转去就是那一点,始终都是同一个点,我所有的书,传达出的也只是这一个点。"

不要错把精确、肯定、细致的描写当作对精神状态的分析。是描写,但对象是场战役。但战役并没全貌呈现。因为"空"是"活跃的空"。"我不能思考,我思考不了"是在召唤,召唤更深层的思考,是持续的压力,是遗忘,是受不了被忘记却要更彻底地遗忘。从此以后,思考,就是一直向后退。这场战,他总在输,这场战,声势渐低。无能为力仍非绝境,不可能不是真的不可能。但与此同时,这战,阿尔托想拼下去,只要斗争在他就丢不了自己所说的"生命"(生命是迸发,是光芒四射的活力),他无法忍受失去生命,想把生命和思想结合起来,他顽固得惊人,断然拒绝区别生命和思想,即便思想就是在

"腐蚀"生命,"消减"生命,是决裂和衰落的中心,其中既无生命又没思想,只有根本的缺失带来的折磨,透过缺失就已经能够看出更决定性的否定。一切重新开始。因为阿尔托永远都不会相信思想能撇开生命,即使他身陷最直接最野蛮的经历,无关思想(被理解为分离的思想)的精髓,无关不可能性(虽然思想不情愿,但仍把不可能当作自身无限力量的界线)的精髓。

挣扎,思考

很想拉近阿尔托所说与荷尔德林、马拉美所说——缺乏灵感的纯净之地生灵感。但要避免如此笼统的断言。诗人与诗人说的一样,说得却不同,我们感受到的,就是独一无二。阿尔托的就是阿尔托的。他所说之强烈,不是我们能够承托的。在他那,是痛苦,拒绝所有深度、所有幻想和所有希望的痛苦在发声,但拒绝却让思想得到"一个新空间的以太"。看他所写一页页,我们就清楚了自己无法企及的道理:思考,只能震撼;需要思考的,是思想中脱离思想的部分,是思想中取之不尽用之不竭的部分;挣扎与思考,之间有层说不清道不明的关系。如果挣扎到极致让人无力挣扎,在到达极致前不留一点时间让人感觉到这就是挣扎、开始挣扎,如果这就是挣扎,那思考也大致如此。奇怪的关系。那么极致的思考、极致的挣扎开启的是不是同一条地平线?是不是挣扎到最后就开始思考?

卢 梭

我不清楚,他活着时像不像他以为那样纷扰不断。但很显然,他死后仍不得安宁,还招致了不少敌意,直到近几年,已然扭曲的恨意、怒火和辱骂才表面上归于理智,可以想见,的确可以说是阴谋才导致了这样的敌意,卢梭本人倒是一头雾水,怎么自己就成了受害者。敌人的行径过了头反过来倒成了为他辩护。莫拉斯指责卢梭变了质不道德,说的不就是他自己吗?而我们看到,像让·盖埃诺这样只想要他好、在第一时间就感觉志同道合的人,他们要想还卢梭一个公道有多难。人们会说,不知为何他身上总有些不对劲,让那些不喜欢的人勃然大怒,也让不想为难他的人很为难,因为谁都不能确定这算不算错,说得更确切些他们根本无法断定。

我一直怀疑,就是多亏了这深层难以捉摸的恶才有了文学。卢梭,一个总在开始的人,属于自然和真理,他只有在写作时才能串联起这些关系;而写作时,他又只能让这些关系维持在不确定的状态,这让他挣扎,他冲动又绝望地反抗,但就在这样的境况下他帮助文学丢掉旧惯习,清晰地认识自己,帮着文学在争议和矛盾中立起新的脊柱。

当然,卢梭一生的命运并非仅此就能解释清。渴望真实却困难重重,对起源充满激情,即刻得幸可不幸却随之而来,渴望交流颠倒过来却成了孤独,寻觅着想要流放后来却迫于流浪,最终,独特挥散不去,这些正是文学这一经历的根本,因为文学,以上种种更加明晰,更为重要,不知不觉中也得到了更好的证明。

在我看来,让·斯塔罗宾斯基那篇极具价值的论文恰证明了这一点,为了很好地说明,他进行了一系列丰富的思考,不仅在卢梭问题上给我们启示,还启发我们思考:随卢梭诞而生的文学如何独特①。很显然:在一个没有伟大作家的时代,在一个无人能挥洒自如写作的时代,卢梭是以烦忧写作的第一人,他还带着愧疚、不断加深的愧疚在写作,以此竭力摆脱内心的责难。"……这一瞬,我迷失了。"话中流露的极致,无人不信。同时,如果说他有意争选法兰西院士时迷茫了,这迷茫的一瞬间打开了他一生不幸的大门,那当他"看到了另一个宇宙变成另一个人"时,这改变的时刻就给与了他新的生命源源不断的丰富性。文森之光,那"真正的圣火"点燃了他,让他看到文学使命中神圣的一面。一方面,写作是恶,因为写,就

---

① 让·斯塔罗宾斯基《让-雅克·卢梭:透明和障碍》。

是走进文学的谎言,而文学又品性虚浮;但另一方面,写,能成就一次迷人的蜕变,和"真理、自由以及道德"建立激动人心的新关联:这难道不异常珍贵？或许吧,但写,是继续迷失,因为成了另一个人——另一个宇宙里的另一个人——所以往后再也无法忠实于自己真正的本性(他更喜欢自己慵懒、什么都不在乎、多变的样子),不得已卷入一场探寻之旅:只有一个目标——他自己。卢梭异常清醒地认识到写作让他错乱,即使是为了他好,但错乱就是让人遭罪、叫人不幸,在他之前一个个的先知,就没谁不抱怨上帝让他们遭受的一切。

让·斯塔罗宾斯基厉害,他注意到:卢梭是第一人,在他这类作家身上,我们所有人,或多或少都能看到自己的影子——发奋写,为反抗写作;"文人,却和文学对簿公堂";然后心怀走出文学之愿钻进文学世界;终而笔耕不辍,因为再无交流的可能。

晃荡的激情

惊人的是,一开始相当明确坚定的决定,原来竟关联着某种莫名力量,正受这力量所迫,慢慢地,他与自身的关系不再稳定。身怀晃荡的激情,他经历了几个鲜明的时期,懵懂无知地走过青年,一身光芒在一个个城堡间来去、巡游般不因某次成功停下脚步,成功驱逐着他也追随着他。像瓦莱里那样穿梭于沙龙间的漂泊,是名人的漂泊,但违背他以文学揭示的意愿,所以他想逃离漂泊,逃得精彩成了典范:逃离世俗、出世,走出公众视野、退隐森林。在他"自我改革"的散文中,随处可见令他可疑的动机——到底为何要决裂,为何看似孤独?为写下去,造新作,与社会建立新的关联。"我手头这本书,只能在绝对隐退的状态下进行。"

的确,借文学之谎揭露社会之谎并不新鲜,这项古老特权传自怀疑论者及犬儒派。卢梭从前人那借来这套自己熟知的传统,但他却能经受这一传统给他的挑战——孤独,并通过传统预感到:文学将开始新的冒险、揭示独特的力量。他决定自我流放,做决定时有条不紊有方有法,自我放逐时,他已经身受束缚,因缺席产生的无限力量在束缚他,文学在场势必引发决裂,决裂引发的交流也在束缚他:他想透明地存在着,却只得隐藏自己模糊自己,不仅要别人看不懂他——他看不懂别人,别人也休想看懂他——马上就连他也认不出自己。"我决定要写,要隐藏自己……"如果说,决裂的决定后来变成了分离,不幸砸中了他,如果说他稍显任性缺席的世界又回到他身边,仿佛只是假装离开、走远,如果说他曾假装在说以便让人听到自己沉默的独特之处,随后就碰到了"无边无际深邃的沉默"、"骇人而恐怖的沉默",让他看不见自己变得有多神秘,那么在这看似反常的篇章中,没什么阻挡他去看——他不得不坚持的活动有着怎样极致的真理,去感觉——为何必须晃荡,他是第一人,让晃荡变作文学经历不可分割的一部分。

写作,无须负责,因为这份写作之轻,才会接二连三冒失出错,也才会背负起越来越重的责任,表现以上种种,谁能超越他?一旦开始,什么都不容易。写,为给世界说教还能赢得个好名声,加入写作的游戏就有些弃世,因为必须要写,隐藏自己、隔离自己才能写。最后,"一切都不再可能":原想剖析自己,后来只能心不甘情不愿地失去,自我放逐时那份骄傲带来的却是无尽迁徙的不幸,一次次他孤独地走在路上,不明白为何不得不这样一直来去不停。在"这个巨大的迷宫里,茫茫黑暗中他看见的,也只能是错误的道路,越走越错",在这样的地方,那么努力要自由的一个人,最后在期盼什么?"我敢这么想也敢这么说,人们更想永久地监禁我以此来支配我,而不是一次次赶我出自己选择的避难所,要我在这片大地上无休止地游荡。"自白中满是深意:一个享有最大自由的人,一个什么都不用做就凭想象支配一切的人,竟恳求人们让他停下来,拦住他,对他来说,终身监禁好过过度的自由。或许他需要一再回到他孤独的空间,这孤独的空间此后只能是孤独言语重复不休的回声:"把自己交给孤独的自我,不要朋友,不要建议,不要经历,在一个陌生的国度……""孤独一人、陌生、孤离、无所依附、无家可归……""孤独一人、无所依附、没有朋友、没有防备……""陌生、无亲无故、无所依附、孤独一人……"①

"打造一种新语言"

因为想要原创性,一心骄傲兴奋得要推陈出新,所以当卢梭试图真实地讲述自己时就发现,传统文学力所不及,需要打造另一种全新的语言,同他的计划一样崭新②。有何特别?特别在他并不想描述或勾勒自己的人生,是要用到描述,却是以历史发展的角度和自己建立起一种即刻的关系,揭示这一刻——就在这一刻他产生了无与伦比的感受,要让自己完全暴露于天光之下,走到亮处、走进天光的透明中,而透明的,就是他内在的原点。他不是圣奥古斯丁,也不是蒙田,谁都不会像他这样尝试。圣奥古斯丁忏悔,不向上帝不上教堂;真实就能调解他的困顿,即刻倾吐自己这种错他是不会犯的。而蒙田,外界的真,他不确定,自己内在的真,他也不清楚;似乎哪都没有"即刻"容身之处;心有不确定,才能看清自己。但卢梭从未怀疑"即刻"之幸福及原初之光,原初的光就是面前的自己,他相信自己只有一个任务:揭下面纱,见证自己,甚而见证

---

① 斯塔罗宾斯基注意到:这几节反反复复,就算从形式上看都能"很具体地给人一种无依无靠、无法积极看待事物的感觉"。
② "要道出我要说的,必须打造一种新语言,同我的计划一样崭新。"

自身的透明。所以有人会想,他想做的事的确史无前例但也可能无望可图。该怎么说自己,如何真实地说自己,怎么在说的同时又坚持一直都在即刻内,让文学成为最初经历之地?失败不可避免,但失败走了弯路,这过程本身就在揭示,因为事实上,文学的奋斗之路,本就矛盾重重。

《忏悔录》里,卢梭肯定什么都想说。什么都说,首先就包括他全部的经历、他的一生、谴责他的(单独就能谴责他)、不堪、低谷、堕落,当然还有无意义、不确定、无价值的一切。疯狂的任务,他才刚刚开始,一开始就已经引发争议,为了完成任务他觉得必须抛开传统语篇的所有规则。同时他清楚,什么都说,并不是要在一个根本不能实现的全面叙事里竭尽自己的故事、穷尽自己的个性,而是在自我存在中或语言里探寻最简单的那一刻,在那一刻,一切事先已定,一切皆有可能。如果说他在不断地书写自己,要在某一时刻、总是中断的某一时刻坚持不懈地一再重新开始书写自己,那是因为他一直在骄傲地不停探寻,探寻着怎么开始,他一表达就始终无法开始,而在表达前,他平静、幸福地确定能够开始。"我是谁?"这一问开启了《忏悔录》,此书中,他想要的并不只是让自己"完全呈现于众人面前",而是"不断地"站在"他们眼前",这迫使他永远都无法停止写作,不停地写才能不留"一丁点的空隙""一丝一毫的空白"。接着就是《对话》,其中,"什么都说"的人仿佛什么都没说,要重新开始全说一遍,因为有束缚:"我要有所保留，人们会看不懂我。"再然后是《一个孤独漫步者的遐想》："我是什么呢？这就又待我去追寻了。"如果写作是满腔不竭、特异的激情，要很好地将其揭示于我们，只能是他，他这样的人，写到烦、受言语困扰、料定闭不上嘴、仍"泼墨纸上，字句断裂"，这些字，他几乎没时间多看一眼，更别说修改。

因此，重要的并非故事中他展开发展的一切，即使一切皆出自本心，重点是"即刻"内所有的一切以及这一切之真。卢梭这是在发现，发现会帮他，但方式忤人。原初之真相并不混同于种种事件之真：因为原初之真要人去捕捉需要有人道出，它尚未成真，至少还不能保证等同于外界铁定的现实。所以我们永远无法确定是否已经道出了此真，相反，我们确知必须一直重新开始说此真，但如果做些变化创造性表达时，根本没人会承认说了谎，因为不真实时，才更接近此真，而非表面精确之时，表面精确只会僵化真，让它丧失自身特有的明晰。绝无仅有的一种艺术，卢梭找到了其合理性，他看出了文学之真，它就在文学的错里，文学之力并不在于呈现，而是创造性地让某事某物缺席，以缺席之力让它在场。"我还是相信，自己画自己会画得很好，即使一点不像。"斯塔罗宾斯基解释说，我们不再身处真相之地，而是自此走入了真实性之域。看他绝佳评论："真实性言语不会强制自己模仿既已存在的事实；而是放开变样、创造，但条件是必须忠实于自己的法则。而这一内在法则，避开了一切控制也不容人讨论。真实性的法则不下禁令,但永远无法满足,它从不要求言语**再造**即已存在的现实,而要不间断地自由发展,**打造**自己的真。"

但怎样的文学才能庇护如此言语,保住文学创造的自发性?关键不再是用一种恒定不变且规范的模式、按人们做书那套传统理想费尽心思写好书。"这是我的自画像,不是一本著作。可以这么说,我像在暗房里工作……文体和内容我都定了,绝不费心要文体统一;想起什么写什么,无所顾忌,看情绪变化,我感觉到什么、看到什么就说什么,不加矫饰、无拘无束,不因杂乱无章慌了心神。我的风格,多生变化、自然而然,有时快有时散漫,有时睿智有时疯狂,时而庄重时而欢快,风格本身就是我的故事。"① 最后这么一点,着实惊人。卢梭清楚看到,文学就该这样说,仿佛话里有感觉有真相,形式之下有内容而内容之中文字虚假意义所掩盖的一切,抛开文字传达而出。

不费心力、无拘无束不加矫饰地写作,绝非易事,卢梭就是很好的例证。必须等待,因为故事有高低起伏,所以要等着喜剧的让-雅克·卢梭换下悲剧的让-雅克·卢梭,让不费心力、无拘无束滔滔不绝的风格最终和雷蒂夫一起并坐文学之堂,结果却不太令人信服。他困惑,本打算不经任何加工全盘交托自己的人生,让读者自己加工这些元素成作品——实际

---

① 出自纳沙泰尔博物馆收藏的《忏悔录》手稿序言。——译注

上这计划本质很现代①,但他能感觉到自己的生活将沦为一场令人费解的诉讼,无以接受的判决在等他,如此威胁之下,他不得已,只能为自己辩护、求助于传统文学雄辩的特质(如果你得说服面前的法官,就必须使用他的语言,那才是最佳辩术)。但像卢梭这样一个生就雄辩滔滔的人,情况就有所不同,而且可以说——当然是从某种程度上来说——人们将他告上法庭让他听任审判,逼得他只能不断陈述为自己辩解,如此念头是以文学的形式摆在他面前的,而文学之地是他游刃有余驰骋之地,他对文学的思考经得起诉讼带来的种种烦扰。从这个意义上说,仍然传统的文学言语、西塞罗式言语、辩护言语、操心"正确"并以此为傲的言语,与原初言语、"即刻"言语、无凭无据、根本上纯洁的言语这二者的不协调,让作家感觉自己一时是卢梭一时又是让-雅克,接着又处于既是卢梭又是让-雅克的二元性中,他以惊人的激情具化了如此二元性。

极端之魅

近来敬献卢梭思想的书籍,P.博格林②之书当最可信。评

---

① "是要他(读者)自己集合这些元素并决定这一集合的模样:得到的就是他的作品。"

② 皮埃尔·博格林《让-雅克·卢梭的生命哲学》。

II 文学问题

论卢梭的人都觉得难——有的评论人享受这种状态,有的忙补救——难在怎么协调仅仅表面上系统的研究,而博格林这书,读者就能看到作者如何用各种方式解释此番困境。我想其中一种解释是说卢梭的思想尚未成思想:其思考的深度、其中所蕴藏的取之不竭的财富以及狄德罗以为的诡辩气都源于文学层面,他的种种思考呈现于文学层面、指示着和文学现实相关的最初一瞬,回溯原初的要求阻碍他的思考发展成一个个概念,也不让其明晰到理想状态,而且每一次种种思考努力想要顺利地组织概括时就遭其拦下深陷极端之魅。我们总感觉可辩证解读卢梭的思考:无论是《社会契约论》还是《爱弥儿》,甚至《新爱洛伊丝》,我们总能预感,揭示"即刻"、让思考后的生活变形这二者只有在对立中才有意义,对立让双方争斗不休但也相互定义。人们会说因为弊病,卢梭的思想凝固成僵化的反命题。但我说弊病本身也是文学,他凭敏锐的洞察力和最大的勇气,认清了文学一切矛盾的抱负,如果一细想就会觉得这些抱负荒谬不已,伸手相迎又觉得无法忍受。还有什么比文学更不合理,竟妄图让语言变成"即刻"的栖息地与休止之所、原点的悸动与异化、陌生的活动,让它确信初始之物、不确定重新开始之物,让它成为尚未成真之事物的绝对真理? 如此不合理,要么尝试理解整理出头绪;要么让其实现于美妙的作品;要么抱着异样的激情感受。最常见,单用这三种方式。而卢梭,想到这三种方式的第一人,也唯独他三者同时做到,所以往后,他既像思想家又像作家,因为他不加小心,想两个身份相互成全。

儒贝尔与空间

1. 无书的作者　无作品的作家

虽然我们觉得儒贝尔贴近我们,相比同代大家更近,但他让我们看到的绝不仅是黑暗,虽说显然,黑暗笼罩他,他垂死挣扎幸免于难,他给我们的,更多。生前那点声名不足以坚持一两个世纪还能光芒四射,像司汤达,就希望生前名生后传;一部伟大的作品也不会仅因伟大及小范围的认可在某一天得后世认可、重见天光。或许某一天,人类将一切了然于心,包括一切的生命一切的真理以及所有世界,但总会有那么几件艺术之作——或许是整个艺术——不在全知之内。这就是艺术活动享有的特权:只要出自艺术之手,哪怕神灵都时常不知所以然。

还有一点毋庸置疑,众多作品因过度崇拜早早枯竭。巨大荣光的确让老来迟暮的作家、艺术家欢欣鼓舞,却也为其死亡添把火,燃尽实质让其作品空洞无物。年轻的瓦莱里在杰作中找错——让杰作成名之错:贵族气的评判。但我们总感觉作家之死最终会让作品归于安宁,只剩作品。只要他还活着,最超脱最淡然的作家就还在为自己的作品战斗。他活着,足矣;他用余生,用献给写作的一生,坚守在作品之后。但他一死,即使没人留意,秘密之帘又下,他的思想就此封锁。他独留在世的思想,是会发扬下去还是慢慢缩减,是一败涂地还是实现,是遇知音还是无人问津?会不会永远无人追随?但就算是"遗忘",也常忘了因谨慎之才配得上"遗忘"一词的人。

儒贝尔有这才能。他从未写书。仅仅是准备,下了决心寻找各种合适的写作条件。然后自己忘了计划。说确切些,他要找的,是写作之源,是一个空间,限定在这一空间内仿若光芒的写作,要求并确保他已经准备好无法进行或者避开一切寻常的文学工作。因为这,他就是第一代完全现代的作家:钟爱核心而非表面,牺牲结果来发现促成结果的条件,不为数量写书,而是要主宰某一点——在他看来所有书都出自这一点,一旦找到,就无需他写。

但如果说这就是他一直以来明确而唯一的追求,就是误会,他慢慢才有了这种想法,会忘记也会弄得晦涩难懂直到后来终于把想法转换成智慧才得以坚守。所以很容易混淆他与格言制造者——尼采过去爱法国文学就因为这些人。他所有的出版商,甚至于今天的出版商,几乎都以格言警句的布局,从最空洞的哲学那借些笼统的标题——家庭与社会;智慧与道德;真理与谬误;生与死;文学评价——呈现他的《手记》,助长了人们对他的误读,让人看不出他探索中全新的、甚至属于未来的部分:尚未思考的思想在慢慢酝酿,力图回溯自身的诗性语言在渐渐回流。

儒贝尔并非尚福尔、沃夫纳格,也非拉罗什福科。他不用简短的想法造漂亮的字眼。他不贩卖哲学,他不靠凝练的表达窃取粗暴断言的权力,那是什么都怀疑傲慢又尖锐的卫道士用来明确自己怀疑的招数。他所写,是日日夜夜坚持之果,几乎每天都写,标上日期,除了日期再无其他标记,除了从日常活动出发再无其他视角。就为这,要读他。不仅因为首次完整出版他的随想时(之前的出版社多多少少改动过,但从不会太过分:重新编个顺序组合),安德烈·博尼耶推荐说这可揭示出完全不同的儒贝尔;而因他让自己的随想有了日记的特性,重新带上日常色彩的思考仍然触及日子里的生活,却能从中抽离并带出另一种天光,散发另一种光,随处闪烁。这一视角改变一切。如果说众多儒贝尔《随思》集彰显出珍贵、谨慎却冷漠的才智,那像《手记》这样一本终其一生写就的书稿,这一笔笔生活挤压下偶合、复原在我们面前的手记,就以同等的程度为我们献上了一场激情的阅读之旅,以其大胆的活动诱我们向目的地,而目的地,只能在短暂的一线缝隙中,在最稀有的瞬间发现。

"儒贝尔的内心日记",《手记》这一副标题并非幌子,虽然有点过。说的确实是最深层的内在,怎么摸索抵达内心,还讲了终将与内心相融的文字空间。"字字要肺腑,各样情切,或许麻烦,却必须如此:我认了。"儒贝尔为此挣扎。要可以,他不愿"想都没想就已深陷、钻太深",按他说,这是他所处时代的通病,享有特权的通病,他只求自己的语言有时能尽力躲开。然后某一天,他悲痛落笔:"我没了表面。"对一个想写,又只能靠艺术,靠着和画面、和空间的关系——因为画面才与空间有了关系——才能写的人来说,承认这一点,很痛。只有唯一的深邃,艰难坎坷遍布崎岖又变化无常的深处,该怎么由此出发倾吐而出?内在的东西,深陷其中的东西。"我们画内在的内容,画深陷其中的内容。即便深邃还有丁点光亮,永远也呈现不出表面那种统一和生动的明亮。"儒贝尔爱表面的明亮,他始终在尝试,要把这伟大的深邃、任他升落的深邃当作另一种表面,无限叠加的表面。

此日记鲜有细节触及我们所谓的私生活和公共生活,但到处在节制地暗示,始终有股追忆的力量。1801 年:"你们喊做波拿巴的这个年轻人。"母亲去世时:"夜里十点,我可怜的妈妈!我可怜的妈妈!"1 月:"化雪时,青草地上处处是点点白色的雪迹",5 月伊埃雷:"时值夏日,凉爽。"10 月:"通烟囱的人在嚷嚷；蝉鸣。"有时,他的思绪还和周边环境相关："远远被人看到,多快乐。""忙着看时间流淌"或是些画面,满是原初的神秘："坟冢里漆黑的发丝""水流动的纹路……空气的河,阳光的流……一层层光晕……就在这里,在地上这一点,我的灵魂飘然而飞。"他也说自己,不说做了什么发生了什么,而说最深层的自己、精神的需求以及精神后面他所说的灵魂。内在,勉强算是他的内在,总是和他隔着距离,在距离之外,迫使他常以旁观者的目光审视自身,他说："我根本没耐心",然后立刻又说："他没……",虽然他记了又记,不加润色却精准地记录着让他操透心的健康,却极少出现悲痛的字眼,那在他看来似乎触及了自己的极限,而他以为,有必要在思想碰到极限之前就停下,避免限制；寥寥数笔就牢牢抓住了我们："我打不开思路。""……写不了""(不行了)"写下括号里这句,不久于世。

他为什么不写？

儒贝尔为何不写书？早期,他只关注也只感兴趣别人写了什么、要写什么。年轻时近狄德罗,晚些时近雷蒂夫·德·拉·布列坦尼,两位文人作品众多。而立之年身边几乎清一色显赫作家,和他们一道,活在文学里,这些朋友深知他在思想及形式方面皆老练,轻推他出沉默。说到底,他根本就不会囿于表达的尴尬：他的文字,多又广,都以禀赋写就,仿佛时代给予的财富,而他,则在天资之上加上精神各种细微的变化及字句间种种的乐趣,让人觉得他总是乐于说,说也让他高兴。然而,这样一个极能写、几乎每天不离笔记本的人,却什么都没出版也没留什么让人出版。(至少按当时惯例如此;即使夏多布里昂在他死后集结他部分思想出版,也仅在朋友圈传阅。但在我们时代,如果有人像瓦莱里激励纪德那样激励他,或许他再不会抗拒。1803年,冯塔纳在给他的信中写道:"每到夜深回想日间种种时,我劝您还是写吧。过一段时日,您再来自己思考得来的幻想中挑选,准会惊喜地发现,不知不觉自己竟完成了多美一部作品。"儒贝尔拒绝造一部那么美的作品,绝对是功绩。)

我们可以解释,他属于这类作家:如果不加克制耽于文字表面,加上虚假的充实感,是快乐但也让日记贫乏。对他而言,出现下面这种情形才最诡异。如果说他的日记仍基于日常生活,但反映的却不是日子,而是别样。另外,到后来他才养成写《手记》的习惯,更晚些才加以重视并定了方向,要透过各样想法的变迁表明他一直很上心。似乎直到四十岁他才感觉准备好可打造美文,像众人那样:谈谈普适的"善",写写皮加勒巴黎红灯区,聊聊烹饪,甚至写部小说,这些计划都留有零星半点的片段,我们还能看到。但没有或者说鲜有《手记》的计划,因为只有在以下时刻手记的内容才会扑面而来:他开始想写,如此一想看出了自己的使命,看到了自己必须经受的诱惑,也看到了让他实现自我的活动,实现自我的过程,有时忧伤,他后悔自己没有"一股脑地吐露自己",同时又可说无遗憾,他坚信自己的喜好,也坚信绝不会少了个人喜好。

"到底什么才是我的艺术?为了什么而艺术?艺术造了什么?让什么诞生又让什么存在?我要什么,我搞艺术到底想干什么?是写作,还是坚信有人会看我?那么多人就这点野心!难道这就是我要的?……得好好考虑,肯定要花很长时间,直到我清楚为止。"写于1799年10月,儒贝尔四十五岁。一年后,10月27日:"你问,要到什么时候?我回答说:等我圈起自己的星球。"一天又一天,一月又一月,年复一年终其一生他都在这么问,但如果把他当作另一个艾米尔,以为他会在自我检视中耗尽心力,错。他相当清楚——他最先了然——在这场他必须回应的活动中,光说理远远不够还很危险,甚至说点真的也不合适,因为他仿佛处于严格的真理之外,严格的真理怀疑幻想的部分及想象的土壤,生硬的理智完全不会考虑幻想及想象。儒贝尔所写看似草草的抽象感想,但他坚信,无书的作者无作品的作家,已然纯粹地依属于艺术。"在这,我身处世俗之外,身于艺术纯粹的领地。"他也有怀疑的时候,但他那份笃定尤其震撼,他坚信自己的步伐,确信即使自己拿不出任何可见的作品回答友人"要到什么时候"的提问,他所忙,本质上重于作品[①],也更关乎艺术。

那他忙什么呢?或许他不想别人说他知道。他清楚他在

---

① "得像艺术,不似任何一件作品。"

找自己忽略了什么，正因如此探索之路困难重重、发现之时充满幸福："但要怎么找该去哪，甚至不知道要找什么还怎么找？一创作、创造就经常这样。幸好迷失中不仅有所发现还有美好的相遇……"我们总感觉，如果他已经想好一部作品，那是为了用平凡的计划包裹、掩饰一个难以捉摸、无法转达也更隐秘的计划，他觉得这个计划就是他的使命。他暗示的这部作品近乎神作，越来越远，而且按他所说，"主题不该出现在标题里"，就该如此。之后他补充道："书名要叫'人的'。"或者还要回应友人的批评，或者可能连他自身实现的精神都会指责他，说他缺乏变化只关注一件事："要是他老在一个圈里打转？他的主题就这个视界。前面再加几个字：无垠的圈。"说他根本不知该如何完成，他回应说："'完成'？用的什么词。停下、宣告结束那才完成不了。"骂得更严重的，说一切还没开始就已经结束："最后一个字总是最先出现，作品就难了。"很难给"种种思想"一间房，此地要类似思想，以思想的自由所建，尊重并保存其画面的质朴以及看不见的形象，尊重并支持它们去拒绝，拒绝像种种道理那样相互结合："各种想法！费劲的就是给它们造间房。"

在空间里翻译事物

他暗示的作品应如此：显而易见的并非主题，完不成也开始不了，对它自己而言都像错，和所表达的内容保持距离，为了让表达的内容在距离中绽放、沉淀、保存到最后消失不见。1812年——他近60岁——,7年前他费劲要造的"房",看他这时怎么说:"找来找去,就'空'最好,留了一个空置的空间。"临近暮年,这是承认他要放弃了,忏悔自己要求太极端失败了?这或许算不上一个胜利的肯定,但一切都表明他也没消极看待,如果说他听任这结局,那是因为他更愿严格遵循这发现而非含混不清地阐述,那只能是背弃。"空间",正是他经历的核心,他一开始想写、在写作周围就找到的,是内在的奇观——把文学言语变成思想及思想的回声(相当于对他来说,思想不见衰竭,反而愈加深沉,愈见坚挺,虽然会有反复但越走越远,更接近思想指向的远方及其原点);内在的奇观转向自在和不确定性的保留地——此地就在我们身上,是我们的灵魂,同时也转向阳光、空气和无限的轨道——那在我们之上,是天空和上帝。

很难知道儒贝尔的"经历"从何开始,他总同时同步思考,尤其身处此境:他必须通过种种孤立的思想——各思想间没有他存在的余地——表达自己。但,像他那样刚成熟就能写出:"想要了解人,哲学家就得好好研究诗人",那他最先从诗歌,确切说他从文学写作的特异性中所得,似是惊喜,惊喜于需要他一生去思考的星球,他对人、物理、宇宙论或神学种种纷繁的思考帮着星球在运动中保持形状,贴合其形状。他写道:"在空白一片或满满一片的丁点空间里,用空气描绘,我说些什么？无边无际本身还有整个内容毋庸置疑就是奇迹，容易检验，持续不断地在言语和写作中发生"，虽说越来越混乱，但他心里有数，指出了他将不断回溯的那点：以缺失来表现、用距离来展示的能力，恰是艺术的核心，隔开事物其实是为了道出它，保持距离是为了它们能够发光发亮，这是在转换，在翻译，正是距离本身（空间）在转换、翻译，让不可见之物可见、可见之物透明，让自己在物中显现，仿佛自己是不可见、不真实的光芒之底，是一切由来和完成的地方。

有时我们似乎会混淆这一惊人的经历及里尔克的经历，感觉这经历也预示着马拉美的探索之路，然而，一旦我们用同样的观点对照儒贝尔和马拉美就会发现，儒贝尔越接近马拉美区别就越大，或许正是一丝一毫微弱的差别让我们看到了二者各自的重心。

2. 第一个马拉美

乔治·普莱在他最精彩的一篇文论中谈儒贝尔，说及马拉美的诗歌经历，事实上这一思路常引我们看向马拉美的诗歌经历。[①] 这两位，大有关联：同样审慎，个人似乎在字里行间隐退，少有灵感的迸发，但表面温文却透着无边的力，探求途

---

① 乔治·普莱《内在的距离》。乔治·普莱不忘指出二者分歧之处。

中极端严苛,一股劲、清醒地朝向未知的目的地,极其关注文字,包括文字的象和本质,让人感觉无论是文学还是诗歌都藏着秘密,必须爱这秘密甚于世间万物,哪怕造书的荣光。在看《手记》时,看这句那句,感觉那几乎就是我们想象中马拉美的声音。1823年6月8日,儒贝尔死前一年,他说:"空间……我几乎要说……是想象的,它的存在那么……"如果是马拉美,笔或许就停在"想象的"三个字,但已经很像马拉美在说,说说停停,空出了沉默调整气息,有话不说为了让字词跳出自身上升到显然的状态,不就是他吗?着实让人困惑。

我们在儒贝尔身上看到了后来才出现的马拉美,但重要的是,正因意象、思想如此相似,我们才不得不从相异点去看,还要好好问问,想得都差不多,预见的都是同一条道,受同样的画面感召,这两人如何越走越远。他们几乎从同一点出发,谁都深沉地经历着"距离"和"分离",独自让我们去说、去想象、去思考。他们都感觉到,诗歌交流的力量并不在于让我们立即与事物为伍,而是不触及事物将其交与我们。某些特定需求让马拉美成了诗人,而少了这些需求也少了分孤傲的儒贝尔,唯独没有区别"分离"和"共同":反而在分离中——在"缺失"的维度,在他称作"空间"的空中——看到了世间一切的共同点,包括事物、言语、思想、世界、我们头顶的天空和我们身上的透明,一切均有阳光普照。他发现,文学中,一切事物都会自我讲述,让自己显现,用自身真实的形象及隐秘的方式自我揭露,只要它们远离、空出距离、减弱并最终在"空"中展现,而空,无法划定,无法确定,想象才是其中的关键。有此发现,他大胆总结:空与缺失,才是最实在的现实之基。他说,如果我们为让世界脱离"空"而压榨它,必将两手空空。

用"远"和"空"

"地球是一颗水滴;世界是一粒空气。大理石是厚厚的气。""对,世界沙罗做的,一层薄沙。牛顿推算,钻石里的'空'比'实'多……倍,钻石是最结实的实体。""什么万有引力、不可穿透性、引力、动量等等所有一切支配着物质的盲目力量,被一个个学者弄得动静很大,物质到底是什么,一颗掏空的金属算什么,那么一颗内空的玻璃一个明暗晃动饱满的水泡呢;无足轻重的影子,也只有对自己而言才所谓'穿不透'……"儒贝尔在梦幻的物理和宇宙(或许接近更现代的一些知识性论断)中冒险,调解现实与想象的需要推动他,梦幻的物理和宇宙并没有否定事物真实的状态,而要它们从几近无的状态——一粒空气,一星半点的光甚或只是空气、光所占的"空"——存在:"看看周围一切,纤弱的承载着结实的,轻的抬着重的。"所以很明显,诗歌言语能够激发事物,在空间里翻译事物,以距离和空让其显现:因为"远"承载着事物,"空"就在事物身上,以"远"和"空"捕捉事物才是正确之道,而文字的使命是将不可见的中心从自身真实的含义中抽离出来。因阴影

Ⅱ 文学问题

我们触到实体,因阴影半明半暗,当明暗晃动到极致、影子无需消失就可以镶嵌、浸透阳光时,我们触到了实体。但很自然,要让文字达到这一极限将之呈现,文字也得变成"一粒阳光",要变成它指代之物的模样、自己的形象以及想象中的样子,才能类似空间无边无际的辐射,还要把这一时刻——文字以极致的轻承载万物、以透明定义万物时——拔高成星体。

"透明、透亮、一点黏稠物,再加上魔法;要学上帝,微小造万物,可以说从无到有:这是诗最根本的一个特征。""我们写出语言要有声音,有灵魂,有空间,有户外空气,要有独立生存的文字能承载上述一切、给它们留出位置。""交流的力量……纤巧、精细,感觉得到却看不见,仿佛电中以太的力量。""气雾缭绕的诗意,化作散文。"

必须清楚地看到,对儒贝尔而言,语言再空灵也不能去否定——在虚无中超越,借虚无超越,向虚无超越,否定,是诗歌委托马拉美的探索。如果说下笔节制让我们和事物间有了距离——没了距离我们会窒息得发不出声,这么做没有否定事物而是将其敞开,敞开后释放出光亮的部分和间隙,正是光亮的部分和间隙构成了事物;甚或让人感觉到超越实体的部分,赞同它,因为一切实体都靠它显现;还要迎接正面突出的部分,因为那是"实质神秘的延伸"。文字不否定,只赞同,如果说有时文字看似"虚无"的同谋,用儒贝尔的话说,"虚无",即"世界看不见的丰满",他又重述那句,要把"虚无"的证据摆在天光下，空，看不见，却是耀眼的存在，是一线缝隙，不可见之物于其间绽放。

1804年左右，他先受马勒布朗士影响发觉这位哲学家的语言和自己的很像，另一方面，儒贝尔已将文学经历延伸成宗教经历，而且还尽自己所能在挖空事物、挖掘现实的道路上走得相当远，所以赢得了上帝对"空"的支持，得了"空"的术语，并将"空"打造成空间中的空间，就像他人打造思想中的思想。人们会随意下判断，说有了上帝之名，轻易就能堵上这个巨大的空洞——因为想轻盈渴望缝隙他最终会在万物中看到、建立的空洞。如果无上帝之名，如果就只是个名，是不是一切都会重新落入虚无——他掠过、驯服、品位的虚无，仿若看得见、看不见的确信间难以消除的联系？答案很可能是肯定的。但还是按他经历和呈现的那样迎接他的经历吧。所以要很好地评价这经历就必须看到，他有着极其强烈的感觉，那是无法触知的感觉，他和自己喊做空间的"空"有着相当的默契，所以他似乎从不担心一切会在"空"中消散、化为乌有。乔治·普莱厉害，他注意到，儒贝尔并没像帕斯卡那样从空间之无际中收回焦虑，而是称颂宁静的喜乐。如果上帝走向他，并不意味着串联的理智走向了末路，而是喜悦之情达到巅峰，之后，唯上帝是喜乐之因。

书，天

失眠的夜里，儒贝尔出门，看天。"失眠的夜（Insomni

nocte,拉丁语)""凌晨五点,无眠。"①夜里思来想去,会怎样?即便身上物,也在身外实现:这极致之书,似乎永远不要他动手写,想着要写不知不觉间就成了。那上边,有空间,越来越远空间凝聚成光,一点一点有序聚拢成孤独,点与点似互不相识,即使他用某些点、以其四散飘零时那无以言状的整体构建了某些形象,我们能够预知的形象。星辰讨儒贝尔喜欢,但它们总是太耀眼,他更爱透着光的广袤空间,四散的光线在空间显现,并在同一时刻充盈地展露出不同的完美,融合了宽泛与精确。从他成熟之初的记录可看出,他试着像大鼻子情圣等前人那样看宇宙,在他们的宇宙论里,满天的星辰不过夜空里的洞,是空,隐藏的光亮会聚集在那倾泻各自的谜:空间的空洞,空间不再浓缩而成,而要通过减法减到破裂然后大放光芒。

这些沉思都带着隐喻的味道,将我们带向夜的空间仿佛那儿是遍布沉默的宏大文本,带我们向一本书,仿佛那是遍布变化星辰却静止的天。似乎谁都可以读懂这些沉思,但在儒贝尔那,所思所想必是严苛的表达,要表达出他必须完成的事②。然而,像他这样满腔雄心,却也没榨干自己谦逊的品质,因为写在天上的,他保证能以艺术的方式勾勒而出,如果跳脱

---

① 他总在8月思来想去。这位天才,怕冷,冬日除了自己什么都不想。
② "8月1号(insomni nocte,无眠的夜)。真想思想一个个翩然而至汇成一本书,就像夜空的繁星,井然有序又和谐,彼此间有间隙各自自在,谁也碰不着谁,也混不到一块儿。"

自我,我们真能发现自身同一个空间及光明的内在,那么往后这内在都需要我们倾注全部精力要我们拿生命回应它,要我们以思想捍卫它,要我们用作品让它可见。

"……夜空中我所有的星……整个空间是我的画布。Ⅱ.思想的繁星砸向我。"

如果儒贝尔看到《骰子一掷,不会改变偶然》,想象这诗不变一字就是他所创,或许诱人、光荣。瓦莱里最初走进马拉美秘密思想的那一天就说过,马拉美的《骰子一掷,不会改变偶然》"让一页篇章升华,有如灿烂星空般辉煌"。儒贝尔那一个个梦,早这诗一个世纪,却让人预感二者在需求上多相似:无论是儒贝尔还是马拉美,都渴望替换寻常读物,写寻常读物要按部就班把所有场面全过一遍,话要一次说尽道透容不得含糊,必须"清清楚楚明明白白、平和、深刻,最后还得统一①"。这就意味着,他们所思所想完全不同于一步一个证据的说理人,而在语言方面,所求区别于讲演那一套(这最让《手记》作者担心)。从更深层次来说,意味着他们将遇见、创造一个空置的空间,在那,任何独特之物都不会打破空间的无限,一切仿佛都在场于"无",在那,什么都不会发生只有地点本身,这就是两位智者最终极的目标。

相似止于此。就算仅从外看,静止呈现的诗歌都已投身惊人的活动,儒贝尔却用尽全力要避开这活动:"有'退'有'延

---

① 《手记》,1805年2月7日。

伸',也有'逃',时快时慢,丰富到剧烈时各种活动分散也相互叠加,活动越无法铺展、发展、拒绝一点点缓和时越剧烈,精神就越受折磨,迫使我们在含有间隔的整体效应下,承受活动一切焦虑的形式。"最沉重的一击,击中了儒贝尔的精神目标,就那样,缺口中不断丰富,来来去去、永无止境一再重新开始,这就是不定空间之空。

无论《骰子一掷,不会改变偶然》中还是天上,或许儒贝尔都能迎来秘密的秩序,但此秩序模仿偶然,企图进入偶然游戏的内在,或许为看透规则,或许为坚持文字精准、思想明确直到确定性到了极致能囊括不确定性。诗这片天,或许会有光,尚在未来,永远无法确定,那是诗可能的模样——某个"星宿"散发的光芒,在绝无仅有的纬度闪耀。但儒贝尔绝不愿事先掀起洪水,事先毁灭意味着什么都不能确定才能变成"或许"这一假设中别的、更纯粹的什么。他绝不会将这无法实现的活动看作向下的路,朝向"深渊中同一的中立状态",相反,借此活动,我们在万物中找空,以此走向光明。

"偶然"一词已让他陌生,"偶然"与《骰子一掷,不会改变偶然》戏剧性地一合并,在儒贝尔看来,无法将思想表达到与诗相遇的层次。在这点上,他最坚定。儒贝尔不愿思想像理智那样受限,要远高出推理与论证的束缚,从无限出发然后臻于完善。同样,他也希望诗的言语渐趋完美、完成时,承托多意义带来的模糊性、双重性及不确定性,以此更好地表现种种意义间相互交叉的部分及意义外更深的意义,这正是诗的言语一直的朝向。但这种不确定性并非偶然。偶然与现实部分相关,现实部分流于表面无甚意义,理智——理智只要证据,想把一切都缩减为账目——就试图以计算掌控这样的现实①。儒贝尔通往的空间,没有偶然,不存在确定,而文学,已经变成交流权的空间,是繁星遍布井然有序的天,每一颗星都体现着天空的无边无际,而星自身的无垠不但妨碍不了反而能让人感觉到无限空的自由。

他看着这激烈矛盾在天上和谐化解,自己却碰上,矛盾不让他退回沉默,却会让他偏离所有完成之作。他有功,首先从艺术和诗歌那看到一种表现方式,太间接的理智或太直接的感觉都无法讨得。诗歌与艺术让他预感到另一种可能,有别于他一生所求:比起理智的关联,必须要有更严谨的关联但也纯粹、轻盈自由;比之接触感觉,要更敏锐地接触深层的内在,可也得保持距离,因为这独特位置触及最深的就是距离,感受到距离就仿佛感受到内在,我们身上的远方仿佛我们的中心。因此这关联可避开理智的逻辑关联中暂时的规则,躲过感觉带来的瞬间冲击:隔着距离用距离传达"即刻";完善又仿佛只能局部地表现无限之广。

但如何从天到星,从类似空间无限维度的诗到汇集诗的

---

① "牛顿。他天赋异禀,能够轻易知晓万事万物'有多重'。""牛顿就只发明了'有多重'。"

Ⅱ 文学问题

纯粹、独特文字,又怎样从不确定的美到完美所需的严谨①?儒贝尔的确时不时摆出些解决办法②,但他始终尽力不忘对立两类活动,就算牺牲自己也在所不惜,所以他重要,有时还成典范。表面上他失败了,但如果成功要妥协,他宁愿失败。除了整个的实现计划,他肯定因献身"间隙"饱受折磨,他变"间隙"为灵魂"连续"的基底,但他要在自己身上感受一切权力中断的痛苦,仿佛精神不再,还要体验堕入虚无之感,再也无法身处沉默而美丽的空。他极少说知心话,一说成名(尤其他致莫雷、冯塔纳和文蒂米利亚夫人的信)。《手记》收集画面,他试图从画面入手接近自己的困顿:"我像是,我会承认的,一架风弦琴,能发出美妙的声音,却不动空气。""我是一把风弦琴。没风吹我。"风弦琴:我们理解他为何用源于莪相式③诗歌的形象,因为它像空间,自成乐器与音乐,作为乐器,它空间大,广而连续,但流淌的音乐却由始终断断续续、单个不连贯的音构成。另外,他还解释:因沉思而生的停顿、留白,一张一弛间打断句子也拉长时间,张力,因他拉住琴弦让其发出应有的回响,松弛,因和谐、为留够时间"重新上升重新绷紧"。

---

① "一切美,皆不确定。""构成事物特征让它明确、清晰、完美的,总在结束、限制事物。"
② 方法之一,后为象征主义滥用:音乐。"思想不像链条,应如音乐,因仅有的和谐关系承上启下而成。"儒贝尔遗憾,遗憾之心虽让人动容却幼稚,遗憾未知的思想,或许是绘画与音乐对未知思想的表达让他猜测:"啊! 要能像言语表达一样用音乐、舞蹈、绘画表达,我该有多少前所未有的想法和感觉。"
③ 莪相(Ossian),凯尔特神话中古爱尔兰英雄人物,诗人。——译注

时间的配合、相遇极为重要,做到了他能写,所以他只能在日记的框架下思考,借日子一天天的变化从中寻求走向自己的路——表达自我,为此他耐心等待,一再失望,就像风弦琴在沉默中等风。再一次回应友人的急不可耐时,他找到了新理由解释自己的迟到:"……而且,还得让我的云聚拢密集。"这的确是天和星的问题,是《骰子一掷,不会改变偶然》很大的一个谜:既要达到深渊中同一的中立状态,又得像天那样高悬着空,还得是星宿,在某一可能的纬度投射光芒。云聚拢密集需要时间,耗时进行二次加工:首先时间以回忆的形式转变种种事件、印象,回忆遥远(儒贝尔说:"千万别按感觉表达,回忆如何就如何表达"),然后把模糊而遥远的回忆浓缩成纯粹一刻的精华,有如星光般灿烂,不再真实但也非虚构(儒贝尔说:"我的回忆里,只保存了我读到、看到甚至想到的精华")。他不能因急迫加快变形,因为变形并不取决于专制的自我,确切地说要变形还得减轻并清空专制的自我,让外面的内在和里面的内在通过独特的接触相遇。所以儒贝尔就在那等着,等时间为他铺道走向空间,等时间让空间凝聚成重要的纯粹时刻,让空间浓缩成一粒光,然后这粒光自成文字,还能在文字封闭的透明中,让整个语言完整的辐射集中于单独的一句话①。他等着,不能漠不关心,他以整个生命参与的内在

---

① "该死的野心,真是烦透了。总想在一页纸上写尽整本书,一句话里道完整篇内容,一个词包含整句话。这就是我。"

也得出力配合,他甚至还得极其亲近文字,因为可能只有在文字中——时间与空间的限制——我们行事才最妥当,在这点上他说得非常深刻:"……既有能力,又有不可能。"

光中休憩

如果说他从不放过自己认为必要的部分,那还得补充一点,他懂得怎样诠释光中栖息之状以便最终从中得智慧、安宁,或许还得以平息。为此,他随自己谨小慎微的天赋,不过多干扰自己探索的走向。当他写下:"革命让现实世界太可怕,就此驱赶我的灵魂出现实世界"(首先必须得有革命性——不走极端——不信神—意识无戏剧性变化),他也指明,为何他总试图在自己与事物间建"静心所","万物经过,平静下来放慢脚步,安了心放下极端"。所以并非屈于硬性要求才置身分离与远方,而为竖起藩篱保护自己,用清心静气给"壁垒添层柔软",为建个"壁龛",搭起防御的工事"缓和冲击","让心休憩"。休憩,一词伴终生。他本着革命精神,在否定中找休憩之所。他告诉德博蒙夫人:"爱与崇拜都得休息。"随即一心扑在这伟大主题上:"光中休憩。"《手记》一开始他就这么说。结尾时他也说,有时他日以继日地重复似祈祷似口念咒语:"(灼热。灼热的痛。)智慧是光中休憩。"(1821年10月22日)10月24日:"就最后一次,我盼望。智慧是光中休憩。"为何念念不忘一再重复?微言大义,既包含了他思想的两个走向,又体现了思想两个走向导致的模糊性,因为光中休憩可以是、趋向于安宁,因光而得的安宁,光线减弱给予安宁,但也是休憩——撇开外界一切助力和冲力——为排除一切干扰,不妨碍也不平定,仅纯粹的活动①。

渴望光,强烈地渴望日光,渴望日光空间般的敞阔("没有空间,光点")以及独特的亮点,独特的亮点造了日光将之呈现("亮点。在万物上找。它永远仅存于某个句子的某个词,某个发言的某个观点")。憎恶一切看不清、不透明不透光的:"只要思想有暗点他就无法忍受,像眼里揉进了沙子。""太挤?是,我脑子太挤,没地装不清不楚的东西。"或许拥挤得过了度,因为远离晦暗的同时他也偏离了日光,偏离了太过猛烈的初生日光,比起初生的日光,他更爱朦胧的光线,后来在一篇很能揭示问题的随想中他说:"朦胧的光线迷人,因为刚刚好,不强烈。黎明就少点味道,因为那还不是日光,只是开始,或正如人们妙言,'尖,日光尖'。"他要的,是"适中的光线",他就停在这,以便多加品位"度",但他也在努力深化这表达,说"适中的",不仅因为光线适度,还因为我们总缺了一半光线:所以是切分后的光线,光线也切分我们,所以要从痛苦的自我分割上得满足。

光中休憩:是借着光温柔地平息?还是强硬地抛开自己

---

① "……休憩并非让灵魂无所事事,而是让灵魂呈现出一种状态,独自投入自身的运动而无外来的冲力。"

抛开自身所有的活动一直站在光下？一个"无"字足以区分这两种迥然不同的经历。儒贝尔关心的,仍然是怎样用他特有的经历提醒我们要始终如一坚持"无"——划分思想的"无",虽然困难,但至关重要。

克洛代尔与无限

克洛代尔名声在外：人们说他简单，思想极陈旧，心志难夺，没秘密没疑问，亟不可待在显要官职所限内表现点小才华。我不认识他们口中的克洛代尔。

思想极陈旧？他几乎比现代还现代。从笛卡尔到黑格尔再到尼采，整个现代思想都在歌颂意志，想方设法打造世界，完成后实现统治。人是宇宙间最至高无上无所不能的权力，借科学发展加上自身各种未知资源的配合，什么都能做能做一切。如此大胆至极的表述，今天的我们也得望而却步，但他到死都觉得很亲切（在这点上他比勒南本人还像勒南），昂鲁什问他是否渴望融入"创作"为人理解，克洛代尔粗犷回应："好吧，我呢，我一直认为人的出生不为让谁理解，像你说的，'创作'中有人理解，而为击败创作……说斗争更恰当：就我看完全可能占上风，太自然不过，不要谁理解，要战胜。"他就是这种一说说到自己心底的人，中世纪那套在他那早息声几世纪。

他不想战败。他极其憎恶输家,憎恶不因缺乏怜悯,而因几近病态的惶恐。输家、败将唤醒了他身上耻辱的回忆以及令他战栗的不安感:尼采、维里埃、魏尔伦、亲近的姐姐以及更亲的自己,不幸身为艺术家的他们总会面临失败。仿佛失败是真正的原罪,最根本的恶。成功是他的生存法则,证明他得到了充足的肯定。他不属于文艺复兴,无幸得耀眼而短暂的自我,也非浪漫派,无法满足于徒劳的渴望、无果的向往。他是现代人,亲手触摸才信,不把自己放在心上而是挂心自己做什么,不要空想要结果,对他而言,最重要的是作品,是怎样让作品丰满,丰满具有决定性。成功需要证明。他不力求证据,但没有他也挣扎;他无法不满足于自我的肯定:没人了解的作品算什么杰作?所以沉默会刺痛他,无人理解会让他受伤,看得见的荣耀才能让他幸福,如果荣耀牢固又摸得着,他会更幸福。名与利,让他和现实捆绑在一起的一切,帮他把所做打造成一个确定、完满、可证世界的一切,才是他看重的,而非文学虚无的沉醉以及他迎来的辉煌,辉煌不过一时之欢。

成功让事情变得简单。纪德变化莫测难以捉摸,人们就乐于首先将纪德置于克洛代尔的反面,克洛代尔是完整的一体,既无接口又几乎不作任何划分的存在,随时都可成固定的暴力静止地爆发。克洛代尔喜不喜欢自己这个形象?这么描述既无过多美化也不错。令人震撼的是他本质的失调——不和谐的种种活动相互撞击,猛烈,有所克制但很难;在他那,对立的欲望、截然相反的需求、不同属性的品质、无法兼容的天资竟巧妙地混合一起。浮躁,但缓慢;没耐心但天性固执;既冒失又谨慎;没条理但内在井然有序;没分寸,但受不了无度;此人危机重重:一瞬间,一切在他生命中打结又松开;后来他想断了自己的事业和作品,仅过了一会儿,他感觉听到唯一一个声音"不",一瞬间一个字足以抛他回世界;不久后,遇见伊瑟、激情、错误的狂喜,整个故事有如暴风骤雨般迅速:一念之间下决定,一瞬间果决。此人危机重重,从不回头,一变变到底,但他用了四年才开始看清自己,用了十二年掌握变化并置身转变所需的彻底决裂中。同样,奥德修斯那艘船甲板上短短几分钟上演的一切,他用了二十五年才化为己用并成功减轻暴力。缪斯不讲纪律突然不期而至等着诗人,诗人主要靠灵感,没了缪斯,他一无是处,尽管如此,他写,仍依循最大的规律,专注如合理尽责之人,甚至像他所说,带着官员的那份笃定。

疾风骤雨般的天才,内心极端错综复杂,但他似乎没分裂。什么分割他什么就强化他,甚至让他更相信自己确信自己在成长。但,无斗争没困难没半点挣扎?难道仅仅就像表现的那样抱定信心不怀疑乐观到底?他人生绝大多数时候,不幸福不得恩泽。他说过,对死亡的认知以及被遗弃的感觉贯穿了他整个不幸的青年时代。他说过,无限渴望走遍世界、断绝一切亲属关系不再邻里往来,但这让他痛苦,离开后,四处飘零,家如此,哪都一样。内心深处只有自己,"无妻儿",长久以来他踏不进社会走不进人群,或许也走不进自己。《金头》中,我们只听到他在歌颂,歌颂意志与青春的欲望,歌声中跃动着胜利的炙热;但炙热暗淡,炙热徒劳地蔓延成无边的幸福,因为这和意志的精髓无关。《正午的分界》让我们看到一个离群索居阴沉的人物形象,他在人群中找不到自己的归属,自我矛盾,活得总是不自在、尴尬,浑身是力无处使,空有一腔欲望,粗暴、傲慢又笨拙地封闭自己,不知打破自己才能成为自己。

如果他给人感觉:唯独无个人色彩的感觉贴近他,仿佛自然,他是生动的力量,摒除内在始终忙着表达、感受生命的活动,不挣扎,将其当作无尽丰富着的丰满,如果说他所处位置,惊人的位置,无关五十年来我们信教、不信教的时代所表现的分裂意识,这并不意味着一开始他就了然该如何毫不费劲、不分裂地生活说话,抱定信念没有解决不了的问题,随天性及天资肆意驰骋的诗人。不。但他的确不甘愿与自己一起,反而厌恶地决然出走,脱离自我。他不看自己挣扎,别人也休想。他怕那种目光,仿佛透着空,朝向虚无。他似乎知道,意识的破坏性、转换角度后意识的干涉、作怪的好奇心,足以让他走向毁灭,他顽固信念中牢不可破、简单的内在,就会在截然相反的分裂作用力下解体。他的秘密之一。问题、困难、挣扎,他以身承受，不多想不感受；他承担一切重量、作用力；任其发展由此自我成长。自然之事自然办，或靠仅有的别样自然之作——诗作，诗作中，如相互激发、挑衅、碰撞的各种形象，自我一个个分身相互斗争的各种形式皆交汇于此，一个都不能少，哪个都无法拒绝。

很明显，甚于他人，甚于天性柔顺少受天性威胁的纪德，他强烈渴望一套体系，以此整理好和自己的关系。所以很容易想到，如果他毫不动摇遵循着一个连今天最虔诚的教徒都惊讶的教条，那肯定是因为从中找到了协调。或许。但我们也会想，像他这样，天生具有强大的主宰力、无限精力，虚无缥缈的"彼岸"绝对满足不了他，他什么都想看，什么都想拥有、占为己有，他与大地相连，骨子里"根本离不开土地"，"冷冷地爱着土地"，他要可见之物、当下的宇宙，是他的，他丁点不让，竭尽全力推开失败，不遗余力渴望胜利渴望统治。但摆在他面前的是什么？是弱者的宗教，受辱之人、输家的宗教，劝人禁欲、甘守清贫、牺牲自我、遁世向往无限。如此大礼，怎样接？礼重，却首先令他彻底根除了自我，在他生命拂晓时，在他无凭无据确知自己肯定自己价值时。不那么自然的人或许立即行动回应突然而至的召唤。而他，仿佛一动不动也不作回应，沉默以对，熟睡般安然。所以他的作品隐约映出这根本的变化。《金头》弃绝对"彼岸"的信仰，超越人世的幻想。《认识东方》隐约让人看到走向必达之地让一切上演时他迟缓的脚步。这些描述性的散文,美,却强硬专横,暗藏极致之战,确有隐藏。我们有时感觉,克洛代尔自己不多加改变,就试图扭转对强大天性的信仰:雷劈之后,树不毁而浴火重生。可能吗？危机不可避免。

"无限,恐怖的词"

确实如此。克洛代尔身上,一边是强大的主宰力,另一边是极致的恨,恨无限,恨不确定。异乎寻常的恨。不是因为懦弱,而正因强大他受界限所扰,渴望跳脱一切限制,此时恨意愈浓。他的确想要一切,不用多,他只要每一物,一个个已然成形的造物,牢固的现实,能够占为己有、认知的一切。他想要一切,确知的一切,而非起源,或尚未生成的部分,他要现世,划定了范围封闭而有限的世界,在这,一切完好,他能计数、丈量、证实,用他永恒的言语。即使牵扯着欲望,克洛代尔首先活在当下属于当下；他的话,仅说与当下；对他而言,现有一切足够让他欢喜,让他歌颂、激发至长久,用他的语言。但当下,他想以勃发之力呼应的当下到底是什么？是《三重唱歌词》中"春夏间一刻"那一瞬间？是享乐的当下？还是我们无意间或出神时捕捉到、品尝到的幸福？对他来说,最大的矛盾莫过于此,我们很清楚。因为他要当下是为了让自己在场而非迷失其中。因为他害怕不确定性,害怕也厌恶溺死于泛神论;当下的存在,不要人沉浸其中故步自封,而叫人从中汲取养分,发展它,使其持续增长、全方位绽放实现超越。仅精神上占有,形式上拥有当下事物或仅触及事物表面,他能满足?他要得更多:他不想只看,还要拥有,以自身存在拥有整个存在包括其载体。所以成了"元素"诗人。"就元素!第一物质!我说,我就要海"——还有原始坚实的土地,"大地之地,丰盈的胸脯啊"①,"一片泛出红色的水","有原生质在活动,在破坏,在运送,在制作",庞大的汇流,绝不仅仅只是流淌的清水,而是一切巨大的"奔涌的泥浆","浸透着大地实物",中国的大江大河让他了解大地,"江水沉重地朝着一个更广阔的最深的圆形奔流而下"(对他来说,如此定义当下最合适:当下对他而言并非一点,而是永恒的颤动中存在不断地全方位绽放)。

但屈从这运动,不就身陷险境:消失无形,拥有一切却溶解于一切的中心——"尚未收到福音的混沌"? 虚无,他不屑,原初,他同样不求。内心深处,这位深刻的天才没打算赞同空之深渊或起源的不确定性:万事万物,一个都不能少,诗要在同一时刻极其和谐地维系所有事物,这样他就能在事物的统一体及其关系网中计数,仿佛《圣经》里一个族长在清点他庞大的族群,他身于其中歌颂:地大物博,天恩浩荡。克洛代尔

---

① 此段引文中文译文选自克洛代尔《认识东方·江》,徐知免译,上海人民出版社,2007年,第79—80页。——译注

对元素有纷繁的理解,但仅出于对形式的偏好:时而深刻——他趋向于"把自己看作元素本身",时而宽泛,只试图取得一个制高点(通过画面或信仰),并非对既定的现实视而不见,相反是从全局、细节好好观察,"像只乌鸦睁大眼睛"研究"大地的起伏与构造,斜坡与平原的划分"。然而在他那,宽泛的理解似乎带他走向深刻:走入紧密,基础反而可能滑移,惶然中接过的比例可能就此失去。

"'无限',恐怖的词,它用生命,用权力、爱之欢愉下大胆的步伐宣誓。"考文垂·帕特莫尔说自己对无限的恐惧,克洛代尔在翻译此句时已有感受,他以惊人之力一再表达着这种恐惧。"对精神而言,无限之地,让人憎恶、遍布耻辱。""接受赞美吧,我的上帝……你给了我既定的存在,一次性安置了我身上的关系和比例。""我们理解了世界并且发现,您已大功告成。"他写给安鲁什:"一切没有分寸的都具有毁灭性。"同样,诗的目的并非波德莱尔所愿:深入无限①之底求新,而要"深入确定之底以期无穷无尽"。

因抗拒无限,信仰受扰,自然以文字补救:"我爱在本质已定的物质上讲无限。"但感觉依旧。焦虑、夜的经历,甚至纯粹光明、纯粹空间的经历,皆为他本质中顽固不化的部分。所以既要看好诗又得守住信仰,都不能走极端。所以,皈依后到危

---

① 克洛代尔忘了一点,波德莱尔在这名句中说:未知之底。从他的不屑就可以看出,他偏离未知是在拒绝其中的无限。"无限",的确属于波德莱尔特有的语言。

机时,他之所以能够始终保持距离看自己的信仰,很奇怪,就是因为他确信自己所信、害怕迷失、害怕染上恶,总的来说就是害怕自己不知死亡这一原罪。所以对于宗教,他只图鼓舞人心、安心,不想摇摆不定、争论导致毁灭;到底是存在,还是以虚无为面孔不存在。

《认识东方》一篇篇散文展示了他如何一步步,踟蹰中,被迫着靠拢、探索夜下望而生畏的可怕区域,以及赤条条光明中同样可怕的炙热。大海的考验,他感觉自己是同谋,这考验,成了他自我斗争的重头戏。"海上随想","海上风险","离开这片土地","融化",一个个标题标注了他秘密旅程的每一步,旅途中他学着了解漂泊,身与心的漂泊,发现"无人区僭越者①"的自己。因为大海懂了无能为力:"不可思议的大海搅得天翻地覆时,卷入其中的世人,在一片混乱嘈杂中人颠来倒去,拼尽全力想找根救命稻草,无论什么只要坚固。""周围没有一点牢固的东西,我处于一片混沌之中,简直像陷入死亡……我方寸已乱,只有在漠然中遨游。任凭深邃的黑夜和罡风那份空虚的力量摆布。"②往后一点,他几近走进了黑暗之中,迎面而来重重暗夜的考验,当"我们再也无法确知自己所在",当"我们的眼睛再无可见之物为限制,而因看不见之物如

---

① "十一月""炙热""下水航行""静观者""园中的时辰",这些标题都在说,他在靠近阳光。
② 中文译文选自克洛代尔《认识东方·海上风险》,徐知免译,上海人民出版社,2007 年,第 144 页。——译注

临地牢、同质、即刻、漠然与紧凑",因为不确定,他排斥、焦虑,在他身上,焦虑只能表现为抗拒、掩饰。遭黑夜掳走的自己经受考验,很重要,因为证明——证明能随时固定自己位置——对他很重要。或许"海里的风险"只为让他重获新生,感谢自己没死没有饮下那杯苦水(也要注意到,就算即将废除一切时,他的语言依旧坚定封闭,而当它必须充当储藏所无形、无限地消解一切时,尤其明确)。克洛代尔不会轻易泄气,此外,所有活动都秘密,只有透过散文坚硬客观的肌理才得勉强一见。危机本身,谁都知它的轮廓,却至今遮掩、掩藏。

"我不可能。"

所以某时,克洛代尔决定放弃自己的事业,甚至作品,还有刚开始征服的世界。像他这样从不相信什么道德的人,此举惊人。但最离奇的是这惊人之举并非他根本之变。最终他困顿、抽离、"心受伤,力量扭曲",是因为无法"做到"他所说的牺牲,他撞上"不","不"占了上风仿佛内心受挫呻吟不停。可以说,他第一次经历了失败。他孤注一掷,或许太过自我,仍旧太过自负①,失败让他知道无法坚持自己意愿到底。这样一来他发现,贫乏与悲苦不因脱离了一切,而因无法脱离自己:

---

① "我早准备好了要隐退,走出人群,一切就绪!"

他苦涩地意识到无能为力,还有自己完全没有准备好面对的虚无。

但,这还仅涉及被动的黑暗、缺失,缺失让他惊慌却无损于他,随他保留鲜明的个性轮廓。我们清楚,决定性事件如下:暴风骤雨般禁忌的激情下,梅萨,固守着善视如珍宝、傲慢地以为自己善的梅萨,突遭黑暗主动出击,"重重黑暗像豹一样扑向您",一失足他负罪、多情。这故事,最妙最能展现克洛代尔壮丽天性却遭人斥为形式主义的设置:梅萨没有堕入反复沉闷的悔恨,悔恨自己铸下大错占他人之妻,他诗人的一面,似乎还有信徒的一面,都强烈地感受到狂喜和胜利。他做到了自己从未做过的事,直面黑夜,撕破限制,跳入深渊与另一半相聚,他甘愿迷失。

我也一样,最后我也找到了,不得不来临的死亡!我知道这个女人。我清楚这个女人的死。

我有禁令。

丰满之言,纯粹甚于"梅萨的感恩歌",梅萨的感恩歌里仍有自我崇拜的痕迹[①]。"我有禁令。"一切从此开始,诗油然而

---

① 我们知道,并不怎么关心文学美的克洛代尔,曾实在受不了这一段想删除。梅萨时常把话说得吓人,他就是以这种口吻告诉漪瑟她丈夫的死讯——正是虚伪的他把她的丈夫送上了死路——这样一来他俩以后就可以正大光明地恋爱。"但是现在我要告诉你西兹他死了,我可以把你当我的妻。我们大可光明正大地彼此相爱,心无悔恨。"

生,回到源头,重新逃往空置的开放空间,"就连土壤都是阳光的纯粹空间"。

"您怕什么,我又不可能？您怕我吗？我不可能。"伊瑟发起挑战,但首先是诗歌在发起挑战,在挑衅。这女人,有时他必须称她虚假①才能置她于理智的反面,但唯独这女人自我决裂得最彻底,克洛代尔立即从她身上,借由一首欢快的相认赞歌,看出纯粹的诗性力量,诗歌无度。依蕾托(Erato,爱情诗的女神):

"哎,我爱的人儿！哎,海风里的缪斯！哎,船头脑海中的思想！"

哎,抱怨！哎,追讨！

依蕾托！你看我,我看你双眼决绝！

我看你心意已决,我看你眼有疑惑！你的一双眼,答案,疑惑！

无法忘怀的相遇,甚至发现了诗歌的真谛:答案是再次的疑问,疑问因答案复现,维持答案的开放性、生动性,让其永远

---

① 某种程度上,《正午的分界》是复仇,报复错误抛弃他的年轻女人。之后,克洛代尔又以堂娜·普萝艾丝再现她以还她公道。但如何逃得过他笔端暴力的鞭答(极尽残暴),他对所有年轻女人都如此,不无乐趣,以此留住她们;《金头》里的公主,维奥兰,茜涅,普萝艾丝,"多少次他打我折磨我",普萝艾丝这么说自己邪恶至极的丈夫堂·卡米耶;《缎子鞋》最不可或缺的角色之一,存在感也最强,作者一点不陌生,我们清楚。克洛代尔思想有残忍的一面,这是他戏剧化天才之源,但我们也遗憾他并未随之恣意流淌。(参考斯坦尼斯拉斯·菲梅对克洛代尔"智能之恶"一针见血的评注。)

在开始的路上。

所以危机关乎诗也牵扯着信仰①,我们清楚为何多年来克洛代尔都在探索这危机,力求始终站在痛苦的极点及真理之巅——危机置他于此。的确,他抵抗。清醒后镇定下来,他选择做个稳重智慧的幸运儿,立刻铁定了心这么做,但他心知肚明背叛意味着什么,这一刻他转而皈依婚姻意味着什么。1907年(他已婚成家)与《恩惠女神》的对话,幸无终点,即便他越来越封闭自己,自留的秘密角落不允他耽于严肃的义务,也不让他关心现实及真实之物为写个知识性作品。

另一种言语

与缪斯对话,最纯粹——最恰如其分——地表达出克洛代尔内心之裂。一方面,他手握权力、内含意志自己做主,要世界,要在世履行自己的义务,想写有用又看得见的作品,面

---

① 利圭热后,一个不当的决定令他空虚,自己拒绝了一个世界,另一世界又离他而去,感觉无所依从,这正是考验,要他感受什么叫无能为力,走进不可能性,如果没有不可能性,诗歌无所谓精髓。这就是"悲苦之时",荷尔德林曾是其纯粹的表达,马拉美也曾预感,克洛代尔感觉到了,但他理论至上的自我从不赞同"悲苦之时"有意义。但他身上,诗人的自我却以积聚灵光的一字一句打下烙印,无能为力——不可能性——就是诗性力量的尺度:
实际上我眼睁睁看自己,突然一下子然一身,
无所依附、无门可入、无人问津,
身无义务、命无所寄,立于天地之外,
无权、无由、无力、无路可走。

对或许只是枉然、难以捉摸又具毁灭性的言语绝不退让半步。"我意识到一个严峻的事实,作为一个人,我们习以为常的事物其实并非理所当然就属于我们,必须抓住它们以便得到它们,学习他们,理解它们。""我还有未尽的义务!对所有事物的义务,而不是针对哪一个我不得不面对的事物","……离开,身在他方都不是我的义务,放开我握有之物也不在此列……"对于义务在身的人,丰满之言,坚定真实,最适宜:并非不说,而要吸引诗人重视既定之物,它们是人类的赞歌:"让我歌唱人类的杰作,每个人都能在我的诗句中找到熟悉的事物……作家不考虑这些,还能做什么?"充满着支配意味和活力的话语(为此他主动给出一套理论:对他来说,文字从根本上来说就是用来承载活力的,浓缩着情感的活力);"从他所处的位置看,言语就是智慧是意志。""我要吟咏,歌唱不受偶然因素影响的人类……我要作首诗,说的不再是尤利西斯遇耐斯屯贡人、库克洛普斯人的经历,而是地球上我们所知的事……"

所以此书重要,似极具克洛代尔味道。但,书是另一种言语:什么都不给,只带来孤独、隐退和分离;无知识无结果;言道之人不解,只知其中的分量、压力、无限的要求,它不属于人类,不找能人,而找突然独剩自己"离群,被拒遭弃"之人。如此言语不就违背他自身,无关他所求所信,难道克洛代尔就不奋起打压?不控诉?他喜欢。他抵抗,放不开自己,最后想撵走它,但他喜欢。他身上诗的一切,皆为此言语之同谋,即使他拒绝,是纯粹、严谨,是他无望回应的一切。

哎,部分!哎,保留!哎,灵感女神!哎,我保留的部分!哎,我原先的部分!……

哎,言语的激情!哎,隐退!哎,可爱的孤独!哎,所有人生离死别!

哎,我的死亡,一切的死亡,容我忍受创造!

哎,姐妹!哎,女骑手!哎,心无怜悯,还剩多少时间?……

哎,血泪铸就的我的作品!哎,世界之作要让你一赏!

一层层、一幕幕纷至沓来

尚未存在的画面,分散,……

所以我茫然无知,我做什么,灵魂一阵抽搐,命悬一线

喷涌出语言,仿佛一湾泉眼,却一无所知

除了紧迫,和天空之重

祈求以一声呐喊,悲怆地表达出他身上克洛代尔式分裂和对立:一种言语为呈现,另一言语是无声的呼吸,是烈火灼烧之作,是正午的毁灭:

说点人话!

我的名就在成熟的大地,在许墨奈俄斯夜的阳光里,
别说可怕的字眼,别独在我耳边发那样的音,
仿佛十字架,捆缚我的灵魂!

最淋漓尽致地证见了克洛代尔,也证明,屈从自我转向大地之时,回归的是"绝望"。

滚开!我绝望向大地!
滚开!你休想剥夺我对大地冷冷的爱……

所以他做出选择,不愿仅被选,而选择自己所不愿的,没想着自我证明也没抱着希望得安宁。多少年,他耳畔必然总是纷争之声,无法消停,每一次他"退回低处,向着坚硬的大地",在美妙作品中表现战胜矛盾之乐时,这声音在说什么?"别想着用别的替代你,休想拿世界换你,我要的是你。你得知道,我嫉妒起来可怕超过死神!"嫉妒纯粹的光明,纯粹的光明只会消耗一切,但他同样嫉妒黑夜,即使沐浴着八月作品的壮丽他也嫉妒黑夜。对话终止于对深沉黑夜的神秘理解,借由黑暗的回归,就连诗人也看不清的回归,朝向禁止的形象,低处无声的存在,无声的存在既无大地之坚又非恩典、灵魂的欲望,而是黑暗的激情之力,唯靠这力量,他跨越边界,与黑夜合一,看到不可能的同时也看到未知之喜及醉:

谁在喊？夜深沉里好一声呐喊我听见！
我听见我古老的黑暗姐妹，再一次回涌向我，
夜之妻，再一次回到我身边，一言不发，
再一次带着灵魂回归，仿佛黑暗里我俩共享的食粮，
她的心，是痛苦的面包，是盛满泪水的花瓶。

深沉永恒的呼唤，欧律狄刻从地狱之底呼唤俄耳甫斯，呼唤不竭，就算身陷囹圄，四位铁面无情的女神——刚直不阿的四大护卫监视下，也绝对有这呼唤：

"尝过血的滋味，谁还要闪亮的水、炙热的蜜！爱过一个人，鲜活的生命曾紧相贴，爱人的心便永相附。"

先知之言

如果以为"先知"一词——源自希腊语,指一种无关希腊文化的身份①——nabi(拉丁语)即道出未来之人,是错。预言并非仅未来之言,而是言语涵盖的范围,让言语走入与时间的种种关系,这比单纯发现未来某事重要得多。预见、宣告某个未来,不算什么,如果这未来汇入寻常的时间之流、以常规语言表达的话。但先知之言宣告着不可能的未来,或变自己宣告的未来——正因它宣告着未来——成不可能之物、无法造就之物,势将扰乱存在所有的确定因素。言语一旦成预言,呈现的就不是未来,而是隐退的现在及稳固、持久的存在的种种可能。即便永恒之城、无坚不摧的殿堂,一时间——难以置信

---

① 马克思·韦伯与马丁·布伯比较过希腊预言及圣经预言。希腊人,比如柏拉图在《蒂迈欧篇》里就清楚标明,神灵启示下,预言上灵媒的身,使他呈疯癫状,语无伦次嘀咕,所说又非人的言语,先知、神甫或诗人就负责解读这秘密,就是将语无伦次的嘀咕发展成人类的语言。马克思·韦伯说,而在圣经世界,女祭司皮提亚就是解读人;以色列预言家将灵媒与解读人合一。希腊预言尚非语言,而是原初的声响,没有附身的人才能理解、估量,以语言及韵律捕捉预言。圣经世界,接触预言之人当下脱口而出,出口的话已然完善,严格遵循韵律,即便带着一瞬间产生的暴力。

地——崩塌。重归旷野,言语也如旷野,为了呐喊,这声音渴望旷野,不断唤醒我们内心对旷野的惊恐、对旷野的理解、对旷野的回忆。

旷野与外面

先知之言飘忽不定,回归最初的要求——运动,不要停留、固定、扎根,扎根相当于休止。安德烈·内荷尔注意到,回归八世纪先知隐约看到的旷野,是九世纪游牧派在回归旷野时精神的回音,这些游牧派一代代不间断地向往游牧精神。他说这是文明史中一个独特的现象①。我们也无法忽视这样一个事实,明确稳定下来的所有部落中,没有土地的利夫人,始终都能预感到变动的生活。同样,希伯来人在埃及也只做短暂停留,抵抗封闭世界的趋势,封闭的世界会让他们幻想有了奴隶的身份能就地自由,荒漠中他们才能开始生存,解放是为了踏上征途,走进孤独,孤独里再无孤单,同样,就算占有了富足的空间在那居留、做主,也必须总留余地——旷野,没有地点的地方,在那,或许只能达成联盟,而且总得回到一无所有、拔地而起的时刻才能开始正确的生存。

安德烈·内荷尔认为这种游牧精神很大程度上归于两

---

① 安德烈·内荷尔《预言的精髓》。

点:拒绝"看重空间",肯定时间——以色列人的天才之举,因为他们和上帝的关系超越不了时间,而是产生历史,关系本身就是历史。或许如此,但我们可以问问,旷野的经历,召唤土地仅为诺言的游牧时代,这二者有没有表达出更复杂,更令人焦虑同时少了分确定的经历。旷野,尚非时间,也非空间,而是没有地点的空间,不会孕育的时间。旷野之中,只能游荡,走过却什么都不留的时间既没过去也无现在,只是一个承诺的时间,承诺只在天空之空、大地之荒上才能成真,那是人从未踏足的地方,人,只能在外面。旷野,就是外面,无法逗留,因为在那就意味着早已在外,所以先知的言语浸透荒凉,表达着与"外面"互不依附的关系,尚未产生**可能**的关系时,原初的无能为力、饥寒交迫就是结盟的原则,也就是说,言语交流能以惊人的公正实现互惠①。

然而,先知总牵扯着历史,他们自己给历史无限的度。先知所说,无象征无形象化处理,即便旷野也非画面,既像阿拉伯沙漠是地理上可定位的地方,又是没有出口的出路,出走的起点。但,如果说先知的言语总掺杂着历史意外及其剧烈的运动变化,如果说先知的言语变先知为承载时间之重的历史性人物,那么它似乎从根本上关系着历史中暂时的中断点,关联着一时间不可完成的历史,悬成空,空之中,灾难在犹豫中翻转成救赎,而回溯与回归在下坠中开始。借由否定实现过

---

① 《何西阿书》:"耶和华的风从旷野上来。"(13:15—13:16)

渡,可怕,当上帝即否定时。"因为你们不做我的子民,我也不做你们的神。"何西阿所育尚非上帝子女,但后来会成上帝子女。当一切都不可能,当未来,投身火海,燃烧,当午夜之国成了唯一的居留地,那么先知之言说不可能的未来,也在说"然而","然而"打破不可能、重建时间。"我将此城此国交予迦勒底人;他们将踏上这片国度走进这座城邑,放火焚烧一切,然而,遭我驱赶至此城此国街角巷落的所有居民都将被我带回,那时他们是我的子民,我是他们的神。"然而!(LAKEN!)独一无二的词,让先知之言完成自己使命并梳理出精髓:先知之言,仿佛让人永远只能启程,但仅发生于路断之时,无力前行时①。因此我们可以说:当先知的言语指向一个中断的时间——始终在场于任何时刻的"另外"时间,其中人们丢了权力失了可能(如寡妇与孤儿),互不依附,此时他们就在旷野,无任何依附的状态就是旷野,互不依附,但并非立即如此,而总在预先说出的话里。

"我的话不停"

内荷尔归纳了最能反映预言存在的两个恒定特征:公愤,

---

① 《预言的精髓》(*L'essence du prophetisme*),第 239 页。"然而"也等于"同样";但现在,因为同样的理由。"我曾给人民带来无边的苦难,同样,我会给他们承诺的福祉。"当卡夫卡将所有希望寄托在"然而""无论如何""仍然"(trotzdem,德语)时,是先知那般的希望在发声。

争议。上帝说"休得安宁"。预言所说"无宁日"既违背宇宙间的圣职——宇宙间的圣职只知宗教礼仪之时,对他而言,大地、庙宇是结盟的必要场所——又冲击世俗智慧。所以预言引发公愤,但愤怒的首先是先知。好好一人突然变了样。耶利米,本来温和敏感,却不得不变得铜墙铁壁,因为他必须审判并摧毁他所爱的一切。以赛亚,有礼有节受人敬重,却不得不脱光衣服:赤身裸体走了三年。以西结,一丝不苟时刻整洁的祭司,却得吃粪烤的食物,浑身腌臜。上帝对何西阿说:"你去娶淫妇为妻,也收那从淫乱所生的儿女,因为这地大行淫乱",这并非仅是意象,他自己预测到了这场婚姻。先知之言沉重。因为真实,所以沉重。并非随心所欲地说,也非自由想象恣意而言。假先知讨人欢心惹人爱:逗乐(演员),而非先知。但先知之言从外面来,即"外面"本身,是"外面"之重和挣扎。

因此使命伴有拒绝。摩西:"主啊,你愿意打发谁,就打发谁去吧……为何打发我去呢?把我从你书里删去吧。"以利亚:"够了。"耶利米呐喊:"我就说,主耶和华啊,我不知怎么说,因为我是年幼的。——你不要说我是年幼的。因为我差遣你到谁那里去,你都要去,我吩咐你说什么话,你都要说。"约拿抗拒得更彻底。他逃避使命还有上帝,避免与之对话。如果上帝对他说:起身去东方,他便起身向西。为逃远,他走海路,为藏好,他钻到船底舱,然后沉睡,再然后死亡。枉然。

死亡不是他的终点,而是远方之形,他曾努力找寻远方远离上帝,忘了上帝的远方即上帝①。如果先知自觉还没准备好做个先知,会时而痛感上帝也没做好准备,"主没准备好"。说的一切,发生的一切荒谬至极,他溃逃;中断和改变的时间内发生的一切,不可能的一切始终都已反转,面对与此相关的一切,他溃逃。他反反复复:"为什么?"他疲惫,厌恶,内荷尔说,这是真的恶心。上帝不严谨时,先知极端反抗:"是你,主耶和华,这话是你跟我说的!"

最初,先知之言为对话。对话关乎双方,先知与上帝争辩,上帝"不只向他吐露信息,还有自己的担心",上帝问:"我要做的事,岂可瞒着亚伯拉罕呢?"②但对话只聚焦重点,因为先知之言只在重复所听内容,刚开口的话肯定着已然说过的内容。此为预言独特之处。预言走在最前面,但在它之前,总有话已说,它以重复回应。仿佛所有刚开口的话,以回应开始,回应中,听到外面话声不断,为重归沉默:"我的话不停",上帝说。上帝,当他说话,因为想听到自己的话,他所说就成了回应,在人类身上重复,在那只能得肯定,人类对它负责。其中无思想交流,神所思无以表达无法翻译成文字,但以言语

---

① 热罗姆·兰东(Jerome Lindon):《约拿》,评注译本。
② 亚当吃了树上果子后,上帝唤他:"你在哪?"问中透着隐忧。上帝再不知人处何地,彻底迷失了方向。内荷尔写道,上帝真的失去了人类。恶将其撵下神坛。"你在哪?"后来,耶利米用另一疑问作回音:"主在哪?"

交流①。或许这说的就是上帝,但《出埃及记》说得很清楚:"就像一个人对另一个人说话一样!"

上帝重复话给人类听,重复后却已成另外的话,是在响应、理解、无限中完成自己所说,永远在变化,为先知之言引进一整套矛盾特征,先知之言随后从中获取含义的范围:是种所属关系,但自由,是含糊话,是火是重锤,激动人心有扫荡之力能孕育,但同时也是精神,是成熟的精神,是我们能听到也可以拒绝听到的真正言语,它要求服从也要求争议,要屈服也要理解力,在它的空间里,有相遇所得真实,有对峙所得惊喜,"就像一个人对另一个人说话一样"。内荷尔说到灵与风(ruah,希伯来语),说它的神秘在于囊括了所有层面的含义,从至高无上的灵性到物理反应,从纯粹到不纯粹——上帝的ruah悲怆——也可以如此解读言语(davar,希伯来语)的神秘,条件是将言语变成以口述为主的叙述方式,即摒除一切内在的魔力及神秘的结合。这语言不属于精神,本身就是精神。运动变化的语言,强大却无权利,活跃却无法行动,在其中就如身临耶利米梦境,描不出未来,只有前进的步伐、在路上的人们以及不可能的归途中波动之广②。它传送着什么,也带走了什么。人类极尽所能爆发出永恒之力,而在这突然而至、撕

---

① 以西结,站在河边听到不间断的言语,知是预言,但仍然不知目标是他,要等那声音唤他并对他说"注意听我对你所说的话"。
② 《预言的精髓》,第240页。

裂又叫人兴奋的单调暴力下,有什么在这语言中铺展开来。

致文学

迎接如此语言,尺度何在?困难不仅限于翻译。如果翻译本质为修辞,是因源头有道德要求,隐含着义务,要不信教的人也必须相信:基督教所说的灵性、柏拉图式唯心主义以及渗透我们诗歌文学的象征主义给了我们权利占有、翻译这一言语,这言语无法自我实现,只能借由最好的故事。如果先知所说归根结底是基督教文化,而我们完全可按自己意愿、从安全感出发去解读,最主要的是固定一个真理自此不变。老实巴交的阿兰为什么还在庆幸天主教徒不懂《圣经》,西蒙娜·薇依对待犹太思想出奇不公,她根本不了解、也理解不了却尖锐地一口否定的态度就很能说明问题。因为一旦她深刻地感受到,这言语起源之初就与苦难之空相连,要求一贫如洗的原始状态——看了《圣经》或许她也能明白这点——,那么面对永不停息的时间她因不安心生的厌恶,面对运动变化她的抗拒,她对永恒之美的信仰,她对循环反复的时间(希腊、印度时间)、数学中的时间、神秘主义中的时间等一切时间形式——一切时间的形式中时间不再——的迷恋,尤其她对纯洁的渴望,面对上帝——上帝关心的不是纯洁,而是圣洁,他不会说:

Ⅱ 文学问题

我纯洁所以你们纯洁,他说"我圣洁所以你们必须圣洁",上帝一夸饰,就让一个个先知在互不依附的亲密状态中饱受考验——时她油然而生的恐惧,强烈相斥、惩罚她要她无法听到《圣经》之言的以上种种,也会作用于我们,而翻译这言语的人,如果心中所想不是翻译而是完成、净化它,也会有同样的下场。

阅读文学文本时附加象征意义,或为最糟糕的阅读方式。一看到难为人的厉害话,我们就说:是象征。《圣经》这堵墙就这样变得柔软透明,其上,灵魂星星点点的疲惫染上了忧郁。粗狂也审慎的克洛代尔,将象征置于《圣经》与自己的言语间,遭其吞噬至死。真正的语言病。然而,如果先知的话能传到我们这,我们能感觉到它既无寓意也无象征①,而凭文字有形的力量揭露事物,所揭仿佛无边的面孔,在我们眼前却看不见,仿佛面孔,是光明,绝对的光明,吓人也迷人,熟悉又捉摸不透,立即在场却无比陌生,总在来的路上,总在前方等着被发现、引发,即便与人脸裸露部分一样清晰可辨:仅以外形而言,清晰可辨。预言是生动的模仿②。耶利米不只说:你们将屈于桎梏;他让自己受绑,走到木栓、铁栓下。以赛亚不会只

---

① 《约拿》一书中,热罗姆·兰东一语中的:"希伯来人不用寓言也不要象征,他们表达出现实最纯粹的状态。"
② 布伯说:预言是生动的存在;神圣的行为透着惊人的严肃,是真正的圣礼戏剧。道出未来之人(Nabi)以符号的形式存在。并非他所做为符号,做的过程中,他就是符号本身。《圣经》中什么是符号?寻求符号,并非求提示,而求预言的信息具体成形;所以是渴望,渴望更加完美、更加真实地表达思想,而非死板的字:用说的方式刻画思想。

说:别指望埃及,埃及一千军士将一败涂地,束手就擒,"赤身光脚"被掳走,他亲自甩开行囊抛开鞋履赤身而行三年。阿哈布先知叫人打他断他手足,他想要国王听到这一审判便以身相示。说明什么?必付一切致文学;某一意义总捆缚我们,如同极致的饥饿、身体之痛、欲望之躯困住我们,无处可躲躲不过,这意义四处追赶我们,超过我们总在前面,以缺席的方式在场,沉默中发声。人类躲不开:"他们虽然挖透阴间,我的手必取出他们来;虽然爬上天去,我必拿下他们来;虽然藏到迦密山顶,我必搜索,抓出他们来;虽然从我眼前藏在海底,我必命蛇咬他们。"话中道出可怕的诅咒,让死枉然,让虚无无果。不停的言语,无空无息,这就是预言所捕捉的,捕捉到有时就能成功地打断它让我们听到,听到后自我醒悟①。

先知之言,占据整个空间,本质却不定(所以必须联盟,始终呈分裂状但永不终止的联盟)。纷扰之繁,变化之突然,攻击之迅,骚动之不息,这是任何翻译都难以让我们感觉到的,翻译笨就笨在忠实。所以我们欠诗人太多,诗人将先知之言

---

① 耶利米还没说出灾难性的预言就想扼制它的势头。他把它记在心里,想方设法要它停息,但把它"封锁在骨头里",它却变成吞噬的火。"我对自己说'别再想了,什么都别说出口'。但它在我心里似吞噬的火,我竭尽全力抑制它,到头来却一场空。"
(法文版译者:让·格罗斯让)

译成诗,诗能传达精髓:最原初的情切,急切,拒绝延迟和牵绊①。诗这馈赠希贵却几近可怕,因为它首先必须在一切"真实"的言语中,凭对韵律的尊崇,以原始的姿态,凸显先知之言,先知之言,总在发声,却从未有人听到,在诗之前,以回声的方式存在,是风的呼啸、亟不可待的喧嚣,先知之言在诗之前,重复再重复,就有毁诗之险。所以预言,因为口述寻求极度的超前性,似在不断努力以便最终打破重复。所以对兰波而言,心急火燎的天资,成就了伟大的预言之才。

---

① 让·格罗斯让《先知》。读一读耶路撒冷那诚实、有效、常有大胆之言的《圣经》:"西云山之路死灰一片,昨日欢腾不复,空荡荡无人往。门庭冷落,神甫哀叹,圣洁的女子无不黯然神伤。一把辛酸!"
让·格罗斯让:
西云无奈欢歌去:路也苍茫,
门庭寂寥,神甫泪也重重,
圣洁的女子啊,此恨绵绵无绝期。
在我看来,阿莫斯(Amos)、奥瑟(Osée)的翻译最美,伊塞(Isaïe)有时也算,极尽抑扬顿挫之能事,而这正是我们法语最缺乏的。

魔像之谜

文学史中,"象征"一词笼罩着光环,它在解读各式宗教时帮了大忙,到了今天又在服务弗洛伊德的后继者及荣格的弟子。思想有象征性。最有限的存在也有象征并予之生命。"象征",调和了信教者与不信教者、学者与艺术家。

或许吧。用这词,怪就怪在:我们读一个作家作品时说有象征,作家本人却觉得写时离"象征"所指甚远。写完,他可能会承认,也乐于让人拿这好名头恭维自己。对,是象征。但在他身上仍有什么在抵抗,在抗议,在秘密地证明:并无象征,所说为真。

有抵抗,就值得关注。但人们极好完善了象征思想。神秘主义,先于专家学者学术性的研究,让象征思想更加明晰严谨。第一步深化,得避免象征受譬喻影响。譬喻不简单。借手执镰刀的老人形象、车轮上的女人形象比喻时间和命运,本体与喻体间就不仅有唯一的寓意。镰刀、车轮、老人和女人,每个细节,出现譬喻的作品,隐藏其中的庞大故事,让譬喻生动的情感力量,尤其是形象化的表达方式,合力让寓意扩散成网可做无限解读。一开始我们可无限解读。但要确实可行才能如此。譬喻让寓意在错综复杂的寓意圈之间纠结摇摆,却不打乱寓意的层次,可以说是让寓意在一个水平面上扩充丰富:譬喻仍限于适度的表达,通过所表达或所刻画的事物,呈现本可以直接表达的其他事物。

象征的经历

象征另有他想。一来它就想跳出语言的维度,抛开一切形式的语言。它不要任何表达方式,它要我们看到、听到的,无法直接理解,无关任何理解方式。它要我们出发的平面仅为跳板,将我们上下抛,到一个没有任何入口的地方,另外的地方。有象征就有跳跃,就有了层次变化,突然而剧烈的变化,有时高昂有时坠落,不是从一个意义过渡到另一个意义、从中规中矩的含义到更广的含义,而是通向其他,通向所有可能的意义之外。这一层次变化,向下危险而向上更危险的层次变化,恰为象征之本。

这已经很难,给人希望却难以做到,所以说到象征,不得不小心。但象征还有其他特征。譬喻可以只有一个寓意,也可作多样解读，所以或多或少有点含糊。象征不意指什么，也不作表达，通过让我们在场，让某一现实在场，别的方式无法捕捉这现实，它仿佛突然出现在那儿，出奇的近，又惊人的远，仿佛陌生的存在。那象征是不是墙上的一道口，一道缺口让我们突然觉察到避开所有感知、认知的别样风景？还是不可见事物上的译码板，是透明，黑暗仍然黑暗但人能感觉到？象征什么都不是，所以令艺术如此着迷。象征，如果它是墙，那这堵墙穿不透，不仅更挡光还极其结实、厚重，存在感极强，强到改变我们，一刹那更改我们方式方法的维度，脱离一切现有或潜在的知识，让我们更柔韧，借由这新生的自由，让我们转身，走近另一空间。

可惜无法具体举例，因为象征一旦具化，变得封闭常见，就已堕落。但暂且举一例，宗教经历赋予十字架生命力，十字架便富有象征所含一切生机。十字架引我们向奥秘，耶稣历经苦难之秘，但它未因此丧失自身作为十字架的现实，本质仍是木头；相反，似乎越升华越接近天空——并非我们头顶这片天——越无法让人接近，就越是树，更接近树。仿佛象征总是越来越返向自己，回到自身独特的现实，回到作为事物的自身的不明之处，因为象征还蕴含着无穷的扩张力。

所以简单说来：整个象征就是一场经历，必经历彻底的变化和跳跃。因此，没有象征，只有象征的经历。象征的意向目标是不可见不可描述之物，这些永远毁不了象征。相反，象征能在这场运动中触及当前世界从未呈现的现实,如同十字架,越是宗教所用十字架越接近树的本性,越隐藏本质越可见,越无法表达意味的就越有表现力,象征凭瞬间的决定让我们突然出现在无法表达的现实旁。

如果我们试着将象征的经历用于文学,就会不无惊喜地发现,象征唯独关乎读者,它能转变读者的态度。唯独对于读者才有象征,读者通过寻找象征感觉自己与作品相连,还是读者,面对叙事产生强烈的认同感,似乎无限超出产生认同感的有限维度,然后读者就以为:"这绝对不仅只是一个故事,能预感到会有新的真理,更高的现实;会揭示什么,我会看到神奇作者为我预留的、他所见、他想我看到的,就一个条件,闭上眼睛跟着即刻而生的感觉走,跟着作品迫切的现实走。"这样,就离人书合一不远了,凭着一股激情,激情有时发展成灵感,但更多的时候耗尽于细微的释义,如果读者够专业,就能挖掘新的深意护住激情微弱的光芒。这两种阅读方式久负盛名,持续了几个世纪:只举一例便知,一种阅读方式导向塔木德式丰富充实的注疏,另一种则引出犹太教神秘主义中预言的迷醉经历,这经历关乎冥想也需操纵文字。

(但或许该提醒一下:阅读是福,要多一点纯粹和自由,少一些思前想后。阅读时想太多太折腾,仿佛神圣庆典搞各种仪式,会给书贴上沉重的"崇拜"封印无法打开。写书不为他人的崇拜,"最崇高的杰作"总在最谦逊的读者那找到合适的尺度贴合自己。阅读虽不设门限，但自然不是谁都能轻易走进。书可迅速翻开，表面上似随时恭候阅读，实际绝非如此，书根本不由我们处置，我们要完全听任它安排。）

阅读时附加象征意义，有时大有益于文化。激发新问题，让旧答案息声，人们说的欲望也能得高贵的给养。另一种情况，但这样最糟，衍生一种混杂的灵性。画作后面、叙事后面是什么，我们隐隐能感觉到，仿佛永远的谜，自成一个独立世界，围绕着这个世界，灵魂在可能的幸福中跃动，因为总在无限接近而可能的幸福。

最后，附加象征意义的阅读会毁了作品。这样的阅读仿佛一把筛子，在评论之虫不知疲倦啃噬作品的过程中锻造而成，就为便于看到作品背后隐藏的国度，那世界难看清，为了拉它靠近，我们不是让自己的眼睛适应它，而是按我们所见所知改造它。

所以在书里找象征，几乎必然走向双重的扭曲，因为太过沉重。一方面，什么都不是的象征，如果不是激情，如果无法导向我们前文描述的跳跃，就重新变回或简单或复杂的表现可能。另一方面，如果不再是激烈之力无法结合并呈现扩张、集中这两种相反的运动，象征就会一步步完全落入象征的对象——被广阔的奥秘一丝丝啃噬、磨损的木头十字架。

Ⅱ 文学问题

为何无纯艺术

但就找象征这点,我们有所进步,现在多了警惕更当心。似有象征之水流淌的作品,读之,越让自己彻底地禁锢其中,越感觉作品由外接近。作品会道出没说出口的事,条件是它只说自己。它会引我们去别处,条件是它不带我们到任何地方,不开路反而封了所有出路,除非斯芬克斯没了秘密,在他之外,只有旷野,他承载的旷野,他转移给我们的旷野。

作品之外只在作品之中才成真,作品之外只是作品本身的现实。叙事,借由自身迷宫一样的运动变化,或叙事载体的断层,似被一束光芒——到处惊现那光芒的反光——吸引着脱离自身,无限偏离到了外面,叙事是活动——把自己送回自身的秘密,重归自己的中心、自己的内在,叙事,总以内在为起点开始酝酿,叙事是自己永恒的发源地。

所以和作家谈象征,作家很可能感觉作品与作品本身产生了距离,这距离始终在动态变化,是一切生命力的中心,本身也承载着变化,随象征而来的距离是考验,借由空及无法横越却不得不去跨越的间隔作考验,也是召唤,召唤跳跃以求层次的变化。但对作家而言,距离在作品中。只有写作之时才能投身距离置身其中让它成真。只有在作品内才能遇见绝对的"外面"——经受住彻底的外面的考验,作品才能成形,仿佛离作品最远的外面始终是写作者眼中作品最内在的点,所以作家必须以极端冒险的运动,不断接近写作空间的极点,他必须像走到自己生命尽头一样逼近自己所进行的文体、故事及整个写作的终点、无法再继续的地方:那才是他该站的地方,不退不让,等某个时刻,一切开始。

但,到了那点时,对他而言似乎不再关乎面前要写的作品,而是无关作品甚至无关作者无关一切的一切:他相信,就是他眼见之外的一切,是未知的地球、黑暗之海(Mare tenerarum)、一点、不可言说的一个画面,往后萦绕他脑海的终极意义就是激活他的一切。所以他就抛开任务,作品和目标?确实如此,似乎不追求其他作掩饰,作家——或艺术家——就无法坚持完成作品。为实践其艺术,作家或艺术家得迂回着避开艺术、掩饰自己及自己所做,——文学即掩饰。俄耳甫斯回首看向欧律狄刻时,不再吟唱,放下歌唱的权利,跳出常规抛开规则,同样,某一时刻作家也得跳脱出来,抛开一切,艺术、作品乃至文学都算不了什么,如果相比他隐约看见的真理(或相比他想服务的对象——人)以及他试图抓住的未知之物,俄耳甫斯想见的是欧律狄刻,不想歌唱。只有放下,作品才能征服更高的境界,只有放下,作品才能高于自己。为此,作品总迷失,才看似给了象征土壤和理由。

那"象征"这词给作家带来什么?或许什么都没有,除了遗忘,忘记自己的失败,走向危险借助神秘的语言制造幻境①。如果非要用另一个词才能详细说明象征特有的经历,该是简单的"画面"一词,因为大多数时候对象征而言,仿佛一个人遇见一个"画面",心里莫名一阵激情感觉自己与"画面"有关,只有停留在"画面"旁才能生存,一"停留"就有了作品。

"画面"幸而不幸

豪尔斯·路易斯·博尔赫斯视卡萨雷斯《莫雷尔的发明》为巅峰之作,故事是一个男人为避政治迫害逃到一个岛上,那里给他安全感,因为某种瘟疫让那儿荒芜。几年前一个富人同友人在那盖了间酒店,修了个教堂和"博物馆",但瘟疫似乎驱逐了他们。就这样,流亡的男主人公在一段时间内与世隔绝,极度焦虑。某天,他发现一个年轻女人,她和其他人一起住进酒店,不知为何,日日在荒野中逍遥快活。他不得不再次逃离,藏起来,但这女人,别人口中的"福斯蒂妮",面对他她一脸漠然明媚的模样,还有那整日欢天喜地的世界,一齐捕获了他。他走近,和她说话,伸手触摸她,挑逗她,一场空。必须表态:对她来说他根本不存在,在她眼里他仿佛死人一个,所

---

① 可以说象征重新掌握了创造性的历险,但从反面为之。因为象征,阅读也推动了这场冒险运动,如果作家写时并非刻意要走象征之路,就越是如此。

以他没死吗？让我们揭开谜底。这小群体的组织者是个科学家,能为各种人、物摄录一个绝对的画面,出现在任何地方仿佛现实的另一个自我、无以腐化。科学家在友人浑然不知的情况下拍下了他们一星期中生活的点点滴滴,摄录的一切将成永恒,每次潮汐一到,依靠投影设备的机器再度运转,一切重又开始。到此为止,叙事仅算巧妙。但还有第二个谜底,到这,巧妙之外才格外动人。逃亡的男主人公从此活在影像里,在那个迷人的年轻女人身边渐渐感觉与她相依,但这还不够,他想走进那个漠视一切的圈子,走进她的过去,按自己意愿更改她的过去;计划有了:让自己一言一行对应福斯蒂妮一言一行形成交流,影射出一个观者想到的幸福亲密关系。一个星期,他就这么活着,摆弄影像仪,让自己一再出现,和她和一切在一起,自己也成了画面,不可思议地活在想象的亲密关系里(他当然急于摧毁那版没他在场的影像)。从此以后,他幸福,无比幸福:但幸福、永恒必须付出代价,死,就是代价,因为光线必死。

画面,幸而不幸。这样一来,作家会不会不愿再承认,自己仔细描绘各种梦、幻想、折磨,甚至带暗示性的幼稚想法,就是以为死了能拿这点生命给形象,让其从死亡中得不竭的给养?

如果是这样,譬喻的梦想更顺应他的打算,因为"画面,幸而不幸"这一评论已经偏向譬喻,是另一种譬喻。我们想到魔像,粗糙的一团泥,因为创造者刻在它上额的神秘文字,有了生命和力量。但传统赋予它永恒的生命力让它等同于其他有生命的存在,错。魔像有着惊人的活力及生命力,优于一切能得保存之物,但这活力和生命力仅存于创造者出神的一瞬。魔像需要出神一瞬,需要生命体出神一瞬乍现的灵光,因为它本身只是创造者出神一瞬意识的化身。出神一瞬,至少是它的起源。之后,魔像变为寻常的魔力之作,学着像所有作品和事物一样持续下去,拥有了技巧走向声名和神话,却走出了自身艺术真正的秘密。

文学的无限：aleph[①]

说到无限，博尔赫斯表示无限的概念祸害其他。米肖视无限为人类公敌、"拒不结束"的麦司卡林[②]："无休无止，无法平静。"

我猜想博尔赫斯已从文学那收获了无限。并非说他仅从文学作品中汲取了冷静的知识，而是肯定：文学经历根本上或许贴近"恶无限"——黑格尔区别"无限"时提出的"恶无限"——的悖论与诡辩。

文学的真理应该就在无限之错中。我们生活的世界，我们经历的这个世界，幸而有边有界。随便几步可走出我们的房间，短短几年就能走出我们的生活。但设想一下，这狭小的空间突然陷入黑暗，突然间我们什么都看不见，摸不着方向。设想地理上的沙漠成了《圣经》中的旷野：再不是走上四关口、

---

① 原始迦南字母表第一个字母，数学中表示无穷集合。——译注
② 学名三甲氧苯乙胺，致幻剂型毒品。——译注

十一天就能穿越的地方,要跨越两代人的时间,横穿整个人类的历史,或许更久。对于受限有度的人类,房间、沙漠和世界都是严格限定的区域。而对旷野、迷宫里的人而言,注定了错到底,一步之遥远过一生,同一个空间在他们那真的无穷无尽,即便他知道事实上并非如此,他越清楚,空间越发无边无际。

"生成"的意义

始终在路上永远无力停止,再加上错误,有限因为转变成无限。除此之外,还有别的特征:有限虽闭合,但总有出离的希望,无限虽广却是牢笼,无路可逃;同样,所有全无出路之地都变得无限。让人迷失的地方没有直线;在那,没有点到点这回事;无法从这出发到另一地;根本没有起点,根本无法开始启程。还没开始,已经重新开始;还没结束,一再反复,荒谬在于从未出发却在归途,开始竟以重新开始的方式,但这恰是"恶"永恒之谜,回应着"恶"的无限性,永恒、无限,或许都蕴藏着"生成"之意。

博尔赫斯,骨子里是文人(这意味着任何时候他都以文学的方式去理解),抵抗着恶永恒、恶无限——或许我们唯一能够体验的;甚至抵制着光荣的突变——所谓的冥想。基本上书就是他的世界,世界是本书。所以他能静心理解宇宙,因为宇宙间的道理让人生疑,而我们写的书,尤其巧妙设置的虚构之书,仿佛最看不透的问题,能用最确凿无疑的答案解决,比如侦探小说,我们清楚它渗透着智力,因为用心的设置而充满生命力。但如果世界是本书,所有书都是世界,要按这么天真的套套逻辑,就会生出些可怕的结果。

首先,二者间再无参照的边界。无论世界,还是书,永远在无止境地互相映照着对方。仿佛镜子,不限制地成倍复制,闪耀又无限——这是光影的迷宫,又什么都不是,我们想要理解,在这欲望深处,我们晕晕转转,找到的或许就是这样的镜像反应。

如果书是世界的可能性,那么应该说,无论作品还是世界,都不仅只有做的能力,还有强大的伪装、作假、欺骗之力,所有虚构之作皆为上述三力的产物,越掩饰越明显。**虚构,诡计**,或是文学能够收到的最老实的名字;指责博尔赫斯所写叙事太过照应标题,就是在指责他太过直白,若非如此,骗局就应该沉淀在字里行间(如我们所见,叔本华、瓦莱里这样的星辰,都在没有天空的空中闪耀)。

"作假","捏造",无论用于思想还是文学领域都是冒犯。我们以为,"作假"、"捏造"此等欺骗过于简单,要真能骗过所有,仍得披着真理的外衣,这真理或许无法接近却可敬,对某些人来说甚至值得崇拜。我们以为,天资狡猾还不是最让人绝望的：一个捏造事实的人，再怎么无所不能，始终留着一个牢靠的真相，免得我们想过头。博尔赫斯明白，文学的尊严是个很棘手的问题，它并非要我们假设世上有个伟大的作者，沉溺在幻想的骗局里，而要我们感受某种陌生的力量在接近，中立、无个人特色。他喜欢我们这么说莎士比亚："他像所有人，除了'像所有人'这点。"所有作家身上，他只看到了一个作者，是绝无仅有的卡莱尔，是唯一的惠特曼，而非个人。他在乔治·摩尔和乔伊斯身上认出自己——也可以说到洛特里阿芒特、兰波——，他们能将他人一页页篇章、一个个形象融入自己的书中，因为最根本的，是文学，而非个体，每一本书中，文学就是取之不竭的统一体，是所有书籍不竭的再现。

博尔赫斯建议我们想象一下，如果一个当代法国作家，从自己的理解出发写下几页，逐字逐句再现了《唐·吉诃德》，如此不合逻辑却难忘的事，就发生在翻译中。因为翻译，一部作品有了两种语言；而博尔赫斯的虚构作品中，一致的语言造就两部作品，一致并非唯一，而是多种可能产生的迷人幻境。然而，诞生了完美的复制品，原型被抹去，甚至源头也没了踪迹。这样一来，世界，如果世界能够准确翻译并复制成一本书，就会无头无尾，变成星球，完整却无界限，这就是人们写作、被书写的空间：再不是原先的世界，或成堕落的世界，充满无限可能。（这样的堕落，或是光荣又可恶的 aleph。）

文学并非简单一个骗局，而是危险之力，借由想象无限增殖,走向存在。真,有着无可估量的特权,而真与假的区别在于,现实中鲜有真实,现实无非否认的虚假,一再否定、否定再否定才和假有了区别。就因"鲜有"——像空间变薄变窄一般,我们有幸得以点到点直线行走。但,却是最不确定的因素,想象的精髓,让K.永远无法抵达城堡,想象,让阿喀琉斯永远追不上乌龟,或许也让世人无法在死亡——肉体全然死亡——时追及自己。

魔鬼之败:使命

歌德爱体内的魔鬼:魔鬼让他有个好结果。弗吉尼亚·伍尔夫一生抵抗守护她的魔鬼,最终得胜,看不清的斗争中或许收获了使命的真理。诡异之战。什么蒙蔽我们双眼什么就护我们周全,却得让我们背叛自己,小心翼翼聪明过头。在她死后出版的《日记》中,我们一边寻觅斗争的波折起伏,一边感叹出版内容有限:二十六卷变成一小本;就有人喜欢方便。但在记录作家心态这点上,不失震撼力,遍布闪光点,照见了作家写作的幸与不幸①。

震撼,但读起来常觉沉重。心不宽的读者很可能勃然大怒,眼见自己热爱的弗吉尼亚竟痴迷成功、热衷赞美,一时得认可自负不已,不得痛苦不堪。的确,震惊、痛苦,简直无法理解。搞不清哪出了错,灵敏如她的作家,所依赖的竟如此低

---

① 《一个作家的日记》,日耳曼·博蒙(Germaine Beaumon)译。参照《法兰西新杂志》第67期多米尼克·奥里那篇感人的评论。

俗。而且每一次，一有新的作品，无论喜剧还是悲剧都一样。反反复复如此，她自己也很清楚——谁能比她清醒？《日记》里更突出更令人为难，因为太紧凑，但观点上的错误，也含真理。突然就柳暗花明：她选择死，死亡代替大众，最终还她公正，她终于等到。

郁结难舒

她敏感，甚至每个毛孔都敏感，人们也抱怨。她有时出于嫉妒，对乔伊斯和曼斯菲尔德评价恶劣，就因对方大有成就，人们也遗憾，但她自己心里明白也懊悔。出了名自由的一流文学家、艺术家朋友，与他们为伍，伍尔夫与批判思想近得丝毫无缝，或更糟。一下笔，她就会猜谁谁谁会怎么看，谁都是顶尖专家、批评家、诗人、小说家。一停笔，等评价（有时她等待中逃避）。评价高，她高兴，也就一会儿；不全是好评，她长久颓丧。这样健康吗？就我看，像罗杰·马丁·杜·加尔、科波、纪德以及《法兰西新杂志》的布鲁姆斯伯里帮能建立起卓有成效的联系（按他们所说），我很佩服。但一个作家，难道就无强烈地渴望匿名？如果感觉自己写作时离某些面孔、朋友的某些感觉很近，难道不会产生幻觉？即使是歌德，也干涉不了席勒。那弗吉尼亚·伍尔夫那一个个受人敬仰的作家同伴,有没有帮过她？当然有,但他们的赞美、鼓励,仿佛负担,沉重地压着她。

这么说还流于表面。她脆弱,说她脆弱,不简单因为她少了谦逊、渴望"出名"或"伟大",也不因她急于讨好过于洞幽灼远的友人。那类脆弱只会让她偏离更根本的脆弱、躲不过的不安。她天赋中自有更根本的脆弱。"或许我不确定自有天赋。"最重要的作品(《达洛维太太》《到灯塔去》《海浪》)出版后还能如此自我怀疑,让人敬佩。但想想歌德,四十岁声名在望,突然迈向意大利,自问为何不成画家或博物学家,而作了诗人。弗吉尼亚·伍尔夫相当清楚,天资非凡的艺术家一旦投身新作,就出差错,仿佛丢了自我。强大自信的克洛代尔写完《人质》致信纪德:"过去的经历没用;每一部新作都在提出新问题,让人自感新人一般,满是不确定和焦虑,另外还容易叛变,这苗头得立马扑灭。"佩吉:"一动新作,没哪次不战战兢兢。我活在写作战战兢兢的状态里[①]。"

但不确定的感觉每次都让诗,用谜一样的方式决定使命,乃至诗人的存在,但不确定的感觉或许并非根本。对于弗吉尼亚·伍尔夫,应该说她的艺术决定了她深层必须脆弱,要她抛开生活资源及最自然的表达。(雅克·里维埃谈及阿兰·傅尼耶"感觉抛开想要的一切,只在这一瞬才是他自己,才得

---

① 朱利安·格林动手写新小说时,在日记《美好的今天》中写道:"经验没用,带不来什么也行不了方便……想写,写不了,像今早,简直就是悲剧。浑身是劲,就是无法挥洒自如,不知道为什么。"

一切力量"时,或许就是这意思。)《日记》中,她时而以郑重其事的姿态讲述工作导致的缺失:"我要逼着自己正视这个确凿的事实:一无所有,我们谁也得不到什么。工作、阅读、写作都只是伪装;人与人的关系也如此。对,有了孩子也无济于事。"这想法并非她临时从圈子里学来的,而是信仰,她感觉这信仰紧密关系着自身使命的真理:她得遇见空(**"郁结难舒"**,**"孤独的恐惧"**,**"看向花瓶底的惊恐"**),从空出发才能看见——哪怕最微不足道之物,抓住她所谓的**现实**——纯粹时光之魅,毫无意义、抽象又稍纵即逝的闪光:无所揭示,转向它照亮的空。一瞬间的经历,人们想,这还不容易;容不容易,我不知道,但要求脱离自我、卑微到尘埃里、百分之一百忠于无限的扩散之力(只有这样,才能根本上做到不忠实),而要扩散,谁都清楚,最终得冒多大风险。

"现 实"

弗吉尼亚·伍尔夫的艺术自我流露,严肃到可怕,容不得弄虚作假。她多想翻译出短促的感悟,一一展示有所揭示,感悟短暂,开开合合时间之门,伍尔夫深知其珍贵,将之唤作《存在的瞬间》。存在的瞬间会不会一次性不可思议地改变生活?存在的瞬间有没有决定权,有没有创造力,像在普鲁斯特那一样,围绕这些存在的瞬间形成作品让作品成为可能?绝不可能。"平日里小小的奇迹","黑暗中意外擦亮的火柴"说的就是这些瞬间本身,它们来来去去,是闪耀的碎片,用饱满的纯粹划破透明的空间①。

同时,虽然总担心有误会,但这一个个流动的明亮内核,终会扩散的一个个瞬间,却让她有所发现,绝不能把这些发现混淆成表面的游戏。发现并非"印象",尽管它们谦逊如"印象",但以"印象派"定义她的写作就错得离谱。弗吉尼亚·伍尔夫知道,在瞬间面前她不能总是被动,而要用短暂、激烈,顽强却又审慎——深思熟虑下的激情去回应。"我知道现在想做什么了:充实每一粒原子。扫除一切残渣死物、无用之物,完整呈现一瞬间及其包含的一切!可以说,这一瞬间是思想与感觉的结合,是大海之音。"而表面、生动、生命远远不够,什么都保证不了:"你以为能从生动中提取文学,错。要跳出生活……跳出自我,最大限度地专注于一点……""我意识到,我的确没有'现实'的天赋。我断然脱离肉身直到一点,因为我不信现实……却要走得更远。"走远了她找到什么? 1928年讲到她人生中最惨痛的一次经历,她一反常态,用词颇狠——恐惧,惊慌,郁结难舒——,她还补充说:"就是这次经历让我清醒地意识到什么才是我所谓的'现实',是我面前所见之物,抽象却又融入旷野直达天际;周遭一切无关紧要;我能在那找到

---

① 莫尼克·纳唐(Monique Nathan)《弗吉尼亚·伍尔夫自己》。

休憩之所,继续生存。这才是我所谓的'现实'。有时我也和自己说,什么最必要,什么让我不断追寻,什么就是'现实'。"

所以一旦燃起任性的火,看摆在她面前的一切是什么,她不得不抛开其他完全效忠的又是什么——是融入旷野直达天际的抽象之物。是鼓起勇气的生活,是年复一年的工作,是夜以继日的绝望、等待和无果的追求,是孤独一人害怕结束,没有任何证明除了下面那一小句话给出的承诺,但她马上就揭露,这可能就只是个骗局:"一提笔开始写,谁还晓得呢?要只是单独一件事物,很难不转成'现实'。"普鲁斯特就这么掂量着,那小块精致完美的黄色墙面在生命中有多重。

邪恶的使命

看看那些年生活中她一脸的悲怆,那渐渐模糊的面孔,让人感觉唯有忧愁还能让她面目可识,无论外力还是一己之力,我们时不时就得好好坚守以作防备的因素,都离她而去。所以疑惑,她从哪得可能继续工作直至生命最后?几近不合理。每本书不知她都改了多少遍,支撑、维持着不让任何一本倒在自己颓丧的情绪下,从不把气馁的情绪带到作品里。通过以上种种就可以早早看出脆弱特有的力量,不屈不挠之力,仿佛绝境,有时也迸发别样的力量。但她何等不安。关乎扩散、间隙、画面支离破碎的闪光、一瞬间闪烁的瑰丽,多可怕的活动——可怕的幸福,尤其最后必须成书。有没办法重聚消散不见的,让终点延伸,将飘忽不定的维持于统一的整体?弗吉尼亚·伍尔夫有时能,答案就在水样想象、梦般流动的言语里,在她无法完全摆脱的戏剧化情节中,但有时她手足无措。她遗作最后几页,来来去去只有两个字:"整体,扩散……整……散……""我们能够看到的自我,只能是片段、碎屑、残渣。""曾经完整的我们就这么碎成一片片。""我们支离破碎……""整体,扩散。"必须分开。

自杀,逼近弗吉尼亚·伍尔夫,近到让人想撇开它,先不想,不闻不问,但心里清楚必定如此,而且——谁晓得?——不可避免。怎敢将自杀与她创造的一生联系起来?怎把自杀看作她命运的终结?如此难以接受的结局,顺应什么?正如人们所说,因为忠于使命,她势必如此,这里使命到底意味什么?奥特嘉·伊·加塞特曾表示,每个人都有一个主要的规划——或许仅此一个,活着,就是要拒绝,或完成这个使命,然而他始终都与使命搏斗,斗争晦暗、绝望却迸发着活力。他还说,歌德不就如此,绚烂一生都在背弃自己真正的使命。活着,不过死灰一捧,一切耀眼成就,无非废渣一堆,传记就得从这死灰废渣中翻找传记对象在世时可能的样子。对于某人,做贼就是真理,但借助道德的力量避免沦陷扭转了生活。对别人而言,就想做唐·璜,而非圣贤。对歌德来说,真理就是不落入魏玛悲惨的历史——"文学史中最大的误会",不被改造成雕像。他那论文[①],权威感一以贯之,实在让人无法忍受、倍感困扰。到底是什么计划,如此隐秘、难以捉摸又不存在,不断给人压迫感?尤其压迫着问题重重的存在、创作者、文化人,这些人仿佛时刻都在却又危险得随时变样。使命感(忠诚度)最邪恶,能扰乱一个自由的艺术家。就算无关一切理想主义的信念(此种信念,更易令使命感适应),尤其此时,我们感觉作家身边使命感如影随形,在作家前让他逃避也追寻,是自我的叛徒,模仿作家本人,甚至早就在模仿作家想要壮观呈现的艺术家与人类。

使命感邪恶的一面在于,它并非必然步入天赋之路,恰相反,要人放弃天生禀赋,众多艺术家不就如此,本来很平易,后来变了样不再是自己,对自己生就的天赋一脸忘恩负义的样子,——而在歌德那,或因禀赋多样,从而改变了使命,帕斯卡,学者、作家、虔诚的天才,他也只能身临棘手的争端,直到使命终于改变。使命的邪恶还在于排他性,以运动朝向限制越来越明确的形象,要人在多种可能中做出唯一的选择,这唯一的可能,即便始终神秘,但表现出重中之重的模样,以至于只要我们确定——傲慢又让人捉摸不透地确信——它并非错误就绝不放手。所以必须果决不带后悔地决定、限定、脱离自我及剩下一切,为唯一的"现实"(弗吉尼亚·伍尔夫所理解的

---

① 见文论《致一个德国人》,翻译成法语收录于《蠢蠢欲动的观者》中。

"现实")。但，作家的本义在于每部作品都能做出决定保留不确定的部分，在限制旁给无限一个位置好好保护，凡惊动言语空间的话一律不说，凡阻碍言说可能性的，一概不谈。同时，只能说一样事物，就说这一件事。

T.S.艾略特写道"就我个人经验而言，人到中年面临三种选择：要么什么都写不了，要么凭借日益精湛（或许如此）的技艺不断重复，要么靠思考的力量适应'中年'找到另一种工作的方式①"时，就清楚，这不仅仅是人到中年会面临的问题，生命中每一个拐角、每一部新作，甚至每一页为坚持自我必如此，他还知道，如果幸运，因为某种轻，不会提前面临这三种选择。弗吉尼亚·伍尔夫，焦灼不安如她，或许就是一身轻。她身无重压，如此罕见的焦灼，表面却云淡风轻。当她写——甚至"写作就是绝望"时——，她仍承载着奇妙的运动，与"使命"签了份激动人心的合约，"使命"，似乎就是"抽象却又融入旷野直达天际之物"散发的魅力，她清楚自己一无所知，就这样将秘密封锁在"使命"中。只在每本书完结时，黑暗的不幸来袭。跟这些人讨点好评，又盼着那些人给个批评来刺痛自己好知道疼在哪，她试图这样减轻不幸，徒劳一场。"谁都不知道我有多煎熬，这一路我都在和焦虑搏斗，就像我唯一的兄弟死后那样，独自一人抵抗着什么。但那时我的敌人是魔鬼，现在却什么都没有。"

---

① 见乔治·卡托依（Georges Cattui）研究《T.S.艾略特》中引用。

她有暗示,每写完一本书几乎都想自杀,特别是《到灯塔去》,而这恰恰是她疑虑最少的小说。就此,有人会简单解释说,工作时极度紧张令她疲惫不堪。这只是一面。她自己则说:"一停止工作,我好像整个人就垮了,整个人都垮了。像往常一样,我劝自己,再往前深入一点,就能触到真理。这是我唯一的慰藉:有崇高在,也庄严。"

"我输了"

她死了,遗稿《幕间》未完。那是最惊险的一刻:书抛下她,体内的力量全都不见,空留一个手足无措又没半点信心的她面对自己的任务:"我生命的浪潮,有个闸。深处一道水流抵住闸口,断断续续击打,它在拖扯,而最深处打了结在抵抗。啊!是痛苦,是焦虑。我不行了。我输了。"①她输了。以自杀呈现的失败之所以令人震惊,是因自杀成了她受人敬仰的一生中争议的一笔(就像她自己形容的那样,带点讽刺的遗憾)。所以的确如此,即便习惯上文明不许任何惊人之举,但对一个忠于"使命"的作家而言,惯习总有打破之时。现在,我们能更好地理解年轻时歌德所说:"我恐怕难有个好结果",确定伴随着他整个青年时代,直至发现恶魔威力之时,他以为和恶魔签

---

① 《海浪》中罗达所说。

份协议就能得保护,无惧迷失自我。事实上,恶魔之力的确护他周全,但也让他再也无法忠于自己,光荣之败随之开始,弗吉尼亚·伍尔夫想要自我隐退来避免的光荣之败。

Ⅲ 没有未来的艺术

到极限

艺术到头了？当面看到了诗所以诗要死,像看见上帝会死？批评家考量我们时代,对比过去,只能表示疑虑,他们看艺术家——艺术家不顾一切仍还创作,就算有溢美之词也难掩失望。但如果看瓦尔迪米尔·魏德勒(Wladimir Weidle)那本集文化、理性、惋惜为一体的著作,竟感觉不可能有现代艺术——这么想是极具说服力,但迎合的成分或过多——,不就忽视了艺术的隐秘要求？对所有艺术家而言,艺术始终是"此在"还未"成可能"的惊喜,是必须从极限开始的一切给予的惊喜,艺术属于世界的尽头,只能从再无艺术也无法产生艺术的地方开始。疑虑不能太过。质疑,只是一种方法,为走得更远更接近毋庸置疑的真理。

M.魏德勒写道:"马拉美之错①",加布里埃尔·马塞尔:

---

① "马拉美错在欲求孤立诗歌精髓,让其以纯粹状态呈现,无深层衔接,并置词语组合体现无以超越的美。"(《阿里斯泰的蜜蜂》)

"马拉美式错误……"显然的错。但感谢马拉美为我们呈现了这样的错,不也理所当然?每位艺术家都有自己的错,艺术家与错,关系特别亲密。有荷马之错、莎士比亚之错——对他俩而言,或许错在没有错。一切艺术都源于某个独特的错,一切作品都化身自原初的错误,在那,丰满之路在逼近,伴有新的光芒。这概念是否特属于我们时代?这个时代,艺术不再是众口一词,不再是安静的集体奇观,而越不合时宜的艺术分量越重。或许吧。但从前如何?一切看似确定自如、模糊的过去如何?无论如何,与我们相关的是现在,就今天而言,可以绝对肯定地说:一个艺术家绝不能错得太离谱,不能和错误走太近以避免严重过度、封闭、凶险、无可取代的关系,那会让他惊恐、极乐中撞上极限,极限就在他自己身上,引他脱离自己,甚或脱离一切。

(门徒、模仿者,跟批评家一样,把错误当道理,固定、缓和错误,但这样一来错误得以发扬光大,导致批评家轻易就能证明,错误走向了怎样的死胡同出不来,成功需以何等的失败为代价,甚至说成功即过去的失败。)

艺术家与错误的联系,难以攻击,更难拥护,它甚至会冲撞错误之人——错误以迷人之姿俘获此人——的怀疑、否认、迷恋,如此激情,如此矛盾的步伐同样会出现在小说——最幸运的文体中,虽然总听人说小说已经走向末路。这么说,不因小说再无大作,相反每有大师写就伟大小说准得一致好评被奉为文学性极强的大作。而是因为每一次这些作者似乎都打碎了什么：他们对体裁的挖掘不如荷马对史诗，反以权威姿态以强力改动，用力太过，尴尬也局促，既无法回到传统形式，又不能继续走这条反常路，甚至不能重复。这类情况，在英国，说的就是弗吉尼亚·伍尔夫或乔伊斯；在德国，指布洛赫、穆齐尔甚至《魔山》。而法国情况有异。普鲁斯特引发的震动立刻迎来全球铺天盖地的崇拜，成了最开始的独特现象，似乎仅证明了普鲁斯特个人的天才而没触动小说传统的地平线。同样，《伪币制造者》让人质疑的是纪德个人的小说才华，而非小说本身，之后《恶心》一展萨特天赋，却没动摇小说的确定因素，有时将他的书抛向（错误地）唯心主义叙事，有时又扔给自然主义。至少，萨特那个年代，恶已有之。小说几乎吸收并凝聚了所有作家之力，却看似从此走上了穷途末路。

例外和规则

仓猝间看问题下结论，总得有点道理。然而巴尔扎克也如此，写了超常小说，严重改变着自己引进文学的体裁——小说，但他有后继之人，有巴尔扎克式小说。不同于上文提到的所有作家。不管怎么说，无论普鲁斯特，还是乔伊斯，从未带动类己之作；他们似乎只有一个能耐，阻断模仿路、断绝"近似"之图。他们封住了一条道。

但这也不尽消极。如果说乔伊斯的确打破了小说的形式令其反常,那他也让人预感小说的形式只有变化才能继续,它会发展,但不衍生怪物——无形无法则也不严谨的作品,而仅仅招致例外,例外形成规则的同时也予以删除。

情况会更混乱,沉默、孤立呈现而出的小说,如果按上面的理解,区别大批宏大、精妙的天才之作,而这些作品则召唤着读者看清小说这一文体取之不尽的活力。这样一来就很难不信,所有好书,包括时而冒尖的耀眼之作,合起来就代表了规则,例外之所以是例外就因为独特得后无来者。这么看,那儒勒·罗曼(Jules Romains)就代表着法则,乔伊斯为例外。但似乎并非如此。应该这么想,触及限制的独特之作中,每一次皆例外独自揭示着"法则","例外"就是"规则"出现了偏差,不同寻常也不可或缺。如此一来,小说文学,甚或整个文学世界,似乎永远只能靠废除规则的例外才能让我们看出规则:规则或更准确些——中心,借由确定之作以不确定的方式呈现,表现于已然开始的摧毁之路,在场一时立刻被否定。

但这不意味着不惜一切地创新:技巧、形式、观念的创新。也无须总要殿堂级大作展现伟大的个人特质,人们敬仰巴尔扎克、爱戴司汤达,渴望其伟大特质的回归,注定成空。天赋自然有用;创造力,虽然时而扰人烦,但省不了要它帮,即便目的是超越它。但关键另有所在:走向极端,严格专一地呈现,

III 没有未来的艺术

只朝着唯一的方向,心怀激情,变不可能的企图为必要因素。娜塔丽·萨洛特,如同弗吉尼亚·伍尔夫,谈到"现实",她说小说家"努力曝光自己那小块现实①"。就算现实吧。但无论她的书,还是别的书,即便众人眼中的杰作乃至我们平日视野所及的世界,都不可能提前见这现实的踪影,它似不断躲避我们,实在难以捉摸,表现出来似更难看透,它简单也特别,程度不亚于让它闪烁一时在我们眼前的那本书。

想到或得知小说的企图走进绝境,仅如此不足以说它有价值,但每一次于此类新书捕捉到小说——被视为例外的小说,即便属于不断妥协的法则的拙劣之作,即便更大的生成活动已然步上消失之路——沉默、独立地呈现内容时,我们就看到了希望,兴奋地感觉到:一位新作家在触及极限后成功移动了极限的位置将其置于更远的地方。这才是首要的根本。每一位作家都觉得自己与新的呈现内容合一,即便它并不卸下他必须承载的内容(或许美得太过分),即便它与他必须承载的内容形成鲜明的对比。此中,作家无进步可言,更别想对小说形式理解更透更纯粹;反过来,一切难上加难,少了确定。此种例外之作,罕有,留不住,因为写就之人并非总是普鲁斯特,所以笨拙,总遭惯习折磨、拦截,不敢放手惯习;时而过分地一丝不苟。某些例外之作很讲分寸。但凡为例外,即便褪色之作,皆蕴含着力量,来自和"现实"的新关联。

---

① 娜塔丽·萨洛特《怀疑的时代》。

布洛赫

1.《梦游者》:晕眩的逻辑

他作品极少。他不像托马斯·曼,后者奔涌的创造力汇成纷繁的写作计划,不断为其叙事的狂欢添亮添彩。布洛赫,书少,却内有天地,广阔壮丽。这已相当接近他的榜样,乔伊斯。战前,《梦游者》三部曲(1928—1931)。1945年,《维吉尔之死》。之后写了一系列叙事作品,《无罪者》按人们所说标志着他探索的极限及艺术手法的末路。出版作品总共八册。除上面三册,还有他死后出版的小说《着魔》,一册诗集,三本批评、哲学随笔。三本批评、哲学随笔足见赫尔曼·布洛赫视野之广。但说他才情多变涉猎广泛又不太准确。他并非此一时写小说,彼一时做诗人,其他时候当思想类作家。他同时集三者于一身,他同一本书里这种情况很常见。如同我们时代众多作家,他身受文学躁动之压,文学,再也无法忍受分门别类,要打破界限。

支离破碎之人

到晚期他才成作家,一步步或许勉强地屈于作品,他本想完全操控,无奈作品太过分。直到四十岁他还在打理家族传下来的纺织厂,但突然就抛下转学哲学,尤其数学。一些德国评论人将其比作瓦莱里。和瓦莱里一样,他热爱数学,准备用数学探索人类最神秘——也最危险——的部分。但区别于瓦莱里,他最热衷的并非思想。他听到时代在质问他,而灾难在步步逼近。中世纪以来就以基督教形式存在的唯一一套价值体系,崩塌后非但没有解放个体,反将个体置于不可避免的裂变中。基督教体系中,信仰、信仰的中心——上帝,一个有肉身的上帝"让一切变得合理",压下一连串抑制不住的疑问。疑问的力量,似乎尤其吸引布洛赫,但也让他惊恐:逻辑存有偏执,存在这概念内就包含着逻辑的残酷性。为何存在趋于"分解得只剩纯功能性"? 为何世界的物象不得不消失? 为何现实必然让步于象征,而象征必屈于象征之象征? 如果为了抽象必须做出选择会如何? 我们的生活,出奇失调。人支离破碎,这不像历史上其他时期那样仅是一时之象,就现在,世界的本质就是破碎。仿佛确切说来必须打造一个新世界——

一宇宙,完整、统一的呈现——,以存在分散、断裂、破碎的特征或以人之缺陷为根基。

布洛赫很清楚,纯理性的危险并不亚于混杂的非理性。二者皆无风格可言。自然、数学这两方都将人推向不得不寻求无限之空的境地。然而,一切价值体系试图隔开非理性因素,引导世人走出自身之"恶"走向更高的理性意义,走向所有意义的集合点,在那或许"我们凭直觉就能妥当安置万物及行为"。把非理性无价值之物转变为理性的绝对存在,价值体系志在于此,注定失败。原因有二:我们所谓非理性之物,无路可进;只能靠近;只能围之绕行不断接近,可加以考虑,但总是考虑不及,以至我们永远不知自己行事之荒谬。"人类不得不'从低处闯入',但人类对此一无所知,浑然不知,因为每一步每一秒他都身于价值体系内,而价值体系只有一个目标——遮蔽并控制一切的非理性,即便正是非理性在支撑我们的尘世生活。"所以,是光明让我们无法看见,赋予意义的权力反倒让我们不知不觉做了些隐藏在意义背后的事,遮遮掩掩。

但更严重的:演绎而辩证的理性,一遇不可抑制的疑问就走向绝对。理性想变成超理性。逻辑活动经不住停顿、平衡,也再容不下形式,分解整个内容,冰冷地统治,仿佛一场梦,抽象之梦。这一刻,是彻底的恶,因为自治后的纯理性,其"恶"尤胜非理性:此时的纯理性自我解体,消散成抽象的雾霭一片,雾霭之中,它本身不再是价值中心,而人类个体,身陷狭隘惯习组成的空洞游戏,迷失于理性的鬼魅间,对理性仍旧抱持着最确定的信任,由此成了虚无之人,精神遭驱逐,肉体又遭剥夺,在梦里游荡,被赶出梦境后又被扔向夜的焦虑,人啊,无法入睡却也无法从夜的焦虑中醒来。

以上思考(轻易就能看出其源头)在发展时有其特质,形式抽象,在《梦游者》三部曲中携手小说情节的发展,带我们从认识中辉煌的德意志帝国到1918年的全面崩塌。这部宏大的小说并没隐藏主题。布洛赫能巧妙地凸显理论思考,否则我们就得深入故事到处找。标题已然道尽一切:《帕瑟诺或浪漫主义,1888》;《艾许或无政府主义,1903》;《胡格诺或现实主义,1918》;三个名字之上与黑夜相关的那词,并非形象化的比喻,而是诊断结果:梦游者。一部讲述堕落的小说,却不似启蒙书,无谆谆教诲,甚至不着笔墨描绘堕落,而是摹拟,连形式都满布诋毁之力。布洛赫向我们讲述波美拉尼亚"燕隼"①——帕瑟诺中尉的故事,作者对人物本身绝无半点因想象而生的同情,甚至连最原始的同情都没有,而同情却让托马斯·曼与《布登勃洛克家族》合一,同样讲命运如何走向终结,《布登勃洛克家族》却无诋毁之意。如果想到这可怜的年轻人我们会心下难过,想起他徒劳地依附于空洞的理想,想起他无力睁眼看清自己却幼稚掩饰,甚至洞房之夜成空他尴尬不已

---

① 封建时期,农民因愤怒将小贵族称作"燕隼",一种身量最小的猛禽。——译注

仍不忘掩饰,那是叙事的形式起了作用。叙事采用传统、几近约定俗成的形式。布洛赫乐于像他所提时代的小说家那样讲故事,这种半客观半心理的叙述方式他得心应手,但落笔成文与构思已有裂痕。落笔成文与构思,皆含无意识成分,而无意识成分只在二者轻微脱节时才能得以发现。我们到底在和谁打交道?事件及文字之后还有什么?最后,作者突然介入,终于摧毁了虚构;感觉他没工夫自救摆脱自己呈现的无意义状态,也没想着救出读者。但书就是梦游者,他不该唤醒。

多个作家合一

布洛赫更接近《梦游者》第二部主人公艾许——一个平庸的德国人,起初是个小管事,精炼地混杂了些抽象的正义思想,平日里的摩擦、暧昧情感的波折、革命大潮涌动下深刻的运动边缘不断上演的小打小闹,到成为卢森堡一家企业的大管事,都推动他渴望秩序及悔改之意。这故事极富煽动力。叙事明快,句子短而散。情节、表达、思考接踵,甚或直接叠加到一起,果断干脆,有股无意识的狂热,快得斩钉截铁,这恰是小说的真理。这得益于布洛赫丰富至极的语言、风格乃至句法。如果有人于冲突中发现其核心之作《维吉尔之死》,这部作品中同样有考究的节奏变化,但长句居多,重复不断,文字构建的空间之大,广阔而庄严,如果此人接着又遇见了语句跳跃、笔端风驰电掣的《梦游者》第二部,他准会以为两部书出自

III 没有未来的艺术

完全互不认识甚至敌对的两个人——这么想或许有道理。当然,就像一个现代社会存有种种特定的价值体系——经济,宗教,军事——,相互间隔着密封的隔板共存,即便各方皆欲统领其他,作家也如此,一个作家分割出几种全然不同的表达方式、不能用统一标准衡量也没半点干系甚至几乎无法翻译的几种语言,他必须从中找平衡,避免解体或导向解体。

风格及语言多样化会让人困扰,因为对于小说,老一套的信念要我们通过作家的笔调去找——我不晓得这有什么好独特的——道出他隐藏的真相或恒定灵魂的表达;因而我们总带着怀疑的目光看那些造物主一般的伟大艺术家,比如乔伊斯,或者毕加索,他们从一种语言跳到另一种语言,根本不管他人是否能够加以辨识。布洛赫,其形式的不连贯不仅只为凸显一个支离破碎的世界。更不因他钟情技巧本身(尽管与同时代众多小说家一样,他认为必须重新审视小说文体并加以革新),而是因为他拼命想要知道这个世界的未来在哪,要走到命运前面一探究竟,他必须依赖一切表达方式——叙述、抒情、议论——,写出的书才能到达一个更核心的点,他个人薄弱的意识无法看出的核心点。《梦游者》第三部描写了1918年发生的事。但主要部分并没发生于时代交替时:胡格诺,一个积极向上的人,他自毁前程,一刀刺穿艾许的身体杀死了他;或者说这是一个救世军可怜女儿的诗意故事。此书核心即逻辑本身,logische exkurse,"逻辑背离",十次打断叙事,试图以更广阔的发展重掌控制力。

命运即逻辑

《战争与和平》中,托尔斯泰也曾试着为这本小说冠以历史的解读。但这一终极评论却无法击溃这部小说,也无法贬低书中人物惊人的真实性,即便他企图向世人证明人物毫无意义。《梦游者》中,我们眼见命运以另外的模样登场:此命运,即逻辑。说的不再是被命运玩弄于股掌的人,也非突然而至的意外事件,而是价值,人物无形中演绎价值。再无面孔,而是面具;再无事实,而是抽象力量,人们凭此行事,仿佛梦中人。胡格诺罪在逻辑。他杀人,并无思想动机,也非深思熟虑冷血到底。杀人纯属意外,连日的骚乱引发无序,他恰好撞上了杀人的时机。但那片抽象的旷野没有偶然,人们在那焦躁,最狭隘的价值势必把他们带向更宽泛也更复杂的价值。胡格诺,在自我的内心世界里,只能容下成功的世界里,只能摧毁一切的干扰和束缚。对自己所作所为,他既无悔恨又无记忆。任何时候他都不觉得有任何反常之处。他并非陀思妥耶夫斯基式的人物,魔鬼的时代已经过去。因为胡格诺,出现了第一个普通人的形象,身于体系之外却得体系证明,不自知地为罪行铺路,给暴力添砖加瓦。

《梦游者》最后一部,布洛赫似乎试图创造一种新的小说类型,近似于思想小说之类。思想——逻辑——按自身行事方式呈现,不以人们特有的意识为转移,而在迷醉之圈里,不着痕迹地吸引着世界让其屈服于思想无尽的问题。如果说他的计划落了空,如果说他甚至不敢清楚认识计划就已经放弃,那是因为他怕,害怕自己的思想滑入梦游的情境,在他看来,梦游的情境会成为理性的内在。所以他总与自己的思考保持距离,背离只为评论,时而悲壮,时而学究气,而这有悖于无限之晕眩。

《维吉尔之死》不同。书中,思想与命运紧密合一,毫无保留毫无防备。思想会参与想象,走向极端直到自由、希望及悲痛之地,在那,思想所成星球,至上的理性,突然反转,变得毫无理性。布洛赫如何达此境界?适度的思考、严谨的分析、冷静又克制的叙述怎么一到他手上,最终成了浩繁文海,全然不见谨慎,也无半点小说惯例的踪影?刚入大牢,死亡就在前方不远时,他开始自己最重要的作品,只有大敌的死亡空间、年复一年的坚持、平静的劳作才能给他希望让他写"好"的叙事。向死而醒之人,就这样写下了第一页,十年得终。不可思议的挑战,他那几近可怕的自信。

2.《维吉尔之死》:追求统一

《维吉尔之死》有两个源头。出版于美国的一封信里,布洛赫讲述了1935年春天他如何想到写这部作品。他曾建议维也纳电台以"时代末的文学"为主题开个讲座,一动笔,维吉尔的名字、样貌及境遇跃入他的脑海。维吉尔,拉丁诗人,同样身于文明终结之时。如果说奥古斯都政权奠定了罗马的统治权,随之以至高无上的声音表达并奠定了其种种价值,那么这位以诗拥护罗马帝国、以古代艺术与美奠基帝国的罗马作家身上,就有某种说不清道不明的、和谐的脆弱,对另一个时代的眷恋,这并不妨碍他的清透,而是令他面向预言式的疑惑。一边,初建的万能帝国,奥古斯都统治下天下太平。另一边,罗马最伟大的诗人,如同罗马,总是紧贴大地,紧贴罗马及其原则、首领,以歌颂扬。双方都无法表达人事之坚定,也无从保证艺术之永恒。相反,不仅其名满天下的牧歌,就连浸透其众多诗句的阳光,都让人预感,末日在秘密逼近。人们会说,时光逆转向维吉尔,学富五车、才高八斗、完美无缺的诗人,他似乎远离一切灵感而发的预感。

……维吉尔身上诗到顶峰时有异光闪现

对异样,布洛赫敏感如维克多·雨果。刚跨入二十世纪,他想到的并非歌咏帝国长盛不衰、平静相信文明的帝国诗人,而是传说,传说濒临死亡之时诗人想毁了《埃涅阿斯纪》这部未完之作,多现代的想法。难道他认为自己的作品不完美?他掉头走开,难道是因为自觉如同笔下诗歌也遭遇着转折,因为时间回转向他以莫名之力让其远离自己?维吉尔结局如何?于是布洛赫开始了一段很短的叙事,取名《维吉尔的回归》,1935年圣灵降临节当天于广播中朗读。变拉丁诗人、他的不确定、他的作品为西方象征性的代表,此为布洛赫所念所愿,他始终如一,忧心忡忡反思着自己的时代,试图于理性和非理性间找条通道。

但今天,维吉尔还能鲜活如初承载我们的命运之重吗?如果说中世纪时他就已经成谜,仅但丁能唤醒,那他所属的文学传统如此遥远又挖干耗尽,又怎能道出我们时代自身的枯竭?布洛赫或许撞见了这一疑问,预感这主题尚未想通透,遂而放到一边忙于之后将在苏黎世上演的一部戏剧及其他计划。

他本该离开奥地利。身为犹太人,周遭威胁不断,但他不甘心离开。落入大牢,"内心酝酿着死亡"时,一个古老的名字突然重新闪现在他脑海,"维吉尔之死成了我自身死亡的写照"。书中的人物形象,尤其在第四部分,帮助他将一位诗人的离世表达成普适的生成过程——一笔笔创造下,维吉尔重又回来——,这些都取自布洛赫自身的经历,他说:"我只需伸手迎接。"同样,他怀疑自己,面对自己微不足道的作品及不合理的人生心生焦虑,他确信自己没有尽到最重要的义务,无论如何也把握不住,他控诉,自己如奴隶般挣扎,灵魂赤裸,最后为了越过恐惧之门,他在离虚无最近的地方寻找救赎逃避分散和消散,以上种种,皆非文学动机,而是:"原初的神秘经历"在回响,以此为中心,发展出作品。

临终的心里话

并非简单借维吉尔之名一用。维吉尔身上的谜团庇佑布洛赫,允他探索自己名字无法辐射之地。但布洛赫写时,并非仅想我们敏感于他的感受。即刻间的经历对他而言无足轻重;他更想延伸并深入这经历以便找到出口走向作品,成功地将人类身上所有强烈相斥的活动拔高到统一的地步,在他就要步向终点之时。这是一位作家庄严的雄心。当他开始动笔,死亡就在眼前,就像维吉尔:生与死,仅隔十八小时。此书将是临终的"内心独白",但此处所说独白迥然不同于其传统形式。独白以第三人称,从"我"转换到"他"不图省事,而为贴近事件、贴近无人称之力走向远方,近在咫尺的远方。独白的内容为何?种种事件缩减得几乎丁点不剩,却没被忽视。帆桨船载着维吉尔——将死的诗人进入布林迪西锚地,就在我们猜测人群喧嚣为欢迎恺撒而来时,一个年轻的农民,吕撒聂——维吉尔的孩童形象,身坐船头,船漾开水面枯叶穿过这座城市最萧瑟的地方。此为第一部分,《到达》,然后慢慢摆向《水》。

第二部分故事性更弱。黑夜来临。垂死之人形单影只,即便他坐享皇宫。某一时刻,心《火》焦灼,他起身走到窗前,

Ⅲ 没有未来的艺术

看三个醉汉吵闹、东摇西倒傻笑,那笑仿佛自深渊迸发而出,看人类誓言嬉笑中破碎,看背信弃义,仿佛自己也卷入其中受人责备,暴露于自己面前。由此开始《降落》到丧失一切证明的境地:他的名字、作品、美、对真正知识的渴望、对没有未来的时间的等待。无论是从自身还是身外找原因,都是对意识真正的考验,考验中,他来来回回置身于无形成了匿名之人,幻想自己走向深处,但事实上他不过徒劳地坠入人世之梦陷入了表面的纠葛。至少,走近死亡,倾听垂死的自己,认清自己艺术家的身份:艺术家,与真理无关,闷在象征不真实的世界里,满足于游戏,独自陶醉中激昂,独自陶醉让他偏离了自己真正的义务,身临恐惧、沉默和空的考验让他下定决心:一把火烧了《埃涅阿斯纪》。

第三部分,白昼归来,《期待》,黑夜之真对峙《大地》之确定,想焚烧自己诗稿的维吉尔;想留住诗稿的友人;欲朝另一世界另一时间的维吉尔;抵抗预言式的空想、抵抗不清不楚的救赎空想、坚持国家价值、坚持归属于国家的《埃涅阿斯纪》具有重要性的奥古斯都,纷纷出场。全书最长的一章,最能体现布洛赫精湛技巧的一章,也是历史事实最重的唯一一章。但是,以第三人称作内心独白的原则没丢。不属于任何人的思想幻化成浩瀚的空间,在这,回荡着对话,清晰、坚定;蕴含着某种比对话更广泛的因素,在回忆着对话。这样一来,真实追忆人物、追忆我们毫不关心的古罗马时代时,就少了些不自然;奥古斯都和维吉尔间持久的论争、尘世与尘世之上的争论、现世罗马和精神上的罗马的辩论,以及《埃涅阿斯纪》之名影射的整个西方命运,就能少些失真,呈现出更贴合当下的争辩,这正是布洛赫志向所在。文化还有没有救?艺术品、没落文明珍贵的果实,此诗不要奴隶般的天真,甚至不顾神明,只迎接一幅幅画面,最终仅是"荷马史诗一个蹩脚的赝品"、"疲软的虚无",这样一个仅为象征的创作,会有怎样的命运?诗人所写,该不该遭受现实之火?他该不该忌惮不朽到可怕的老一辈权威,荷马,埃斯库罗斯?《埃涅阿斯纪》,该烧。但最后,布洛赫和维吉尔留住了他们的书稿,似乎也挽救了西方。为什么留?原因不明①。像在赌明天。也是预感,最后一次迁移正写第四部分的他预感到救赎,因而将独白进行到最深处,最深处是一口井,能同时迸溅死亡与创作碰撞的火星,在那,结束只是开始,歼灭的过程中"统一"不复存在,文字流淌而出,字里行间,溶解了一切也包含了一切,布洛赫正因为相信文字这股威力,信了这秘密,才留下了他的书稿,挽救了他眼中作品的关键:回溯源头,方能重得统一。

渴望统一

实际上,他的书穿越绝望、彷徨踌躇和消极的经历不断朝

---

① 维吉尔拒绝了奥古斯都,却接受了渥大维(Octave)的意见。奥古斯都对他说"你恨我"时,维吉尔无法忍受如此怀疑,所以他最终将作品交付给了友谊。

向统一。布洛赫曾狂热追求统一,这是他的转折点,是怀念:统一,是一个愿望,想走完一圈到闭合的点,当早已往前跑远的人有权回转时,当他身上无限对立的种种力量如统一的整体被他突然一把抓住时。《梦游者》描绘分裂:价值分散成无穷个不可约减的系统,无穷产生的晕眩促使每种价值占着位置同时又消失于抽象,抽象才是价值的地盘;逻辑自我分解;非理性,戴上"理性"的面具大获全胜。然而,《梦游者》最后,犹犹豫豫给出救赎的承诺:人越是焦虑越能清楚意识到自身的孤独,就越憧憬出现一位导师能承载起救赎的希望,搀扶着他,以行动领会此时难以理解的事件。布洛赫说,"这就是怀念",对领袖(Führer,德语,领袖,元首)——1928年以后他就有理由怀疑的领袖——的怀念。

但他本人也心怀同样的念想,仍然留着出路让绝对发声,他最先在自己对数学抽象冷静的激情中听到绝对在召唤。统一在哪?分割着人类世界的不可调和之力,怎样才能集中到同一整体揭示它们不断冲突的秘密法则?《维吉尔之死》给出了答案。它没告诉我们统一在哪,是统一在自我勾勒:诗,统一就是诗一般的球体,情感力量和理智的确定性、形式与内容、意义和表达在其间相互转换。所以可以说,对布洛赫而言,作品涉及了什么,远比作品本身重要:如果他能写,那是因为有统一的可能;象征将成现实,诗将成真理与知识。因此,第二部分中,诗人与自己的艺术之争才显得尤为重要:艺术作品难道永远都只能是象征？最远的边界，艺术作品遇见的难道仍然只能是美？

为了回答这个疑问，为了知道文学作品能不能走近那点，让一切都得以显现，而不只限于华丽——追求华丽仅能暂时停止问题与答案交错的游戏，布洛赫断绝种种小说传统，想从抒情形式中求得统一的新可能，转变内心独白将其打造成不断前进的力量。尽管他早承认自己受益于乔伊斯，仍坚持自己所用形式和《尤利西斯》没多大关系。在乔伊斯那，思想、画面和情感并列相存，彼此无联系，仅靠文字洪流席卷向前。但在布洛赫那，不同层次的人类现实相互转换，每一秒都在转换，从情感到思想、从惊愕到沉思、从未加工的经历到细思后更宽泛的经历，宽泛的经历会让人陷于更深的无知，无知则转为更内在的知识。

布洛赫的理想：一句话一次性同时表达一切对立的活动，求同存异，甚至：每一刻一有事发生，每个字一出现，就能同时拥抱——无需任何时间发展——广袤的一切，这是他的目标。如果说他笔下多的是极长的句子（专家确信，德语中最长的句子非此莫属），那是因为每一句都想掘尽世界、走遍每一层次的经历、统一每一次的冲突；残忍与慈悲，生与死，短暂与永恒，每一句都无法停止，因为"支持""反对"永远翻来覆去，因为努力着不想违背不止的跃动，因为字字都在不动声色地工作抵抗过早完成的形式，所以每一句都陷入了无尽的重复和扩展，因优先使用名词，情况更甚。

布洛赫这么说内心独白："某种绝对全新的东西在蠢动，可以说是对自身抒情的评论。"实际上他一直想要综合两种可能：一方面，磨炼审慎的思考，让它越来越内化不丢思考的能力，以此保证思想明晰有理；另一方面，召唤歌唱，召唤节奏的抒情之力，特别是乐曲的音乐形式，以此超越经历中知识层面的内容，而不损毁它半点，确保用同一的标准调和理性、非理性不可调和的需求然后统一成整体。他的书总有两面。一面是符合逻辑的现实性，再遥不可及的活动也从不妨碍理解——在这点上更接近普鲁斯特而非乔伊斯；另一面是同样强烈的表现力，因为暗示，这多亏了他节奏感十足的结构，以及有心借自音乐的发展模式①。

布洛赫说，《维吉尔之死》是"一曲四重奏，或更准确些，一首交响乐"，按歌曲形式创作，用了众所周知的模式：主题作名加上变化。这部小说，同古典交响乐一样有四章，借用四元素——水、火、土和气，四种思想态度——到达、下降、期待、回

---

① 通过翻译转达时才会体现这种双重的现实性，《维吉尔之死》艰涩，但幸得好译者，先是英国的吉恩·斯达尔·昂特迈耶（Mme Jean Starr Untermeyer），与布洛赫合作多年的天才作家，——近期阿尔伯特·科恩（Albert Kohn）的法文版译文。英译本、法译本，均为上乘之作。但因英语与法语各有其特征，译文有时更重视原作的精神层面，有时又强调其魔力的表达。法译本在最细微差别处也能忠实于原文逻辑，维持原文始终严谨的思想，呈现其清晰、准确的特征。英译本更像一支歌，更加彰显了内心独白的涌动，这一流动的整体甚或说这一道彩虹，有时闪耀，有时闪耀的过程中就已在消逝，内心独白似乎伴有流动的思想，独白将思想延伸到思想之外。英译本的律动感几乎强于原作，法译本则更明朗规范。以此，我们再一次看到，用法语去渲染我们口中的内心独白有多难。必须拥有塞缪尔·贝克特那样的双重文化根源才能打开我们的语言迎接这种形式的真理。

归——给出双重提示,让我们配合两种提示,在不同的世界确切定位旅途中的维吉尔。每一部分,作家都定了个独特的节奏,句子以特有的类型对应节奏,这样我们就能敏锐地感受到垂死之人的思想,他迁移的每一步。正像昂特迈耶指出的那样,节奏(tempo)越快,灵魂越激荡,句子也越短;时间越舒缓,漫无目的寻找的思想就越与夜之永恒合一,句子就越复杂、越长、越重复、越凝固于静止的活动似乎就此消散于无形。有时,语调不变,而将充满节奏感的元素更紧密地凝聚起来,让散文成诗,仿佛在这些优先的时刻,作品之德结晶成形得以呈现。这就是此书最真实的部分,我们能更清晰地感受到,维吉尔,宣告了一个超出他认知的时代,在他的焦虑之外,还有他对人类的希望和绝望,人"尚未存在即便他已经在世":没有方向地等待,永远在启程,回归,回归只是一个幻想"啊,回吧,回向事物,回到梦里,啊,再回一次,啊逃吧!"

作品的特征

非要快速疏通全书给出几个主要的方面,必须得说:如同同时代所有伟大的作品,比如普鲁斯特、乔伊斯、托马斯·曼的作品,为了不议及诗人,《维吉尔之死》以自身的可能性为中心。在西方,表达并体现着文化的艺术,受谁威胁?是苦难。第一页开始,从他只能一路悲苦前行时,维吉尔就感觉脱离了自己:他羞于自己放不下回忆,也耻于自己夸耀原先的风光,

Ⅲ 没有未来的艺术

当他发现自己面对的时间既无过去也没未来,属于奴隶群,是声音组成的缄默。诗歌语言是何,如果它无关没有记忆、没有名字的一切?这不仅是道德的审判,触及的是作品的根。如果歌不降到一切形式之下趋于无形、朝向深处——外界之音用各种语言发声的地方,就不会有真正的交流,不会有歌。所以下降——降到不确定的地步——就是垂死诗人试图以死完成的活动。歌的空间、死亡的空间通过描述仿佛有所关联,彼此相牵。

另一个主要特征:几乎同所有现代伟大的作家一样,布洛赫欲将文学表达打造成经历。他相信,内心独白成为"抒情的评论"后,能让他到达独特存在的一点,在那,过去、未来之无限将同时向他敞开。他认为,凭音乐推进的力量,作品中悲怆的元素、哲学的元素,人类灵魂两种不协调的画面将完美统一。雄心壮志,但他坚持到底了吗?退一步说,他做到忠实了吗,是否忠于自由的发现活动——证明自己的作品——所提的要求?相反他并未给人感觉强加了自己早有的信仰,第四部分尤其明显,垂死的维吉尔深入创作时就成了原始人类(Adam Kadmon,希伯来文,最初的人,与神类似的原始人类)、宇宙"人"、化身成人的宇宙、和谐回到原点的人,一会儿有原始的动物性,一会儿有原始植物的厚度,一会儿是第一个柠檬,直到统一于虚无的一切,等等时刻他突然看到"无"重现占满空、成了一切,因为渴望循环,所以希望结束就是开始①。但是,这些篇章幸福而和谐。音乐的幸福,够吗?能否保证真理?能否成功说服我们相信黑色音符行进中表达的现实及承诺的救赎?我们所面对的就不是美的语言,就不是隐喻编造的知识?而布洛赫想要艺术脱离譬喻编造的知识,死亡则负责解放我们。

对此,布洛赫或许会说,他赋予诗人——这个曾叫维吉尔的诗人——临终之际的意义,因符合东方观念所以能贴近他的亲身经历②。以想象的空间完成事件,有想象在撮合,我们这些其他人,后来的西方人,能更好地与过去相通,那也是我们的过去。实际上《维吉尔之死》展开的不仅只是个人经历,而是传奇,是在努力用象征的方式描述整个西方文明的知识成果和命运。另一重要特征:奥波德·布鲁姆③的故事必须放到《奥德赛》的语境下解读,同样,阿德里安·莱韦尔金④的境遇再版了浮士德,托马斯·曼《约瑟夫和他的兄弟们》作为尝试要讲述传说的青春,同样,布洛赫也从前人和传说那取材叙

---

① 这里不作探讨:为何众多艺术家双手欢迎尼采"永恒回归"的思想。布洛赫说:"结束即开始。"(Und das Ende war der Anfang)。T.S.艾略特《东科克》:"在我的开始即是我的结束,在我的结束中是我的开始。"对于乔伊斯的所有作品,尤其《芬尼根守夜人》,他自己所说最妥帖:"维科之路绕了一圈回到起点。"

② 实为维吉尔第四《牧歌》所表达的神秘思想:伟大的时代重新归来(Magnus ab iniegro saeclorum nascitur ordo)。

③ 乔伊斯《尤利西斯》主人公,《尤利西斯》内部结构对应荷马《奥德赛》,每一章节对应《奥德赛》故事主题,角色与情节也有一定勾连。——译注

④ 托马斯·曼长篇小说《浮士德博士》主人公,为写出惊世骇俗的音乐作品不惜与魔鬼交易最终堕落、疯癫。——译注

事,向我们讲述我们,从一个既近又陌生的世界开始。要做到不简单。对我们而言维吉尔算什么?罗马如何?但,能做的他都做到了。此书一定程度上避免了历史性叙事的虚假,真理般真实的力量逐渐让诗人沉郁的形象跃然眼前,伴着命运之重、他的世界、时光逆流的预感,以上种种,我们也预料到了。

很容易将布洛赫对拉丁文化的敏感归于他的出身:维也纳出生,离霍夫曼斯塔尔不远,罗马遗产摇摇欲坠之际,这份敏感邀他唤醒罗马的亡灵,从中看见自己——因为维吉尔,就是布洛赫——得救赎:的确,通过死亡。乐于此类解释的人会说布洛赫的双重出身帮了大忙,一边是他生为维也纳人的过去,一边是他作为犹太人的过去。他禀赋多样、想法大胆,这两个特质步入极端之时,某种古典的和谐又能加以缓和。战后,海兹·普利策(Heinz politzer)到普林斯顿看他,见他一身奥匈帝国参事般的风骨:知书达理、优雅不凡,他刀削斧凿的面孔透出的痛苦,是极古思想的严谨。等等对立特征,不仅表明他的出身,还标志着使命。所有现代艺术家,比如乔伊斯,相当操心艺术,却极度怀疑艺术手法,学富五车却非常厌恶文化,热爱知识,因热爱想超越知识战胜知识,于神秘莫测的幻想中狂欢。人们说他总是贴近死亡,却无悲怆,心有淡淡情愫,近于莫扎特,就是这淡淡的情愫,令他身陷希特勒的监狱时,仍能玩味死亡,一笑了之。最终,信心、柔和,就是《维吉尔之死》欲达之意:挽歌、安魂曲,却是一支形同福莱安魂曲的挽歌,几近温柔地邀我们破恐惧之门,下降,深情的回忆走在我们前面,走一个循环得幸福与知识。诡异的幸福,看不清的知识,霍夫曼斯塔尔就曾说:"谁懂循环之力,何惧死亡",里尔克,与他们一道:"我爱循环完成时,一物接另一物时。""最高的智慧,莫过于循环。""环形,因回归而丰富。"

《螺丝在拧紧》[①]

我们看亨利·詹姆斯的《手记》，会惊讶地发现他为小说所作准备、构思精细非常，写时或有改动，但时而紧随构思。

比较他与卡夫卡二人的《手记》，差异惊人，卡夫卡《手记》里只有草草的叙事：不构思，事先不分析；多的是草稿，草稿即作品本身；有时就一页，或一句话，但一句也承担着叙事的深度，如果这句子是探索，那是叙述自己在探索，只有小说写作这不可预知的活动才能开启这条探索路。一个个片段后来并未用作作品素材。普鲁斯特剪剪贴贴；"这儿插上一页，那儿也补上"，就凭"小纸片"他构建其书，"他不敢说得精细如教堂，就想简简单单像条裙子"。对其他作家来说，叙事不能从外构建：如果自己无法掌控叙事发展的进程，就会丧失所有力量及现实，因为依靠叙事发展的进程才能发现叙事得以完成的空间。但这并不必然意味着书必须追求无理、也看不清的

[①] 改编电影《碧芦冤孽》。——译注

一致性：卡夫卡的书，结构上就比詹姆斯明晰，比之普鲁斯特，更简单也少些复杂。

"主题就是一切"

然而，詹姆斯的例子——理解起来——并非表面那么简单。他在《手记》中积累了些趣闻轶事，有的有趣，有的实在平庸，全都是从沙龙收集而来。他还需要些主题。"主题就是一切——主题就是一切"，他以惊人的确信写下这句话。"越往前，越强烈地意识到，往后我更适合坚定一个主题加以重视，好好发挥其情感能量，仅此而已。剩余一切，坍塌沉陷，变短变贫乏、糟糕——悲哀地背叛你。"这同样惊人。"主题"是什么？讲究如博尔赫斯也说，现代小说文学之优，并不在于人物性格的挖掘，心理多样性的深入，而在于传奇的创造、主题的打造。这话应的是 R.L.斯蒂文森，后者悲哀地认为，虽然心有不甘——1882 年左右——，英国读者鄙视小说情节波折起伏，更乐意作家以灵巧写出无主题或"微不足道一点主题"的小说。五十年后，奥特加·依·加塞特声称"如今很难编出奇遇之类触动我们优越的神经"。而在博尔赫斯看来，比之过去，我们优越的神经，幸而如今更能得到满足。"我自信完全不迷信现代主义，也绝不幻想现在与过去迥然不同，或与明天天差地别,但我认为,任何其他时代皆无福享有《螺丝在拧紧》《诉讼》《地心游记》等如此令人赞叹的主题小说;或 A.B.卡萨雷斯写于布宜诺斯艾利斯的小说。"(《莫雷尔的发明》)如果出于对真理的热爱,博尔赫斯本该从他回忆秘密处将自己的《循环废墟》或《巴别图书馆》与上述作品同列。

但主题是什么?要说小说的价值在于情节严谨、谜底诱人,传统怕不愿这么认为;因为这么说就否定了人物真实性或其心理、心外的现实性对小说的决定性,也意味着模仿世界、社会和自然无法吸引眼球。所以主题叙事很神秘,清空了一切素材:叙事无人物,有故事,但没有故事发生的日常生活、没有事件影响的内心活动——这一随时方便处置的财富,不再成就故事;另外,主题小说的故事里,发生的一切绝不会随随便便肤浅地接踵而来,一段接一段,如同以无赖、骗子流浪冒险经历为主题的小说,而是形成统一的整体,严格地按法则来,法则藏得越深越重要,仿佛一切秘密的中心。

"主题就是一切——主题就是一切",詹姆斯一声悲壮的呐喊,博尔赫斯慷慨地为他铺路,走起来却没那么自在。博尔赫斯仅凭主题就压低其他作品将《诉讼》列为现代最令人赞叹的小说,这举动实在需要我们好好掂量一下。《诉讼》的主题,有那么惊人的创新吗?维尼早用几句话就表达过这主题,帕斯卡写过,我们中每一个人或许都用过。就是一个男人和自己、和黑暗的司法搏斗的故事,他无法证明自己,因为正义从不光顾,这故事是有意思,但勉强算故事,算不上虚构,对卡夫卡而言,就来源于自己的生活:如果罪行无非清白的阴影,那么越清白,罪越重。

但《诉讼》的主题有没有这么抽象、空洞,我们如此生硬的解释对吗?或许不。那主题到底是什么?博尔赫斯提及《螺丝在拧紧》,在我们看来,此书以一个惊人美丽的故事为中心大放异彩,这故事似乎就是主题。《手记》中可见,早此书三年,詹姆斯记下一桩轶事心生灵感,坎特伯雷大主教讲了这桩事:"非常粗略含混又没细节的梗概",而主教又是从一个无力表达、话也说不清的妇人那得来的。"故事围绕着些小孩子展开(人数、年龄不定),这些孩子受仆人们照看住在乡下一座古老的城堡里,或许父母双亡。邪恶败坏的仆人腐蚀孩子心智引他们向恶;孩子浑身恶意,一肚子坏水,阴森可怕。仆人死后(至于怎么死的故事没多做交代),魂魄与鬼影仍死缠不走、纠缠孩子,似乎还示意他们,自深不可测的危险隐蔽角落——藩篱坍塌而成的深沟处——劝诱、挑唆要孩子们自我毁灭,服从他们任其摆布迷失自我。只要长时间保护孩子远离鬼魂,他们不致自我迷失;但这些凶险的存在,死不放手一心想要强占孩子,诱其向他们的所在。"詹姆斯加了这条注解:"一切晦暗、不完美——无论绘画还是故事,但其中必有暗示,暗示效果:莫名一阵恐惧,浑身战栗。所以故事必须由旁观者,一个局外旁观的人,用极其确定的口吻讲述。"

这就是《螺丝在拧紧》的主题？一切准备就绪，首先最根本的：一群孩子，总被鬼影纠缠控制，被恶的回忆引诱着走向必然迷失自我的空间。什么结果都可能发生，哪怕最糟糕的情况：孩子堕落，但他们同样无辜（"只要长时间保护孩子远离鬼魂，他们不致自我迷失"）。为此，詹姆斯就将制造出最残忍的一个局面：无辜难以界定，无辜体现了孩子身上恶的纯粹，无辜解释了为何他们的谎言滴水不漏，掩盖恶骗过了身边的老实人，但无辜也可以这样解释：恶一沾染孩子就变得纯粹，他们天性纯真，这是无法变质的天性所以对立于真正的恶、成人的恶，无辜，甚或揭示了为何鬼影幢幢，因为孩子的无辜，所以不确定，所以故事沉重，所以让人怀疑这一切都是他们的家庭教师幻想的投射，她心生乱象，把孩子折磨致死。

纪德发觉《螺丝在拧紧》并非鬼故事，很可能是弗洛伊德式叙事，书中叙述人——满是激情和幻想的女教师——丧失理智，最恐怖的是她毫无意识，最终让无辜的孩子接触到惊悚的画面，没她，孩子们根本觉察不到鬼魂的存在，发现之后纪德恍然大悟狂喜。（但自然还有一问，要也能消除更好。）

到此为止故事就与主教无关了，那纪德所发现的是否就是小说主题？这是否就是詹姆斯有意加工的主题？《手记》出版商依仗其中那则故事，断言对《螺丝在拧紧》的现代解读并不准确，詹姆斯就想写个鬼故事，设定中孩子会变坏阴魂也真实存在。或许，诡异感仅有小说间接带出，故事惊悚，让人不安战栗,并不因幽灵存在,而是幽灵秘密地引发了混乱,这恰恰是规则,詹姆斯在这部奇幻小说序言中就说过,他强调"要表现不可思议、怪异之事,关键就一点:展现敏感神经对不可思议、怪异的反应,要明白最有意义的地方在于能让人产生诸多强烈、深刻的印象"。

整个叙事邪恶的核心

所以詹姆斯极有可能回答不了纪德,也无法在他享受发现之乐时肯定他。但几乎可以肯定,就算他回答,也只能含糊其辞地表达个大概,不会让人满意。说真的,就算弗洛伊德式解读明确摆出一个答案,叙事不过暂时得了心理学层面的意义,却会丧失一本迷人、不容置疑难以捕捉的小说该有的一切,对于这样的小说,真相如同画面漂浮不定,如同画面同样难以接近。现代读者,狡黠如此,全能理解,故事之所以让人云里雾里,并不仅仅因为女家庭教师失常的神经,还因为她本身就是**叙述者**。叙述者并不满足于只看到可能纠缠着孩子的鬼魂,她还是讲述鬼魂的人,将鬼魂引向叙述不定的空间、超现实之上,在那,一切皆成鬼魂,一切都变得飘忽不定、稍纵即逝、在场又缺席,象征着恶,在格林厄姆·格林看来,詹姆斯恰于恶的阴影下写作,或许,恶之阴影,才是整个小说恶毒的核心。

Ⅲ 没有未来的艺术

记下那则故事后,詹姆斯加了一句:"故事必须由旁观者,一个局外旁观的人,用极其确定的口吻讲述。"所以可以说当时他还缺最根本的元素,**主题**:叙述者是叙事的内在,她自己的内在又的确相当奇怪,试图穿透故事中心,但她始终只能是故事的闯入者,被拒之门外的见证人,她只能暴力闯入,扭曲事实真相,或许进行了编造,也可能有所发现,用尽各种方式突破真相毁灭它,只能揭示真相的模糊性,掩盖它。

这等于说,《螺丝在拧紧》的主题,纯粹是——詹姆斯的艺术,紧紧围绕谜团展开的写作方式,他众多书里,奇闻异事引出的秘密又不仅仅是真正意义上的秘密——比如某些事实、思想或可以揭开的真相——,甚至并非思维在拐弯抹角,而是无解之谜,因为他所在之地,光线全无①。对于自己的艺术,詹姆斯极其敏感,即便《手记》中对于自己这一意识他奇怪地避而不谈,仅几处例外,比如:"我想,无论跳跃或一笔而过,无论飞跨或给思维来个大循环(一两句妙语间)必气魄凛然……"

因此我们会问,为何此般艺术?一切都在运动变化,奋力发现、调查,折转再折转,曲折又有所保留,如此艺术,不破解,却能打开不可破解之谜,它不从自身出发,而以一个相当粗略

---

① 很容易将此看作他一贯的手法,一再影射十八岁时自己遭遇的事故,这事他极少提起,语带隐晦:仿佛某次遭遇让他最近距离地感受到了神秘又刺激的不可能性。我们自然会联想背部的伤痛让他无法正常生活(就我们了解,单身的他从未与谁确定过恋爱关系,即便他极爱混迹于女人圈)。还会想,他或多或少故意导致了那次事故(发生于他帮忙熄灭纽波特大火时)为躲避内战之争。一说"精神自残",应该什么都能解释清了,无益于任何人的行为。

的梗概开始,将一章一节编码,配以不可更改的脉络;还有,为何要从一个早于他讲述的故事开始。

独特如此,答案或许多样。首先或许因为这位美国作家所处的时代,当时,写小说的并非马拉美,而是福楼拜、莫泊桑;因为他操心着给作品配上重量相当的内容;因为道德斗争对他而言重之又重。确实如此。但还有其他原因。很明显,詹姆斯害怕自己的艺术,他抗拒因这艺术"四处散落",抵触什么都说,"说太多,写太过"的欲望,那会拖出惊人的长度,而他最爱的,恰是干净利落的完美形式。(詹姆斯总梦想着名满天下,也希望在戏剧方面——以最糟糕的法国戏剧为样板的戏剧——成绩斐然。的确,如同普鲁斯特,他爱作品中的场景、戏剧结构;矛盾在他那得以平衡。)他特有的形式中,有极端,或有疯狂的一面,他试图提防,因为所有艺术家都害怕自己。"啊,要能简简单单顺其自然多好——最终。""我思来想去,结论是我只需松开缰绳!一辈子我都跟自己这么说……但我从未彻底做到①。"

詹姆斯担心开始:开始时,作品对自己一无所知,毫无重量毫无现实毫无真理只有薄弱,但已经相当重要,虽然还没内容但不可抗拒。这样的开始,他怕。在投身叙事力量前他需要提纲给他安全感,必须做些工作明晰主题进行过滤。"上帝不让我——此外,不是因为我屈服!以天为证——放松片刻,

---

① 此外,詹姆斯还说自己焦虑不安,恐惧放任自流,总是怕得不能动弹。

要毫不松懈地遵循这种强大又有益的方式:打造牢固的框架,构造精妙衔接得当。"因为害怕开始,他终于在预备阶段就迷失了自己,预备时他铺展得更多,仔仔细细、迂回曲折,已然浸透了他的艺术:"开始,开始,别拖延不说,拐弯抹角。""我只要紧紧抓住每一个字,滔滔不绝一字又一字。抓牢文字,滔滔不绝。永恒的秘诀。"

"神圣的压力"

然而,上面所说无法解释一切。一年年过去,詹姆斯越来越坚决地走向自我,这才发现了预备工作的真正意义,确切说,预备就不是工作。他总是不断说,探索的时时刻刻,仿佛"沐浴恩赐之时","美妙、难以形容、神秘、悲壮又悲剧",甚或仿佛"神圣"的一刻,他的笔端灌注着"醉人的压力",成了"破解"之笔,笔头一带魔力书写不辍,来来去去、曲曲折折,都让他预感到无数大道尚待勾勒。他用"神圣"形容写故事梗概这条原则,"神圣之光照耀书写前种种神圣而微小的潜在性","故事梗概提前给予神圣之欢,以它无以言表的神圣情感,微微的情感,挑动着我的动脉"。当他唤起如此欢乐如此激情,如此美妙的生活感觉时,为何他无法不眼含泪水直至"满怀激情耐心的小本子变成……他生命的根本"?在他自我吐露心声时,他抵抗叙事走向丰满,此时叙事尚未开始,一切都是未知数,纯粹得没有任何情节没有一点限制,作品还仅仅只是可能,是因纯粹的可能而"沐浴恩赐"的陶醉,我们知道,正如可能——我们从未经历过的不真实的幻想生活,但总与我们有约的幻影——对詹姆斯有着致命的吸引力,有时甚至推他入疯狂,或许只有艺术,才能让他探索、祈求。"越往前我越发现,唯一的慰藉唯一的避难所,解决生活重大问题的真正途径,就在于斗争,与独特的思想、主题、可能及地点频繁而隐秘地搏斗,必硕果累累。"

所以可以说,预备时刻对詹姆斯如此重要,在他记忆中又如此美妙,那是因为它代表了这样一个时刻:作品已经在靠近但还难以触碰,它仍然是秘密的中心,以此为中心他带着几近邪恶的乐趣投身研究,研究进展顺利与否取决于疏通叙事的程度,但也不能过度影响叙事。通常,构思时计划的种种故事细节,一到作品消失得干干净净,不仅如此,反倒变成负面影响,成了事故。如此一来,詹姆斯经历的就不是他必写的小说,而是其反面,作品的另一面,写作活动必然隐藏的那一面,他一贯的关心,仿佛他焦虑、好奇——幼稚,但感人——作品背后是什么,在他写作之时。

因此,之所以说詹姆斯的计划含有激烈的矛盾,那是因为对他而言,计划提前给出了确定的构思让他有安全感,但同时,计划也有另一面:创作之幸,因作品纯粹的不确定性而生

Ⅲ 没有未来的艺术

的创作,创作考验作品却无损它半点,也绝不剥夺作品涵盖的一切可能(或许这就是詹姆斯艺术的精髓:让整个作品随时在场,就算他已经捏出了作品之形做好安排有所限制,也要让人感受到叙事另有形式,感受到叙事无限而轻盈的空间,看到原来叙事还能如此这般,原来叙事开始前是如此模样)。或者说,他让作品承受如此压力,并不为限制它,相反,为让它道尽一切,毫无保留将一切有所保留的秘密全都倾吐而出,如此顽固又温柔的压力,如此紧迫的煽动力,他要用什么名称表示?同一名称,他选作自己的鬼故事书名:《螺丝在拧紧》。"一旦屈服于压力,屈服于'螺丝在拧紧',K.B.(他一部未完之稿)能呈现什么?"极具启发性的暗示,证实詹姆斯并没忘记自己小说的"主题":家庭教师为揭开孩子身上的谜团让其饱受的压力,压力还来自看不见的鬼魂,但主要还是因为叙述,因为写作让真相多了一层美妙又可怕的活动,痛苦、折磨、暴力最终引向死亡,死亡之时,一切谜底看似浮出水面,其实只是重新坠入疑云,掉进黑暗之空。"我们黑暗中工作——尽己所能,凡我们所有尽已全献。疑惑是激情,激情,即任务。其他,无非艺术的荒谬。"①

---

① 写下《成熟年代》的老作家,发觉将死之时自己虽然一事无成但已尽己所能做到了力所能及的一切,此时,他不无骄傲又悲壮地袒露心声。

穆齐尔

1. 冷漠激情

我担心,就算罗伯特·穆齐尔作品由某位大胆译者引介入法国,也会因译文不得信任而无法收获赞誉。情况相反我也担心:评论多过阅读,作品以其罕见构思、矛盾特质、完结之难、失败之深刻等一切诱人元素吸引着批评家,十分贴近评论以至于作品大多数时候更像为评论而生而非写作、为批评而非阅读。多妙一难题,无法可解,不枯不竭,这企图悦人心神。穆齐尔的企图讨人喜欢,既因初看是错,又因特质精妙,还因极端中有克制,最后还因庄严之败。何况他所写作品,浩瀚、未完、无法完成。更何况惊喜,出自一部坍塌了依旧可敬的伟大作品。

Ⅲ 没有未来的艺术

我们或许乐见黑暗中突然走出一位作家或一部作品并得知受冷藏的该作家怀才不遇而作品震古烁今。我们这时代，知晓一切，瞬间了解所有，就爱弥补不公，就爱于前人冷漠忽视的遗珠中得惊人发现，不顾老资历所说：这个全知全能的时代，仿佛乐于自己曾有所不知，也高兴能够守住难以发现的重量级作品，幸好一个偶然它注意到这些作品。相信作品，也信任后代能珍视之。我们始终相信，近乎偏执地笃定，现在拒绝之作，未来必双手相迎，只要艺术稍微一点头。穆齐尔绝非艺术家，甚至对天堂没兴趣，死前他不幸福也不确定：未来会以另一片天弥补他笼罩阴影时的冷凄。

如果乐意于遗忘中逝去的作家让我们觉得反常——即便逝去或许更有意义——，罗伯特·穆齐尔应该就是我们眼中的典型。生而不幸，他意不平，却不追究。他总是几近挑衅地严苛评价同时代的大作家，自认比肩对方，名声却不等。他根本没被忽视。他自己也说过，名声方面他更像个没出几本书的大诗人：只缺数量和社会重视；他还说，人们对他的认识等于无知，"既出名也不出名，不是说半红不紫，而是奇怪地两种状况皆有"。首先，他写了部小说耀眼非常，得了两个奖也收获了声誉，然后有条不紊全心投身一部宏大作品，耗时四十年，几近他整个的创作生涯，这作品就是他的命。他在世时，1930年开始出版此书第一部分，虽没给他带来普鲁斯特那样的荣耀，却给人顶尖杰作的感觉；紧接着1932年他急忙出版

第二部分第一卷,以预示他预感中逼近的动荡。成功没到,来的是和明天的决裂、贫穷、世界的动荡,还有流亡。当然,他并非唯一经历流亡之苦的德语作家。其他人在肉体上更是饱受折磨,经受着更为严酷的考验。在日内瓦,穆齐尔活得贫苦,诚然孤绝非常(虽有妻子玛尔特·穆齐尔相伴),但他忘不了,自己曾渴望孤绝如今又抱怨,1939年左右他在日记中写道:"我内心,抵触朋友敌人;渴望无所依存,但被人推开我又恼又后悔。"有一点很肯定,最后十年中——大概十年——,他变了,不仅因为经历了种种,就从作品也能看出改变,而他仍旧不慌不忙一心往下写,勉强坚持着原先计划的主线(但总有改动)。我想我们不能忽视此书给他带来的深层混乱,他再也无法完全掌控此书,书抵抗他,他抵抗书,企图给书强加一个或许再不合适的构思。死亡太突然,他料不到,总想再有二十年,所以在战争最暗无天日时,在他创作最无望时,死亡突然而至让他一惊。八人相伴,最后一次流离。十年后,一位忠诚的友人,继续穆齐尔夫人的工作,出版了最终版,这一次,人们敬他与普鲁斯特、乔伊斯并驾齐驱。再五年,终译成法文。比起一直笼罩着他的黑暗,我几乎更惊于突然鹊起的盛名,即便后来对他的讽刺依旧,但也少不了无声的惊叹。

即便只知最近出版的他的《日记》,也会立即被他俘获,为他吸引,有时惊叹他的复杂。此人刁钻,自己所爱也要批评,感觉贴近自己拒绝之物;从很多角度看,他极现代,无论新世纪如何他原样欢迎,也清醒未来会怎样,他有学识懂科学,思维精确,绝不咒骂科技变化可怕;但同时从他出身、教育背景、对传统的认可看,他属于过去,学识高雅,近于贵族,如果说他为书中代表奥匈帝国的"卡卡尼"(法语里Cancanie)描了卷意味强烈的讽刺画,却不能说这没落国、文明衰退的国家让他陌生,相反激起了他高强度的创作,不妨稍作回想,不仅穆齐尔,霍夫曼斯塔尔、里尔克、弗洛伊德、胡塞尔、特拉克尔、布洛赫、勋伯格、瑞哈特、卡夫卡、克斯纳皆卡卡尼人,这些名字足以让我们看到,垂死文明极能衍生革命性作品与未来天才。

穆齐尔为卡卡尼人,我们不能忽视这特性,同样,在看他的书时,要摸清其中的思想,不能满足于看主线主人公的领悟,还得看辅线看其他人物做了什么,其他人物有时漫画化,但绝不偏离作者钟爱的讽刺。辅线出奇又滑稽的故事——作为全书第一部分的棱角——所述不仅是帝国覆灭在即几个上层社会的傀儡使劲歌功颂德;别有深意,隐含悲剧性:欲知文化是将回光返照,还是辉煌一现于"空"——文化遮掩"空"来保护我们。

他活在过去,灵魂属于现代,近于古典作家,虽然他的语言有意不作修饰,略显粗粝,行文讲究,文中时有启示景象,然而他就是一个随时倾尽所有献给文学的作家(所以才有如此悲壮的抉择:"要么死要么写"),同时他也时刻准备着从精神上以文学征服世界,给文学道德目标,证明在我们这个时代论文式理论表达比起美学表达更具价值。同瓦莱里和布洛赫一样,他从科学,尤其是数学应用中提取精确的准则,失了精确,文学作品无非徒劳,也无法让人接受。知识去个人化、学者去个人化的需求,就算冒险他也必须迎合,他将探索这种需求给现实带来的转变,如果时间呈现的现实不比时间累积的知识晚一个世纪。

核心主题

如果呈两级划分的此书有核心主题,标题就能准确看出,《没有个性的人》(*Der Mann ohne Eigenschaften*)。标题很难译成法语。菲利普·雅科泰,精准的译者、作家兼优秀诗人,定作出了一番权衡。纪德逗乐地说了一个名,很有纪德风格,《随意处置之人》(*L'homme dispoble*)。《尺度》(*Mesures*)杂志最终确定:《没有特征的人》(*L'homme sans caractère*)。我想,我还是赞同最简单的译法,最贴合德语,在法语中也最自然:《没有个性的人》。《无才之人》,虽然表达更讲究,却丢了字面意思,看不出此人一无所有,没特点,更没实质。这人最本质的特征,按穆齐尔笔记所说,就是没什么特别。可有可无的一个人,更深入些连本质都谈不上,他受不了凝固个性、形成稳定的人格:脱离自我,因为他不愿作为特别的个体迎来各种特征,特征无一不来自外界,几乎所有人都幼稚地将特征的集合当作自己纯粹隐秘的灵魂,根本没看出特征属于外物,它有偶然性也沉重。

但对此书,应快速走入作品思想,确切地说,走进以讽刺为外衣的思想。穆齐尔的讽刺,是冷冷的光,时不时不着痕迹地调整作品的亮度(尤其第一部),虽然难以区分,无法让人区别出一个确切的意义,也无法提前看到意义。当然,德国文学传统就将讽刺严肃看作形而上的范畴,如此说来,探索如何讽刺一个毫无个性的人就不完全是创新,尼采之前用过,穆齐尔即便排斥仍然受其影响。但讽刺是此书核心之一,是作者、关系着作者的主人公二者的关系,要呈现这层关系,必须排除一切特殊关系,拒绝成为外人眼中的某个人或自己眼中的某样东西①。此为诗意之才,系统的准则。字里行间找讽刺,不仅难,还会陷入自我讽刺的境地。应该说讽刺渗透于整本书的创作;讽刺就在某些情境中,在情景翻转时,在主人公乌尔里希最严肃的思想、最本真的行为以可悲、可笑的形式再现于其他人物时。乌尔里希一直努力结合精准的理想状态和灵魂之空,对照着对狄奥蒂玛与阿恩海姆的描写,一个有着美丽的灵魂,一个是强大的工业家,诡计多端的资本家,敬拉特瑙为典范的唯心主义哲人。如此一来,乌尔里希和妹妹之间神秘的激情就得以延伸,悲剧重演于乌尔里希与克拉丽瑟的关系中,

---

① 讽刺来往于冷漠和情感间。

源于尼采的经历,最终会无疾而终,歇斯底里。所以事件和事件互相呼应,丢失的不仅是其简单的意义,还有其现实,无法发展成故事,而是指向一个变化不定的领域,在那,不再有事件,而是种种可能的关系导致的不确定性。

这就是作品的另一面。没有个性的人,不愿看清自己,对他而言,一切让他不同于众的特征反而令他泯然于众,远离最真实的模样,接近最陌生的外在,他做出这样的选择,因为自由的理想,也因为他生活的世界——现代世界,我们的世界,一切特别之事随时都可能消失在去个人化的整体关系中,事件无非暂时的交点。这个世界,到处都是大都市,集成的大块区域,事情有没有真的发生,我们这些主角、旁观者以为属于什么历史现象,知不知道无所谓。发生了的,仍然捉摸不透,只是附属,甚至一无是处;唯一重要的,是还有另一种可能,事情会以另外的方式发生;唯一关键的是含义范围很广,而我们的思想有权探索更广的含义,已然存在的、特别是一无是处的存在给不了我们答案,只有种种可能集合的领域能给我们希望。我们所谓的现实是乌托邦。历史,如果按我们呈现、以为的那样,由一个个事件平稳地线性发展组成,就只能表达出我们的欲望:依靠牢固之物、确凿之事,确凿之事由简单顺序发展而来,而叙述艺术,永远滋养文学的乳汁,重视并利用的就是这简单顺序的迷人幻想。几个世纪的历史现实皆以如此叙述模式构建,如此叙述之幸,乌尔里希再无福消受。如果活着,他所在必是可能世界,再无事件,无事发生让人**讲述**。诡异的局面,对小说主人公而言如此,对小说家更是如此。即便是虚构,小说主人公是否真实?但这样一来经历不是更加大胆、更险象重生?仅有唯一一条出路,保证他成为可能最终让他成真,但仅仅是可能。

可能之人

慢慢我们发现,多年间穆齐尔构思广阔到何种程度。他耗时良久才梳理清。世纪初他就考虑此书,笔记中一些场景和情景源于他青年时代的奇遇,直到小说最后一部分才出现(至少他死后出版的版本中可还原这点①)。我们不能忘了,他缓缓酝酿,毫无保留将自己一生交付作品,不可思议地将自己维系在未完之书上,随后转变这经历让它根本上不可能存在。此书,无论从表层还是从深层看,都是一本自传。乌尔里希让我们想到穆齐尔,乌尔里希牵扯着穆齐尔的焦虑,乌尔里希才能成全他的真实,这个人物宁愿不要真实,也不从外界得真实。所以就有了第一层,"没有特征的人"奇妙地再现了某种"特征",从中我们看到了作者的"性格":无所谓中有激情,与自己的情感保持距离,拒绝卷入外界、活在外界,在他身上,冷

---

① 马丁·弗林克一篇研究相当有意思,其中引用了1934年穆齐尔写给他的信:"很不幸,工作上的问题我很难一两句话说清。如今问题是否还在?感觉时有出入。探索之久,成了唯一可以说服我相信自己没有完全迷失的理由。早在1914年前,一开始的时候,这些问题就已经反复推敲了又推敲,形成持久的密度。"(《1958年鉴》)

漠是暴力，严谨的精神、强劲的控制力合一表现出消极性，书中几次情感脉络提醒了我们这种消极性。所以没有个性的人，并非一个逐渐刻画的假设。恰恰相反：他以鲜活的存在变成某种思想，变成现实，现实成为乌托邦，一个独特的存在逐渐囊括自身的个性：没有个性，努力确保自己没有个性，将努力拔高到探索的高度，探索中将自己打造成全新的存在，或许成了未来人，理论上的人，最终存在不再为真实地呈现自己的模样：而仅仅是可能的存在，但面向一切可能。

讽刺，大有益于穆齐尔的构想。别忘了他把自己的外号给了乌尔里希，有指责之意，这是他年少时的友人瓦尔特（穆齐尔的青年友人）所取，但两人在穆齐尔动手写这部小说时再非朋友。一个没有个性的人？"这是什么"克拉丽瑟傻傻地笑问。回答很有穆齐尔的味道，模棱两可："Nichts. Eben nichts ist das!"——"什么都不算，确切地说，什么都不是！"瓦尔特补充道："成千上万的人都这样。瞧我们这时代搞出了什么。"这评价，穆齐尔没多做考虑，但也没抛到脑后。所以，这个没有个性的人，并不仅有自由的灵魂，拒绝一切限制，拒绝本质，他早有预感还应拒绝存在，拿可能取而代之。首先，他是大都市茫茫人海中可有可无一人，可以被任何人取代，一无是处，看起来也如此，平淡生活里的"某某某"，再无特别之处的个体，但他，融合着冰冷的真相：没有个人色彩的存在。书中，过去的那个穆齐尔并没责备今天的穆齐尔，今天的穆齐尔，宣称科学没有个人色彩、感觉自己陌生,他想放胆在虚无中发现自己——"什么都不算,确切地说,什么都不是"——,他将是新道德的规则,新人类的开始。

探索,危险重重,他躲不过,还有正如我之前所说,他很难区别开自己与古老卡卡尼的命,他的活动无非意味着卡卡尼的毁灭,这必然也是他,穆齐尔自己的毁灭。如果说他从前方走来,倾尽心力想继续,即便以小说家的身份,继续最危险的实验之路,那是因为他心有恐惧,他害怕幻觉,他想做到准确无误。1914年前,他就已经看到,真理审判着他的世界,而他唯爱真理。在他工程师、逻辑学家、数学家、物理教授(可以这么说)的短暂生涯中,他把自己对真理的爱打造理念、升华为激情,但奇怪的是,这份爱最终让他成为了一个文学家,放胆赌上自己所有运气,为写一部小说,而这部小说,看它最核心的部分,可说是谜。

2. 经历"另一种状态"

1930年《没有个性的人》第一卷面世,我想最敏锐的读者也会猜接下来会怎么写,他阅读时,肯定羞怯又惊喜,此书语言古典,形式让人困惑,有时像小说,有时像随笔,有时让人想起威廉·迈斯特,有时是普鲁斯特、《项狄传》,有时又像《泰斯特先生》;如果看的人敏感,幸得此书,他清楚,他始终无法捕捉此书,虽然它一直都在,但在的只是虚假的表面、它的自我评价。但有两点能肯定:一,穆齐尔以讽刺、冷漠和情感描绘约瑟夫皇室的没落,1914年前夕它仍庇护人们诸多幻想,二,书中主角,乌尔里希,思想的追随者,追寻智力冒险,相信确定性危险重重而现代理性褪去个人色彩力量无穷,试图秉持着如此信念生活下去。

1932年的读者——第二卷第一部出版时——是否困惑?而穆齐尔的前程已定,因为他几乎没有读者。再者,虽然这一部只展开到第二段,结束得却相当巧妙、可惜,所以出版时看似完整,新主题已到总结之时,接下来几百页的篇幅却出现了跳跃总令人绝望,在这一过程中,故事还是同一个故事,却尽其所能上升至其他的内心波折,导致意义的变化,即使是今天,仍扰乱我们,我相信穆齐尔也身受其扰。我们也能感觉到,意义一旦发生变化,穆齐尔就陷入过度的创作任务,可能卷入了超出他预期的经历。一切难上加难,越来越无法确定,但黑暗没有更甚,因为我们眼前的一切通常是一道敏感而简单的光,却更加无益于他的坚持——他怀着悲壮之情一心要凭一己之力完成的事。少了什么,他震惊、恐惧,面对种种极端,情感上的极端,抽象的极端,他反抗,严谨如他,宁肯不写也不恭维幻想,所以他徒劳地努力想走进预想的计划框架。

两版现代人

让人激动的是,后续之所以不可预料,并不仅因为核心主题在深入,也因为作家自身成神话、看不清的梦与梦协调,所以必然如此。我们撞上的这冒险,既有背后的动机又毫无根据。乌尔里希,一个冷漠的人,拒绝独特现实(特殊的差异性带来的安全感)组成的固定世界,在父亲的灵柩前遇见自己的妹妹阿加特,他们不爱古板的贵族父亲,这场相遇,开启了现代文学中最美的不伦之恋。形式独特的爱情,长久,几乎一直持续到书终止之时,一切那么自由那么激烈,有条不紊又充满魔力,体现着抽象的探索、神秘的流露,是一个人和另一个人合一隐约看到极致之境,另一种状态,是千年的王国,王国的真相一开始只允许禁忌恋人特有的激情接近,或许到最后就会蔓延至燃烧的普遍共同体。

将他俩描述成幸存的浪漫主义者虽然会有歧义,但这显然不是任意为之[①]。乌尔里希,没有个性,在他身上,激起了知识无个人色彩的活动:庞大集体存在的中立性、瓦莱里式意识的纯粹力量——只有拒绝成为任何形式的存在才能形成的力量,他有思想,对自我有见解,试图活在纯粹的抽象模式里,他面向晕眩的神秘经历,这很吓人,但非常必要,这属于他自身

[①] 虽然之后在另一片段中阿加特说:"我俩是仅存的浪漫主义爱人。"穆齐尔为突出这对情侣的意图,说道"专制的爱情尝试"。

活动的意义，他放手去掉个人色彩，有时将这种状态当作理性至高无上的不确定性，有时又当作神秘存在无以确定的"空"，空会翻转成圆满。所以拒绝和他人、自己建立太过确定、太过特殊的关系——油然而生他迷人的冷漠，这正是乌尔里希（以及穆齐尔）的魔力——，所以这现代人有了两个版本：既能达到最精确，也能分解到极致，随时都会拒绝僵化形式，要么像数学方程那样不定限地转换，要么追求无形、不表达，最终试图删除存在的现实，让有意义的可能与不可能的无意义间的空间膨胀。

乌尔里希遇见阿加特。自他幼年便几乎忘了妹妹的存在。治丧的屋里，相见一刻，惊然发现彼此形貌、衣着如此相似，尚未揭开的关系还将带来冲击，他们回归不真实的过去，相互串通（比如丧服上拿假配饰作替代；后来，阿加特伪造遗嘱欺骗丈夫），重拾幼时的自由，自由的年轻女子，琢磨着该给死去的老人送上怎样的礼物，最终脱掉自己的袜带放进他的口袋里，诸多此类细节，带着分妩媚的清醒，光与阴的氛围间，酝酿着我们所有人都翘首以盼的场景，他和她也在期待，但此处实际上并没发生这一幕，之后才得以呈现，当我们和他们，等到不能再等时。因为尊重禁忌？某种程度上是，但无任何道德偏见；而是因为无论他还是她，都不愿过早竭尽希望，新关系的冒险之旅带来的希望，是有希望，却结不了果。

Ⅲ 没有未来的艺术

不了了之

"快到却还没到","的确发生了却了无痕迹","出现的真的出现了吗?",眼下他俩的事,真实却无法实现,没有期待没有排斥,近在咫尺,近得灼热,现实已不够,所以打开了想象之门,给不可能性一个躯壳,其中,兄妹俩通过怪异、纯粹而自由的举动结合,对此的描写就构成了作品最新鲜的经历。必须补充一点,他俩不可思议的情感,长时间内无关肉体,主要体现于言语。这是穆齐尔刻意为之的结果:"爱情中,最重要的可以说莫过于交谈:所有激情中,爱情最爱你一句我一句,爱,主要就在于说的幸福……说与爱,根本相连。"我不认为抛开这部作品,如此强烈穆齐尔风格的观点还能说服我们。我也不会说这是计,为书中冗长的理论对话辩解。接近"美妙、无限、难以置信又无以忘怀的状态,一切融合为一声'是'的状态"时,抽象语言经历了怎样的变化,要判断就得到情感的陶醉、话语的掌控中探索兄妹的共同关系,就是这种共同关系转变了他们,变抽象的热烈为新的激情状态,将狂热的情感打造成更高的冷血状态。你一句我一句,强烈地渴望沉默。乌尔里希、阿加特的情爱关系中,沉默由年轻的阿加特恰当演绎,看哥哥回话勉强,少不了一番思前想后她突然走出失魂状态挣脱肉体之痛,心下一阵悲凉:"还是做点别的什么,别说了。"

一天,阿加特甚至准备要自杀,这场危机给他俩的爱情牧歌带来新的转折。"我们不能自杀,除非走到无路可走。"所以开始了"天堂之旅",按歌德传统,向南行。决心虽坚,但为时太晚。八百页紧凑的文字已经让心神相离的两人走到了一起,带他们到一切情感之外,疲于感受,进行缓慢而深刻的变化,像人们所说,类似神秘的变化。所以看似提前就走到了绝对,乌尔里希的企图,不了了之就已经走到了终点。

兄妹间离奇的关系——一方面看,但仅仅是从一方面看远离堕落、拜伦式挑战——确切说,意指没有个性之人所作探索无非徒劳、一次次错误地相遇:妹妹仿佛更美更敏感的自我(不过少了具体的肉身),与她结合,在她身上找到丢失的自己,与她一起,有种温柔,仿佛爱着自己,自爱(Eigenliebe,德语),对自己特别的爱,这是毫无个性之人无法了解的情感,除非茫茫世间遇见自己游荡的身影、第二个他、他的妹妹-妻子、他永远的伊希斯,她让他四散的灵魂鲜活、丰满,没她,他分崩离析,无尽地等待着灵魂合一,无止境堕入空洞。

当然,如果阿加特就是乌尔里希,那她也同乌尔里希一样丢失了自我——某些道德上无意识的表现就能看出,双重缺失,却不减彼此忧郁的魅力,如同但丁笔下地狱中的保罗与弗兰西斯卡,彼此寻找,一场疲惫不堪又充满魅力的自恋游戏。这样的爱注定成空,落空成了他们结合的一部分。作者从中汲取种种离奇经历,而陶醉带着这对爱人走向世界之外、存在边缘的阳光花园,喷薄的创作力让他永远都无法以此章结尾,迫使他持续百页，仿佛默无声息抗拒着最终的失望，以上种种过度的展开都让作品失衡，却也给它新的力量，没有呈现失败，却让无果的苦恋闪耀幸福与真理，即便只是幻景。出乎意料的结果，我想，也出乎穆齐尔的意料，超出他的预期违背了他的计划，他无法决断，要不要摧毁这幸福和真理的幻想①。

不同寻常的煽动力。人们会想，这传奇故事里有没有穆齐尔个人的影子。他有无姐妹？有，死于他出生前（所以他让乌尔里彻底忘了自己的妹妹，或许也解释了为何两人第一次重逢，喜悦却交织着死亡的阴影）。他不忘探究这位他本该拥有的知己。他总细说自己对她饱含深切的爱；随后又改口："……我是对这妹妹感兴趣。但我从没想过：如果她还活着？我是不是她最亲近的人？我像她吗？没理由这么想。但我仍会回想，还穿着小裙子时，我是想做个女孩吧。我很愿意把这一形象看作自己的翻版，带有情色意味的翻版②。"我们不能说这回忆具有决定意义。我只是会想，乌尔里希和穆齐尔的关系充满了不确定，填充了很多经历，再继续追究将会赌上整本小说。穆齐尔在场，但去掉了个人色彩，也不真实，乌尔里希竭力承担他的在场，与深层去个人化的特质保持一致。去个

---

① 穆齐尔手稿研究者认为，临死穆齐尔仍在推敲这部分，具体为《一个夏日里的呼吸》神秘气质浓郁的那几页。
② 小男孩的他，幻想做个小姑娘，金色长发有如丝般柔顺。这形象写进了书里，与那位不曾相识的胞妹同名，艾尔莎。自传中他提到这点，表示并非偶然。1923年，穆齐尔出版诗集《伊西斯与奥西里斯》，据他说，此诗集的内核（in nucleo）包含了他的小说。

人化的特质,经现代生活的呈现,是谜,是"威胁",是源泉甚至万源之源。双胞兄妹二人不互相隐瞒,亲密无间,他俩的爱,是谜,汲取自作者,有时不了了之推开我们,有时又吸引我们,仿佛打破禁忌的一切,承诺给我们"一瞬间"走进绝对。

"一瞬间":注定失败。1926年在一次访谈中,穆齐尔不小心说漏了小说计划,他说到兄妹(双胞胎)那个片段:"试图维持、定格这一经历,做不到:'绝对'无法保存。"二人沸腾的对话,更无法以道德体现,道德不可能打开世界之群面向自由、总是变化非常、不断更新又纯粹的活动。但失败没为小说划上终点,因为穆齐尔,传达出复杂的"爱——迷醉"美妙的一面后,想要"爱——迷醉"走向疯狂,不掩饰种种不愉快的反常、畸形对没有个性之人的吸引力。疯狂,小说的主题之一。战争的疯狂,终结了可能之外的旅行,或许最终让无个人色彩的特质奔涌而入,有了这股力量,毫无个性之人或许能够看到不属于人的特性,完成最后一次可歌可泣的变形。诸多片段都在为小说铺垫好结局,如果有结局的话,这些片段中,穆齐尔试图以缺席叙事的方式终结剩下叙事所牵扯的命运,尤其要将辅线情节——辅线有阴谋家、唯心主义者、上流社会的人:有钱贵族,一个个战争前夕纵情欢乐,妄想着世界和平——推进至最终瓦解。他甚至已经预想,至少1926年的计划如此,会有充满变数、复杂的间谍情节①。但他仅打造出一个奇怪的现象：目睹了乌尔里希、阿加特壮丽的传奇故事后，我们，我相信穆齐尔也一样，再无法和第一部故事、人物联系起来。就连讽刺，在这一神秘部分中，也得遭作家噤声，因为"神秘的状态无笑声，神秘不好笑"，讽刺，再觅不到创作的秘诀。仿佛已到极点，摧毁了作品常规的源泉。谜底再也无法揭开。如果阿加特、乌尔里希失败，他俩以死相许。但现在，他们感觉迷失于冒险，就连死也不再可能，更不用说生，而对穆齐尔来说，更别说写。"我走不远了"，他悲痛地写下这行字。或许，这样的结局才最尊重此书寓意，它让我们想到，因为它，我们走了多远的路。

去个人化的威胁

"小说的故事又变回老样子，该讲的故事什么也没讲。"1932年，全面创作的穆齐尔反思道。稍后，他说自己拒绝叙事，正是有了拒绝，才有了叙事。他也说："无力描写持续的时间成了我的技巧。"慢慢练习他才意识到自身的艺术有多重要，书的形式有多关键，甚至发现，自己视为自身缺陷的一切

---

① 从这一角度看正在生成的现代社会，穆齐尔欲揭示现代社会的深刻力量，进入现代社会，革命性力量近乎缺失。小说中仅次章节写了这内容（或许作了展开，就如某些手稿所示）。对于自己并非保守派面对革命却心生恐惧，穆齐尔作了解释，他怕的并非革命，而是革命爆发时所借形式。然而，如果以"无知"定性的无产阶级只能走向消灭的道路，消灭一切个性特征，那没有个性的人不正是无产者？很奇怪，穆齐尔预备摆出关于主题的一切问题，明确避开自己已知的范围。反过来，他的书已经为这部小说展示了衍生国家社会主义的某些力量。

反倒可以丰富一种新的体裁,甚至给了他一把钥匙开启了现代时间。所以我们还得研究最本质的:主题与小说艺术形式及呈现结果的关系。

根本无法想象,个性化的形式、极其特别的"我"的主观语气竟展现出一个毫无个性的人。穆齐尔所发现的就是去个人化的新角色,或许这也是他一心想要的。他慷慨激昂,首先在科学中遇见了去个人化的力量,然后多了分羞涩,在现代社会那有所发现,再然后,冷冷的焦虑中找到了自己身上。到底是什么样的中立力量,突然就这样冒出世界?在我们人类自己的空间,我们怎么就和那些有着独特经历的独特个人再无瓜葛,而是牵扯着"那些无人经历过的经历"?我们身上、身外,哪来这些无名的东西,遮遮掩掩不断出现?惊人的转变,危险,却触及根本,全新却又无限接近从前。我们说话,话语精确又严谨,根本不会顾及我们,也只有我们对自己感到陌生时,话语才属于我们。同样,任何时候,"别人反驳我们",我们也只知道话是说给我们听的,但"与我们无关"。

穆齐尔这书把这转变传达出来,试图给它一个形式,也在努力寻找,什么样的道德才适合这样一个矛盾中兼容了确定性、不确定性的人。对艺术而言,如此变形不会不结果。穆齐尔长时间迟疑,不知改选怎样的形式:他想过以第一人称来写

(那时书名定为《地下墓穴①》),但文中的"我"不能是小说里的人物,也不能是作者本人,而代表人物与作者的关系,非我之我,作者得在艺术中去掉自己的个人特色才能变成非我之我,——根本上没有个人色彩,——此人承担了去个人化后的命运。一个抽象的"我",空洞的我,安插这样一个我是为了揭示不完整的故事之空,为了填充验证思想时空出的间隙。但最终没采用,或许该惋惜,因为穆齐尔已经巧妙阐释了如何构成这一形式。但最后他还是更有兴趣用"他"叙事,形成奇怪的中立,小说艺术始终都在努力探求如何做到中立,但也一直犹豫,因为条件或许难以承受。传统艺术去个人化也同样渴盼中立,虽然它不愿承认中立为固定形式,也不认为中立就能高高在上地讲述一个情节,相反没了中立还能全盘掌控。以"他"说事,或许还因为他自己无话可说,甚至叙事的意义都变了:实际完成的事件、以一己之力完成事件的个人和我们再无关系,真正相关的是种种可能版本合成的整体,明确又不确定。该怎么说:发生了某事,先这个,后那个,而最根本的是发生过的事可以另外的形式发生,所以并非确定无疑、无法更改地"真"的发生了,不过幻影一闪般发生于想象的世界?(无疾而终的乱伦就此体现了深意。)

所以我们看到,穆齐尔对抗着两个难题:找到近于传统语

---

① 确切说,《地下墓穴》是一专栏名,穆齐尔将小说相关的想法罗列其上,当时小说名未定(1918—1920)。他脑子里有几个构思,最后都化进同一本小说。

言的语言,但要更贴近原初没有个人色彩的状态①;要写一部叙事写一个故事:故事没有时间,需要关注的并非事件本身,而是接下来的无限可能以及源泉之力,而源泉之力不致任何铁定的结果。

文学与思想

穆齐尔艺术另一主要问题:思想与文学的关系。他洞若观火,文学作品可像哲学作品那样以抽象形式阐发艰深思想,但条件有一,思想"尚未成思想"。"尚未"二字说的就是文学,"尚未"一词,就是完成与完美。作家手握一切权利,可随性存在、随意说,除了最常规的话语,常规之言指向意义、真相:一个人口中所说,尚无意义,尚未成真——尚未,永远不会更进一步;"尚未",就是充分的壮丽,就是我们从前称为的美。存在,始终早于艺术呈现:所以存在清白(因为它不以意义为代价),但也因而有了无尽之忧,担心被赶出应许的真相之地。

穆齐尔了然文学的经历。确切地说,毫无个性之人即"尚未"之人,他眼中,没什么坚实不变,他停止一切体系,阻止固定,"不对生活说'不',而是'尚未'",最终他的行事作风让人感觉世界——真相世界——仿佛永远从明天开始。说到底,

---

① 实际上,穆齐尔在语言上始终坚持介乎主客观——个人主观性与客观真理无个人色彩的特质合一。比如他在一篇随笔中说道:"如果观点与观点的协调性还不够,但是又看不起作者本人站出来铺设协调,就只能练习将二者合一:既非完全主观也非完全客观,打造一个'可能'的世界景象、一个'可能'的人,这就是我的追求。"

Ⅲ 没有未来的艺术

他是纯粹的作家,而非其他。"实验"的乌托邦,就是他冷冷激情下追寻的地方。

作品之美,在于穆齐尔成功将"实验"的乌托邦当作品保护,从中阐发思想,但他很清楚什么思想道出真,什么思想给形式。"诗意作品中被视为心理的部分,位于心理之外,正如诗歌在于科学之外。"甚或,再看看他发觉了什么:"我们描写人,依照我们的理解想象事情发生时、事外他们可能的举动,但因为主要的个性表现通常晚于所有表面的痛苦、困惑、激情和懦弱并隐藏其后,所以即便是内心活动也只能退一步从外才说得准确。"然而,他痴迷心理、伦理的探索,一连串循环往复的问题萦绕不去:怎么活?——然后他又被恐惧擒住,害怕因为和思想接触改变了艺术,担心把思想托付给艺术而改变了思想:"最大的错误:过多理论。""人们不是应该告诉我,我缺的仅仅是勇气,不敢以科学和哲学的方式表现我哲学上的思考,所以我的叙事背后压力持续不断,叙事也成了不可能?"就此,穆齐尔清醒地揭示了此书无法完成的另一原因。的确:他的书里,问题太多导致焦虑太过,太多主题引发了太多轻率的争论,太多哲学味浓烈的谈论针对道德、适当生活及爱。说得太多,"字越多,越糟糕"。于是小说家会给人糟糕的印象,认为他利用人物说出自己的观点:大错特错,不仅毁了艺术,还把观点贬得一文不值。

对于这样的批评,有人愿意回答说,之所以有如此明显的错误,那是因为作品主题所需:毫无个性之人,把亲身实践自己的理论当使命当折磨,他抽象,他不存在,无法用别人感觉到的方式自我实现。穆齐尔接受混乱,听任理论阐发、美的表达合一,所以他所做,就是坚持适合自己的表达。我不以为然。我所见,更多的是他对自己的背叛,竟同意将作品分成已然专业的思想与具体的场景、理论的讨论和行事的人,他并没有回溯更原初的点,没有作出抉择采用唯一的形式,让尚未特别的话语说出丰满,道出无个性存在之空。

对话之痛

评论难用。评论人几乎不读,不总是因为缺时间,而是他光想写,读不了,他简化也好,有时也搞复杂,他扬也罢抑也罢,赶忙抛开书简单的一面摆出一副公正评论的样或言之凿凿说自己理解颇丰,都是因为没耐心,一本书都读不了,必然读不了二三十本或者更多,没读的书堆积成山,一面吞没他,一面又不把他放眼里,引他越陷越深,这本、那本,越看越快,这本他根本没看,那本他自认为看过,等到某刻,一本书没看的他或许就伤了自己,自觉一事无成倒让他终于开始了阅读,如果时光过去已久仍轮不到他成个作家。

评论人评书一心从简,却对应不上书上简单的那面,在评论人看来,书总是过于简单,要么没那么简单,玛格丽特·杜拉斯的《广场》就给人这感觉。但此书不幼稚,虽然小说一开篇就触动我们,让人无从躲避——阅读时何来如此忠诚,很难解释——,但它不会,也不可能像表面那么简单,通过小说和我们产生关联的简单事物很严酷,不可能简单显现。

两个几乎抽象的声音,在一个几乎抽象的地方。最先触动我们的,就是这,抽象:仿佛广场上交谈的两人——她二十,女佣;他,年长些,一个集市一个集市卖些不值钱的物什——,再无其他现实,除了声音,仿佛偶然一次交谈就要用尽机会、倾尽真相,或简简单单只想把话道尽,面对一个鲜活的人。他们必须说,句句谨慎几近客套,可怕,因为有所保留不仅仅出于简单生存所需的礼貌,而是因为极端脆弱。怕伤人,怕受伤,话里听得出。你一言我一句,相互摸索,互动稍微一热烈即避。但所说必定仍然生动。缓,不断,不停,怕时间不够:必须现在说,要么再无机会;却不急,耐心,戒备,也平静,因为必须平静,如果不克制,就以嘶喊打破;私密,到了痛苦的程度,因为无法随意聊,随意聊是一种幸福,轻柔、自由。欲望与需求的简单世界,言语注定触及根本,独钟于此,所以单调,但同时极其关注该说什么,怕突然一句就没了下文。

对话。对话有多少,少到让我们惊讶,我们旁观不同寻常的事件时如此,痛苦几乎多过美妙。就小说而言,所谓的对话,道出慵懒和琐碎:人物说话,为了给该纸页留白,通过模仿生活,生活无叙事,只有交谈;所以时不时要让人物说话;直接的互动省事,也让人喘息(对读者如此,对作者更是如此)。或者,"对话",受几个美国作家的影响,对话道不出意义,比现实还苍白,略低于闲话,日常生活,闲话也就够了;一个人说话,让人敏感的是他拒绝说话;他所说,是沉默:隐而不露,暴力,仅关于自己、突兀的庞大内容、吐字的意愿而非讲述。或很简单,像海明威,略低于零度的精致表达法,是计,要我们相信生活、情感、思想到了某种高度,正派的经典诡计,总能成,像海明威那样的忧郁天才,就为此作了诸多谋划。但现代小说"对话"的三大方向,我相信,归马尔罗、亨利·詹姆斯和卡夫卡。

马尔罗

《人的命运》和《希望》两本书中,马尔罗让一种久远的作风重生,让它艺术,因为他,这种作风成了艺术形式:讨论。主人公,放在从前就是苏格拉底。苏格拉底笃定说话就能达成共识:他相信言语有效,只要矛盾不突出、能用证据严密地长时间加以证明和确定。言语必然有理由暴力,他淡定地表现出这份肯定,他的死,壮烈也平静,因为暴力断得了他的命,却断不了有理之言,那才是他真正的生命,有理之言走到底,才得共识,解除暴力。或许,马尔罗笔下的人物,把我们带离了苏格拉底:他们激昂、活跃,付诸行动,投身孤独;但,作者铺设的明朗一刻就要来临时,转眼间,仿佛十分自然,他们成了声音,道出历史中一个个伟大的思想;自我不变,但他们让每一方伟大的思想发声,让我们时代重大危机中的抵抗之力以理想形式表达而出——他的书就是如此动人地冲击着我们：我们发现讨论仍然可行。淳朴的神级人物，一时间栖息在不起眼的巴尔纳斯山上，不破口大骂，也不再对话，而是讨论，因为他们要有理，理，依赖于文字火焰般的活力，而文字，关联着所有人共有的思想，每个人都遵循着留存下来的文字共性。时间不够，无法达成共识。不同时代的不同思想各说各话，这时，风暴暂歇，时间一过，再次风起云涌，但暴力已然改变，因为它没能打断谈论，也无法打破对共有言语的尊重，每一个暴力之人身上，都心怀此分尊重，屹立不倒。

还得加一句，马尔罗的成功或许绝无仅有。模仿者那，大段陈述随意而发，争执不休，但在他那，艺术与政治和解，促成了真实的创造性，才情之歌流淌而出①。艰深的艺术，马尔罗有时也如自己的模仿者，正如我们在《阿尔腾堡的胡桃树》中所见。

H. 詹姆斯

亨利·詹姆斯的艺术中，会话分量最重。最惊人时，交谈直接跳脱"围绕着一个老妇杯里的茶"式社交无聊，霍桑说自

---

① 才情，再非理智：评论人简化的功夫再深，也必须谨慎，"才情"放别处，意思就远与苏格拉底无关。才情关乎一切：世界、艺术、文明、文明的废墟、开端与完成，一切皆有其分量，一切归属于才情。才情是朴实的关怀，热烈地包含一切，一切相关。

己痴迷得不行。在詹姆斯那，无论是占绝大多数的鸿篇巨制还是偶尔几篇较短叙事，中流砥柱都是几次重要会话，借由会话，辐射全书、隐秘、炙热又激动人心的真相，试图通过自己必然掩饰的一切显现。多离奇的阐释，因为隐藏的真相介入，主人公心神相通，而隐藏的真相，他们清楚自己无权听到。交流实际围绕着不可描述之事，因为有所保留，因为主人公一副了然于心的神色，他们可以避开不可描述之事谈不可描述之事，用一再否定的表述，唯此，才能认识未知，否则任何人永远都无法道出未知之事，除非死。（《螺丝在拧紧》中，家庭教师恐怖地施压于孩子，逼其承认、说出不可说之事，杀死了孩子。）詹姆斯能够在对话双方间安插**第三者**——晦涩地带，他每本书的核心和关键——，并让晦涩地带成为误会之源，不仅如此，更是焦虑而深刻的默契之因。不可表达的内容，接近我们，吸引着我们原本分离的言语互相靠近。围绕着无以直接交流的一切，重组了对话双方的共同体。

卡夫卡

将詹姆斯和卡夫卡对立，是很武断，但容易。因为一眼看上去，在詹姆斯那，仍能拉近言语、未知、不可表达之事的一切，到了卡夫卡这就驱离言语、未知、不可表达之事。卡夫卡笔下，讨论双方存有裂痕、无法跨越的距离：走进无限的游戏，远离时才在靠近。所以逻辑坚挺，有理的欲望愈加强烈，有理之言因而无休无止不愿错漏丁点。卡夫卡的人物讨论、驳斥。"他总是驳倒一切"，其中一人说。这种逻辑，一方面由于他一心想活，要确保活下去没半点差池。但另一方面，这逻辑已成他们身上敌视之力，总要得理。主人公相信自己有幸尚在讨论阶段。他以为就是次普通诉讼，他以为诉讼之本在于：法庭论争由诉讼程序及呈堂证供的辩护组成，论证结束，判决必表达各方一致的意愿，因为判决得到各方认可及承认，所以即便败诉一方也乐于接受，至少在共有的判决决定上，有他一份，他赢在此。只有k.以为诉讼在于此而非言语法则，他选用了另一法则，无关规则，尤其无关不矛盾律。因为不知何时启用了新法则，我们永远无法区别两种法则，也不知面对的到底是哪一种，虚假的双重性就导致：被新法则捕获，新法则高于、低于逻辑，但人就因逻辑遭控诉，身有义务必严格遵循逻辑，又痛又惊，每次试图对抗矛盾捍卫自己，自己的对策竟也矛盾重重，所以他又痛又惊，身感罪孽，罪恶感愈加沉重。最终，仍是逻辑在审判他，人啊，究其原因，探究整个故事就因为理字面前他稍微的动摇，就被判为逻辑之敌，如此讽刺的裁决让他发现，理智的正义与荒谬的正义竟违背他的意愿和解了。(《诉讼》最后，K.还想最后呐喊一声："还能有救吗？除了已经说的，还能辩驳吗？当然有。逻辑并非无可撼动，它无法抵抗一个想活命的人。"身陷最终的绝望,被告还想辩驳,据理力争,最后一次召唤逻辑,同时又加以否认。铡刀之下,抛开理智紧握活的意愿——纯粹的暴力:就这样走到理智的对立面,让理智从此以往理智地审判。)

谈话间引入摇摆又冰冷的空间,你以为卡夫卡如此安排就为了摧毁交流?错。目的还是统一。分隔谈话双方的距离从来都不是无法跨越的,除非有人借言说一心横越距离,言论充满二元性,二元性总衍生更多的二元性及虚假的桥梁——两面性。不可能的关系如何远离否定,在卡夫卡那奠定了新的交流形式,这才是该探索的问题。至少有一点很明确:任何时候,谈话都不是对话。人物与人物并非对话双方;言语无法交换,即便意义相同,指向与现实也永远不同:一些高于言语,是评价、判决,代表权威或欲念;另一些,是诡计、逃避,是谎言,足让言语永无相互关系。

鲜有对话

很少能有对话,不要想着对话简单、幸福。听《广场》上那两个简单的声音;说,不为达成共识,不像讨论,不摆一条一条的证据通过简单的协调游戏说到一起。难不成还想最终得到理解互相认可来缓和自己?这就想太多了。或许他们只想说,竭尽偶然的一次机会,因为不知机会是否一直都在。最后一次机会,脆弱、频受威胁,第一字涌出嘴边,普通一次聊天就有了重量。我们能感知,对这两人来说,尤其是她,需要空间、空气、可能才能说的话,就要说光道尽。或许,如果他俩之间真是对话,那么威胁逼近、限制之处缄默与暴力封锁存在时,我们就看到了对话的第一个特征。背倚着墙,才能开始和某人说话。舒适、自在、掌控感将言语升华到无个人色彩的交流形式,人们可以围绕着某些问题说说,每一个人都放下自我暂时说些大而化之的话。甚或,恰恰相反,如果越过限制,我们就会发现孤独之言、放逐之言、极限之言,三者皆无中心,所以无面对面的关系,再次无个人特色,因为没了人,而这正是现代文学成功捕捉到并让人听到的言语:无深度的深刻话。

玛格丽特·杜拉斯,洞察秋毫,探索并捕捉到了人与人对话的时机:幸得一次偶然相遇,简简单单——在一个广场,再简单不过——,与二人必须面对的隐藏压力形成强烈对比,而另一种简单就在于,如果有张力,也并无戏剧色彩,无关看得见的事件,无大悲重案,也无特殊的不公正,平平淡淡,无波澜起伏也没"意思",所以极其简单几近了无痕迹(大悲无从说起,两个人的大悲说不到一块儿)。最后,或许这才最根本,两人有了关联,因为言语间并无共同之处,除了脱离寻常世界这一点,因为不同的原因脱离了共同生存的世界。

而这,以最简单最紧要的方式表达,年轻姑娘尤其如此,只挑要紧的话说。她所说一切,分寸拿捏妥当、极度克制,充满着不可能,人类生活深层的不可能,分分秒秒人生的境遇都让她深有此感:佣人的工作甚至算不上工作,仿佛是病,受人奴役,不与人产生切实联系,甚至比不上奴隶与奴隶主的关系,与自我毫无瓜葛。不可能,成了她自我的意愿,表现在她脸上,成了透着愤恨与执拗的严厉,为此,她推开可能令她生活轻巧的一切,减负是轻松,但也会让她忘了不可能、眼里再无自己唯一的目的:愿遇一人,无论谁,只要娶她带她走出现状无异于所有人。对方温柔提醒,随随便便或会极端悲惨;她难道不挑一挑?每周六克鲁瓦-尼韦尔街的舞会,唯一的表现机会,生活所系的一刻,难道她就不该好好找找,寻一个最适合的人?但是,怎么挑,当一个人活得连自己都觉得没任何存在感,为了生存就只能指望某一人?"因为随我挑的话,所有人都行,所有人,只要他有丁点想要我。"按"常"识,她被人看上的几率不会低,二十岁的姑娘,乖巧、明目动人,不缺机会结婚脱离困苦像所有人一样幸或不幸。这倒是,但条件是她已经是社会的一员。之所以难,深层的根源在这。所以有张力,构成了对话:一旦意识到不可能,以最寻常的方式走出去的欲望甚至会受到影响,感染上不可能:"如果一个男人请您跳舞,小姐,您当下就觉得他会娶您吗?——啊对,是啊。我太实际了,就像您看到的,糟就糟在这点上。但还能怎样呢?似乎在自由前,我不可能爱上任何人,但要想开始自由,又只能等一个男人给。"

广场上的偶然相遇会不会衍生另一形式的相遇——两人共走人生路,这想法自然最后能抚慰读者、或许作者的心。是该期待,但没多大希望。对方,旅行推销员,说白了就是小贩,随着他的箱子走过一个个城市越走越远,没有未来,没有幻想也没欲望,伤太重。女孩浑身力量,因为她虽一无所有但她渴望,渴望得到一样就能允她期待其他,说得更准确些,借由所有人都有的意愿开始拥有或不拥有,按一般的可能性。这欲望,凶猛、壮烈、绝对、英勇,是她的出路,但也有可能封了出路,因为欲望之烈,能让一切渴望不再可能。男人更睿智,因为睿智,坦然接受无欲无求;表面睿智,因为孤独危险,孤独,让他无乐可言,却充满他,某种程度上令他再无时间以作他想。看他似人们所说,无社会地位;顺其自然走上这条道,甚至算不上一份职业,但游荡的欲望只给了他这条路,游荡,让他找到唯一仅剩的可能,游荡,恰如其分地体现着他。因而,无论他如何慎之又慎不愿打击这女孩,他呈现给她的,仍然是诱惑:没有未来的未来之魅,没有未来的未来,沉默中她突然眼泪一流。如她,他也是"最尾端的人",但他,不仅是个无缘寻常幸福的人,他也有美好幻想,旅途中一闪而过的幸福幻想、微弱的闪光,他很想为她一一描述,她也询问,一开始透着聊赖,甚至有叱责之意,不巧,之后,好奇心一经点燃愈加焕发。"私密"的幸福,属于孤独,让孤独闪耀一时然后消失,幸

Ⅲ 没有未来的艺术

福就在那,成了另一形式的不可能,因为不可能而迎来光芒,或许光辉灿烂,或许晃人眼目、矫揉造作。

但,他们说:他们相互倾诉,却无共识。无法完全懂得对方,两人间无共同空间容下理解,维系他们关系的仅仅只是同感,强烈又简单的同感位于寻常的关系圈外。这已够多,营造出瞬间的亲近感,创造了无契约的完美默契,他和她,彼此间倾注更多的关注、言语间充溢着更多的一丝不苟、愈加耐心要道出道理,要说的话只能一次说尽,不能不说,因为要说的话,无法轻易理解,只有寻常世界才有轻易理解这福利,寻常世界,难遇真正对话,也难享对话之痛。

小说之光

何来一线光笼罩《窥视者》这样的叙事？一线光？应该是一道光，意外之光，穿透一切，消散所有阴影，摧毁厚重，让一切事物一切存在薄得只剩闪亮的一层。这是笼罩一切的平等之光，可以说单调；无色无界、连续、浸透整个空间，仿佛一如以往，似乎也转变了时光，给我们权利以新路走过时光。

光，让一切清晰，因为它揭示一切，除了自己，所以更神秘。从哪儿来？从哪儿照耀我们？罗伯-格里耶书中，最客观的描写扑面而来。一切描述事无巨细，规律确切，仿佛描述之人光"看"即可。似乎我们眼见了一切，但一切仅仅可见。结果怪异。安德烈·布勒东曾抨击某些小说家贪恋描写，说他们希望读者关注房里的黄纸、黑白格子、衣橱、窗帘等乏味细节。此类描写的确无趣；但读者跳过不看并非因为无趣，相反他们乐意有这样可有可无的描述可以跳过；而是因为我们急于走进房间，径直迎接即将到来之事。但如果什么都不发生？

如果房间始终空荡?如果发生的一切、我们撞见的一切、我们隐约瞥见的存在,仅让房间可见,永远都只能增加房间清晰度,提供更多的描写条件,让它更好地置于光下——完整、严格限定却无止境的描写之光下?这不最激动人心、最独特,或许也最残酷?无论如何最贴近超现实主义(胡塞尔)?

盲　点

这部侦探小说,没侦探,没破案情节。或许有犯罪事实,但或许并非表面的案件,虽然叙事极尽铺设要我们信服。还有未知数。旅行推销员马弟雅斯回到自己出生的小地方卖些手镯表,步入了无法弥补的死亡时间。这段空出的空白,我们无法直接进入,甚至无法用寻常时间确切定位。按侦探小说传统,案件以迷宫般的蛛丝马迹引向罪犯,所以看这本小说我们也会眼带怀疑看事无巨细的客观描写,一一清点、表达、揭示的描写中会不会有缝隙,引向极致的光亮,然后借由此光,我们看见一切,除了光亮。让我们看见的黑暗点、永远低于地平线的太阳、目光外的盲点、视线不及的地带,这就是探求的目标和地点、情节的关键所在。

如何走向那?不靠故事线,靠精妙的画面艺术。我们无法旁观的场面,正是核心,一步步,诸多细节、形象、回忆逐渐巧妙叠加而成，对某一图案或轮廓进行变形、难以察觉的变动，窥视者所见一切以此为基得以构建、鲜活。比如，少小离家第一次回故乡小岛待几小时卖表的马弟雅斯发现，码头内壁刻有标记"8"。"横8：两个等大的圆，每个直径不足十厘米，两圆外切。'8'中间浅红凸起仿佛旧铁钉支轴，锈迹斑驳。"再客观不过，无任何阴影的描述就如此趋于几何的纯粹。"8"经常出现在叙事里，仿佛萦绕不去的动机：周游全岛的路线轮廓是"8"，一个岛，两个圈，一个可知，一个未知。他推开的每扇门都有"8"，或按木头纹理漆的木环，或模拟不规则的漆纹、绳结。他实际或想象中折磨少女所用四环铁圈是"8"字，让她手脚穿过其间展现身体的柔韧性。围绕视觉展开的这部小说，核心就是那双眼睛，一双眼睛更是完美的"8"，无动于衷又好奇的目光，紧盯事事物物，或看鸟群，一动不动，仿佛看着过去的老照片。

如果有效的一天内，充斥于无可挽回的时间内的折磨画面仅仅出于假象，无需惊讶。旅行推销员是否果真踏上了非同寻常的道路，"就在转角那"？他是否一直寻找并真的遇见那个神似他过去暗恋对象的少女，受她撩拨？他有没有捆她剥光她折磨她留下轻微的伤痕，然后将她赤裸地扔下海？这安静的男人，难不成是萨德？但何时犯案？慢慢，一点点摸索，犯罪既成事实前，我们就已经目睹其发展：贯穿整个叙事，就在事事物物后面，隐藏于每个人的面孔后，介于两个句子间、两个段落间,它是冷冷亮光那片透明,因为冷冷的亮光我们得见所有,因为亮光是空,一切透明。隐约瞥见(或想象)马弟雅斯离开时施暴的场景,发生在一条小巷;他看到少女立在船上,仿佛遭人捆绑身受折磨;电影院广告牌、空房间里一幅画、画里跪着个小女孩、剪报、细短绳游戏,事后,尸体、路上、一只小青蛙"后腿张开,前腿交叉":就因为这些,本来看不见、无法看见的不可见的核心画面,一瞬间让人在真实的环境中看得见,仿佛亮光一闪轻微的幻影。人们会说,时间,因为内部隐秘之灾四散飘零,未来的碎片借由现在或与过去自由交流,显现。梦的时间、回想的时间、可能存在的时间、未来,最终不断转变,在闪耀的空间中,铺展开,纯粹可见。

时间到空间的变形

我想,全书最大意义就在此。一切明亮;至少,尽力如此,光亮是精髓,延伸成空间,是叙事本身,如同事物、事件和存在,分类布局,按系列排,成对称图形,有意如此,如此艺术很自然让人想到立体主义。乔伊斯、福克纳、赫胥黎等等,已然扭转了时间,打破惯习不再讲求接连而至;这么做,有时出于无谓的技术考虑,有时有内在深层考虑,想呈现时间在一个人身上的变迁。但罗伯-格里耶似乎意不在此,他不描绘主人公的执念或实施计划时激发他的心理历程：叙事中，如果过去与未来，之前与后来，通过精心计算、巧妙的视角转换，都趋向铺展于现在这个光滑的平面，这是应无阴影无厚度的空间之需，在那，一切都得铺展——一切才得以描述——，仿佛一幅画，通过时间到空间的变形同时呈现一切，每个叙事，或许或多或少都乐于如此尝试。

就此，《窥视者》为我们指明了小说文学的一个方向。萨特曾指出，小说不该顺应小说家的预期，而应贴合人物自由发展。一切叙事的中心，都有主观意识，这一自由又无法预期的目光让视野所及的种种事件——呈现。这才是生动的家园，理应保卫的地方。叙事，总以某个视角讲述，应由内而生，由不得小说家。小说家的艺术，环抱一切，掌控自己的创造，因为自由无限所以急冲猛进，但在体现、表现、表露这艺术的世界，自由却受限、固定、定向。鲜明深刻的批评总对应现代小说的佼佼者。始终有必要提醒小说家，并非他写了作品，而是作品透过他在自我探索，他想清醒，但他投身的经历远超越他。艰难又黑暗的活动。这不就是朝向自由——不该尝试的自由——的有意识活动吗？叙事里说话的声音，是不是总属于某个人，某个个体？不就是一开始假借无动于衷的"他"出现，一个奇怪的中立声音，仿佛《哈姆雷特》里的阴魂之声，游离四处，不知从哪发声，它无力摧毁也改变不了时间，所以仿佛透过时间缝隙发出了自己的声音？

III 没有未来的艺术

罗伯-格里耶志在全新的尝试,竭力要我们参与其中的叙事自己表述。表面上,故事以经历者——旅行推销员一个人的视角讲述,我们追随着他的步伐。我们不知他所知,不见他所见,或许区别于他,我们所知更少,但恰因"更少",因为叙事的这一"漏洞",焕发叙事自身的光亮,平等、游离的奇异之光,有时仿佛来自童年,有时像思考所得,有时又像梦里来,因为像梦一样确切、温柔又残酷。

一线晴天

所以此书有间隔,但与主人公的意识、意识统领下的核心事件保持一致,间隔区隔开我们似乎也隔开了主人公,凭借他内心这一缝隙产生并发挥纯粹视觉的力量:一线晴天。极致体现出意图:减少或摧毁我们确然以为的内在价值;但如果叙事有意义也自然,因真正的谜而自然,那是因为冷冷的亮光取代了内心活动,始终是内在神秘的开口,是模糊而无法接近的事件,人们只能以死亡或折磨为外衣才可追述①。

窥视者并未完成自己的罪行,时间帮他完成。那一天,他

---

① 《嫉妒》中,情节、叙述可有可无。按编辑的分析,要在缺乏情节和叙述的状态下仔细听嫉妒之人——窥视妻子的丈夫怎么向我们讲述。如此一来就抹杀了这一叙事的真实,读者应邀接近的真实并不在于此。读者明显感觉到有所欠缺,而且正是因为有所欠缺才能道尽一切、看见一切,"有所欠缺"怎么就等于某个人?怎么能说叙事中仍有一个名字、一个身份?就是无名、无面孔;就是纯粹无名的存在。

本该完全做些有用的事，按往常那样协调时间（他卖表的工作就简单地象征着无错的时间），却插进了空洞、无意义的时间。但迷失的时间，脱离寻常日子的规律轨迹，并无柏格森所说的个人时间的深度。它没有深度，这一时间内的活动更多是在减少深刻的一切——首要目标就是内在活动——让其只剩改变后的表面，为了以空间的形式描述内在的活动。此书中，对某些事物的描述隔了几页又现，很难觉察出变化。核心人物——把"看"当生意的人——进入的是不同的房却都像同一间房，仿佛仅仅微调了位置，因为内在的一切，那回忆的画面、想象的画面，时刻准备呈现于外界，同样，主人公同样，时刻位于那点，从想象或记忆空间到现实空间的途中，因为他仿佛已到极点，在那，存在辐射所及一切，汇集于无可表达的外界。因此，折磨是真还是想象、是否不同时间区或时间点各种画面偶然合成了折磨，有无答案都无所谓。我们无从知晓，也无需知晓。是马弟雅斯之手碰了那少女，还是时间虚空的行为，实在难以辨别。时间虚空的行为，感觉不到，永远无法看到，却以可见的方式置于事物表面，事物缩减得只剩光秃的表面。

  我们赞叹阿兰·罗伯-格里耶的掌控力、他的思考——凭此思考他坚持着全新的探索，赞叹他一本本书不竭的试验。但我想，是那光令以上种种动人无比，那光穿透它们，有如不可见的阳光，奇妙非常，明晃晃照亮我们某些重要的梦。因此，罗伯-格里耶竭力到达、途中不无风险不无曲折的"客观"

Ⅲ　没有未来的艺术

空间,以及如夜般我们的内心空间,才如此相似,无需讶异。梦之所以折磨,之所以有力揭示、迷人醉,那是因为梦带我们出窍,没了灵魂的躯壳上,内在的一切似乎碾平成纯粹的表面,沐浴永恒外界非真实的光明。

H.H

1. 追随自我

H.H这两个字母指旅行者①,1931年左右某天,他加入某个神秘的东方旅游联盟,开始醉人的迁徙走这闯那。H.H也指另两个小说人名首写字母,赫尔曼·海尔纳和哈里·哈勒尔,前者年幼,逃出墨尔布隆神学预备学校,后者饱受痛苦折磨,五十岁左右,孤独,野性激烈,1926年,临近疯狂边缘的他,游离于某个大城市黑暗的区域,自称荒原狼H.H.,最后,H.H指赫尔曼·黑塞,崇高的德语作家,诺贝尔殊荣迟迟才到,给不了他一个声名显赫的青年时代,不同于托马斯·曼。

但他享誉世界,世界文学中他永远代表着学富五车、才思

---

① 《东方之旅》主人公。——译注

泉涌的创作者,在法国,他这类的作家,瓦莱里、纪德过后再无来者。他另一功绩,时代的偏激之错,他没趟浑水。1914年起成了别人眼中思想不正之人,因为他沉痛起身反对战争,反对知识分子屈从,反对他们身陷战争却无法理解战争意味着什么。决裂之感,他有,悲痛难忍,直抵灵魂,他始终是敌意攻击的目标,多年以后,他已凭《彷徨少年时》《荒原狼》扬名,祖国仍没偿清这笔债。的确,1923年左右他放弃了自己的国籍。的确,他活在边缘,时而瑞士,时而意大利,自我放逐,始终焦虑、分裂,他活在那时,却无异于时代的陌生人。离奇的命运。比之他人,他更有权享有"国际"之名。首先,家庭:父亲是俄裔德国人;外祖母尊姓杜布瓦,说法语,法语区瑞士人;母亲生于印度;一个哥哥是英国人;而他自己,虽生于施瓦本,却先成了瑞士公民,为于出生地读书不得不加入德国符腾堡籍。出身、学识甚至某些精神趣味都国际化,多国合一的感觉他却享受不来,不同于里尔克的受益甚快。我不会说,他在法国少了名气,也不会说,法国文学特别活跃时他之所以避免与之接触是因他的艺术和命运,要理解。

他的艺术是否稍微有些边缘化,至少无关伟大的创新之力?而普鲁斯特、乔伊斯、布勒东则积极肯定创新,以随意地广播声名。或许是实情。但今非昔比。如今所见是他与文学之缘;笔下每本书与自身重大危机的关联;因不愿沦为自身分裂精神的受害者沉沦不断而生的写作欲望;为于反常时间迎接反常和神经质当作常规状态理解而做的努力；他听从精神分析疗法，精神分析疗法衍伸出他最美小说却无以释放他自己，但他想以冥想代之深入（荣格则靠瑜伽练习），然后又试着比肩道家思想伟大的阐释者，抛开这，抛开他当作归属的道家思想，抛开揪紧了他的绝望——1926年，绝望让他一腔文学之热写下那个时代最重的一本小说，《荒原狼》，表现主义将其看成自身流派的杰作：倾注生命探索与文学相连，求助精神分析，召唤印度与中国甚至魔法的暴力，一旦他的艺术到了表现主义那一步，以上种种都可以让他的作品成为现代文学之代表。

1930年左右，这事的确成真。德国离他越来越远，而他自己，越发以孤独为巢，疾病让他无法走向迁徙者飘摇的世界。但他又写了三本书，三本书并非残存灵魂的写照，却让人看到他晚成的掌控力、种种天赋历经长久斗争终达和解。最后一本也是最宏大的一本，《玻璃珠游戏》。1931年开始准备，1943年出版，震动了一小圈仍关注不合时宜的文学的人，尤其震撼了一批移民德国作家、托马斯·曼，当时《浮士德博士》尚未动笔但托马斯·曼已在准备，按他自己所说，眼见《玻璃珠游戏》与自己着手准备的小说竟如此相似，他几近惊恐。相似如此，实在稀奇，但尤其如此才更彰显各人天资的独立、各自作品的独特、类似问题寻求文学出路时方法的独一无二。所以它重要，战争无法让它窒息，因为诺贝尔奖要它大放光芒。但我们完全可以读、读出兴趣,不必操心 H.H.,因为此书能够围绕着核心、神秘又美妙的画面自我体现,只要我们经历,就能照亮。

但无论如何,此书表面不乏一阵冷意。小说去个人化,以监视般的掌控力自行发展,作者本人似乎并不热心。操心时代问题却独善其身的作家,以学术甚至学究之法构建了一个平静的精神寓言?认真读就不会搞错。黑塞仍在场,即便带点受制的成分努力让自己缺席时他仍在场,探索时他尤其如此,因为探索将作品问题与自身生活需求合一。他所有作品都非自传,但几乎都在由衷讲着他。他说诗歌如今再无其他价值,除了"以忏悔的形式尽可能最真诚地表达自身以及时代的苦忧"(的确,1925 年时,他与自己的斗争尤其激烈)。他叙事时总有一角留给 H.H. 或他名字的首写字母,有时隐藏,有时残缺。即便其中一本留的是假名,比如《彷徨少年时》就以笔名埃米尔·辛克莱发表,也是想与自己选中的思想奇迹般合一,以此自我找寻:在这点上,他懂荷尔德林的疯狂,第一时间给它庇护容它继续留存于世。

作品中,通过作品自我找寻,饶有趣味。意义非凡,但也导致局限。他如何——部分——成功地自我解放,在作品中掌控自己,最终也能放手作品,这就是他曲折的作家之路给我们上的一课,也让《玻璃珠游戏》极致地真实生动,他整整一生都在苦苦寻求真实生动,常以文学为代价,最终只能在褪去自我生活的画面中发现,褪去,为作品。

从他的传记可见,他自身有多种对立倾向:游离,固定,几近争议地脱离属于自己的一切却忠实于传统的家庭思想,自己组建了家庭,早早不惑,有自己的房过着德国有产一族平静的生活,他渴望安全感又为此挣扎,因为无以承受。同样,如果说1914年他有力避免激情之妄,那是因为他所走并非寻常道,自身有意义在生动勃发。但他不会轻易自我满足;他对自己说,如果他什么都考虑,证明自身仍有危险的不和谐因素,某天他必为此付出代价。实际上,某天情况的确越来越糟,家庭失意,无论妻子的精神状态还是小儿子的生命似乎都问题重重,他身体某部分似乎碎了,1916年那场危机让他遇见精神分析,让他痛苦转变,无论是他的精神还是艺术,都强烈地发生着变化。

这场危机,相当于他精神的第二次新生,实际也只能退居第二。内心最大的变故发生在他十四岁那年,那天,他逃出莫尔布龙神学预备学院①,拼命逃离家族命运、为一心信教定下的严苛纪律、祖辈父辈延续的田园生活,逃避如此的未来。两天,他在森林里躲了两天,几乎冻死;一个猎场看守人发现后带他回去。可怜他家里该多震惊。家人把他托付给所谓的驱魔人,后者相信他魔鬼上身却没能拉他出魔鬼手心,在黑塞看

---

① 荷尔德林也曾于墨尔布隆神学预备学院学习,从书信可知期间他饱受煎熬。雨果·巴尔认为,十八世纪、十九世纪的施瓦本,宗教寄宿生身上都有种神经质(eine stiftlerneurose):荷尔德林如此,葳布陵格尔、莫里克如是。

III 没有未来的艺术

来,魔鬼无非邪恶的诗歌精神。

此时可能会想到安德烈·纪德,他也分裂,上有分歧下有对立。但二人情况大相径庭。黑塞的决裂更痛苦更违背意愿。在他那,自我解放的义务等于难以理解的不幸,多年之后才能掌控并理解。但反抗不赢。既因他有所摒弃,也因他独立之精神。其实如果往前一小步,就能让诗人的他成为温和的田园诗人,有幸浪漫、含糊地抒发情感继而忘记苦与难。生命之初他如此活,那时,流淌着他梦幻、遗忘、宁静的气息,由生《彼得·卡门青》,也奠定了他的声名。叛逆少年的故事里,梦幻、遗忘、宁静恰如其分。成功暴力解放自我成了诗人后,他并没表达反抗或斗争之暴力,反而竭尽所能将其忘记,凭自身艺术达成理想的和解,而浪漫主义,他极其偏好的浪漫主义为他提供了满意的和解模式①。因声名鹊起,诗人的他安定下来过上舒适生活,因而成功似乎最终将青年时期的危机挡在门外;但分裂之力,煽动他、他拒绝承认的分裂之力,只会愈加危险地危及他的写作,利用全球性的失衡将他卷入1916年猛烈的动荡,他清醒地鼓足勇气,从这场危机提取最佳的创作时机。

---

① 这一时期一部叙事作品《车轮下》忆及这段学习生活,赫尔曼·海尔纳的出逃取材于他的亲身经历。然而,相似如此,他仍焦虑,尽可能竭力和出逃事件保持距离。

《彷徨少年时》

《彷徨少年时》，萌发于此次危机，散发着魔力，作者竭力走向自己甚至自身最初的混乱。年轻的辛克莱讲述自己的生活：如何发现世界一分为二，一半在明，与父母相伴的生活直接、单纯；一半几乎无人提及，位于最低区域只有顺从，经过之人会身陷强大的邪恶力量。只需偶然，就会坠入此处，事实上年轻的辛克莱就是例子，市郊一无赖勒索他害他做了一连串见不得光的事，整个童年世界在此重压下，变样、崩塌。这时德米安出现了。德米安只是个同班同学，年纪稍长，他不只帮辛克莱摆脱勒索，还引他入道接触恶的可怕思想，恶不再对立善，而是善的另一面，阴暗、美妙。德米安自己，怪异、迷人。他大唱该隐赞歌对抗牧师，甚至有几次课上他的脸就僵了，石化般没年龄没外貌。后来，我们才从别人口中得知，他和母亲的关系亲密得不正当。

黑塞显然想歌颂一个造物主的世界，在那，道德、法律、国家、学校、父亲不留缝隙的严厉都得息声，让人感觉母性迷人之魅，仿佛伟大的力量为一切开路。为此他付出太多，从诺斯替教派、荣格的精神分析、斯坦纳那套平庸的神智学中随意找资源。但这些不足以让叙事成魅。是德米安这个人物，是他全身笼罩的光芒，他散发出的阴郁之光，我们迎接这光芒，仿佛迎着黑夜我们迎来了欲望形象化的意义，就是这仍在吸引我们,另一时代另外的读者。叙事简单,几近幼稚,就是回忆中童年世界该有的样子,而沉重的经历,就发生在童年世界边缘。作者藏起秘密不愿我们过于好奇。德米安这个名字,就像德米安妈妈的名字艾娃一样,第一时间表达的内容就超出了我们的欲求。黑塞总如此。他不会让牵扯自身的不可思议之谜一点点逐渐浮出平淡现实的水面,而从神秘意义出发,他第一时间在自己身上看到这层神秘意义,将其坦率地原样呈现,凭此幼稚的简单,暂时面向我们世界的世界里,神秘意义终于激活。有人会说他没天赋刻画生动形象的人物、日常细节,写不出史诗叙事。或许;但他就是如此,何作他求?就像他所说,为何站在花园中责备眼前的番红花并非棕榈树?他还说,他所有的叙事无关故事、人物或章节:说到底一切无非独白,一个人试图以此抓住和世界、和自己的关联。所以在《彷徨少年时》中,我们清楚感觉到,所有人物无非梦的画面,源自辛克莱童年的内心世界,但迎梦,借梦之光重新找到自我,很美。

黑塞愿意听从精神分析,几乎同时代的里尔克、卡夫卡却拒绝,即便为克服困难两人都想到了精神分析。里尔克怕痊愈着醒来,再无诗歌的病:精简到极致。对黑塞而言,事物再复杂不过。不同于里尔克,他意识中仅有自身分裂的复杂性、自相矛盾的必然性、保持矛盾的必要性。他要的始终都是统一。早期的成熟还比较模糊、表面、无意识,他到自然中寻找、闭上眼睛从自身探索。现如今,他看出这种幸运的统一不过出于自己的无知。接下来几年,物质、精神经历巨大考验的几年(他断了所有联系,独自生活在蒙塔娜拉,一贫如洗,至于吃饭,常以林中所拾栗子果腹),他想要达到、听到并让他人听到的,是二重奏,是两极间的波动,是世界"两根砥柱"间的循环往复。"我要是音乐家,不费吹灰之力就能写出段二重奏:两条线、两组音、两串音符,每一秒每一点,在最紧密最生动的交换与对立关系中相互回应,相互补充,相斗相生。谁看懂这些音符就读懂了我的二重奏,看到并听到每个音的对位音,它的兄弟、敌人、对点。二重奏,永恒的对照活动,这就是我想以文字表达的,空流我一腔心力,力所不及……"

能理解为何他受印度灵修吸引,尤其中国的思想语言,仿佛他一直如此,心怀伟大的浪漫诗歌梦,欲将各种时间、空间、世界神奇地集于诗,从内在的不确定性出发。他还说:"就我而言,人类最高端的字,是一对对的词——其中根本的双重性以魔法符号表现;是些格言警句;是神秘符号——能看出世界大的对立,必须又虚幻。"但黑塞非雄辩之才,也非思想家,或许甚至思考不了诗歌、文学隐藏于自身的思想,除非让这些思想始终隐秘才能思考。这就是为何,他种种的经历虽丰富他却没给他牢靠的支点。他虔诚地渴望着统一,但分歧时间内必然产生的分歧艺术,同样是他的宗教。他该用什么拯救自己的灵魂让它协调平衡,当世界之真无非激情的分裂?

《荒原狼》

《荒原狼》,写于《彷徨少年时》十年后,表达的正是这一活动。虽然书中有绝望,尽管最终裹挟着不真实感,但仍旧强烈、激昂。攻击性,在此书及作者大多数叙事作品中,最为真实:描绘了一个五十岁(黑塞的年纪)的孤独男人,一天这人在大城市一间豪宅里租了间房,尽管他举止得体,但总让人不自在。黑塞经常大幅度省略细节,但仅有的细节足让人物形象跃然眼前:这怪异的租客,莫名其妙就躁动,举手投足透着神经质,和他妥帖的中产阶级打扮形成鲜明的对比;他步履迟疑、沉重,却一脸高傲,措辞讲究。或再看这场景:一天,房东之子见这位高雅之士坐在楼道里,嗅着地板的蜡香、一脸眷恋地凝视着德国布尔乔亚人家熠熠生辉的前厅。这情景让人笑,却感人,因为我们看出了对家的渴望,黑塞心心念念却不满足:他有家,一个长期的居所,但他总是飘忽不定把家抛在身后,同样,他离群索居,却放不下友情,身是天真的田园诗人,却撞上自己作家的身份,种种问题折磨他直至自我毁灭。

《荒原狼》的主旨:此人非人非狼,介于天性和理智间,继承了路德主义僵化地分裂;要揭穿这种过于简单的双重性不能对其迷恋,要深入内心世界看内心如何分崩离析。另一主旨:从混沌出发,绝望地想要领会世界。书中纷繁痛苦,是作者个人之痛,是动笔时时代之痛,这封闭自我的作家,如此内向的他,因内心的失衡挣扎,仿佛只有借由时代的失衡才能意识到自身的失衡。为了入世,虚幻的自我是不是再也不能协调一致？他做到没？某种意义上,不,即使是书所呈现的一切,也无法体现。借由某种神奇的变形,他以描述大城市底层的方式,掩饰了直接描摹的尴尬,所以变形仿佛就成了幌子。走向声色之乐,始终只是梦的延伸,但梦,此时离现实太近,如果不影射真实的经历就毫无价值。最后,孤独之人遭"魔剧院"考验,镜像的游戏、迷醉的闪光中,他势必丢了意识：现代版瓦尔普吉斯之夜,这一夜,H.H释放自己对机器的恨,在上,是莫扎特、歌德,一位位至上神灵,微微一笑超然于外,看主人公颓丧,提醒他还有一个更祥和的世界,创造美的地方,即便技术,也再无审判权[①]。

《荒原狼》,字字咬牙切齿。其中,核心人物的想象、现实与真实无法相呼应。让人感觉这是一个虚假得悲痛的画面,关于一个自身不自然的时代。一个如此不解极端表达的作家,却不得不从极端出发走出自我,给自身经历最恰如其分的形式,这最吸引人。惊起友人一片讶然,他的笔端,竟迸发如此暴力竟如此不和谐。他回答："对我而言,重要的不是观念,而是需求。人做不到理想中的真诚,只能展示自己好看的一面、壮观的部分。"他还这么说过："我的朋友有理由骂我写得

[①] 无法让人信服的象征性陶醉,在我看来,其对立面是孤独、困苦、遭罪的命运,即马尔科姆·劳瑞在描述领事杰弗瑞·费尔明的沉醉时呈现的命运。《火山下》是这时代最卓越的黑暗小说。个别读者懂得。

不和谐不美。但我想笑。对一个断壁残垣间奔跑求生的死刑犯，什么是美，什么是和谐？"

所以会让人感觉黑塞果真迷了方向。但他的人生恰在各样反差中推进。他刚淋漓尽致挖掘一段经历，随即身陷另一极端。激昂探索后，退意接踵而至；狂热中，有意克制，确定之心削弱。随《荒原狼》，似乎第一次他有力将最危险的倾向进行到底。凭此所得掌控力，再毋庸置疑。《玻璃珠游戏》是其掌控力的完满句点，它指明一个空间，其中，他终能脱离自己，作品，也不再是他个人困境之所在。

2. 游戏套游戏

《玻璃珠游戏》，1931年到1942年，甚至写到了1943年，此时，世界一片混乱，德国已到生死关头。黑塞，离群索居如此，也受苦难波及，按他所说，满心耻辱。一部分为慰藉，所以用卡斯达里之名建了精神之城，在经历了二十世纪极端的无序后，在一个暂时消停了纷争的世界，科学与艺术之花重新怒放。故事发生在2400年左右。时间不重要。并非预言小说，也非乌托邦叙事。黑塞所追寻的，更精妙也更模糊。他以最细微的差别，将所有时间内收集所得合为一体呈现于某一时刻，以游戏形式进行，所呈现的内容在游戏的精神空间中就可以属于所有世界所有知识和文化。一个文学世界(Universitas Litterarum),远久的人类梦想。

黑塞也梦了许久。从《彷徨少年时》开始,几乎凡他所作,皆有一个 bund(德语,组织,联盟),一个秘密联盟,秘传团体,威力十足却无效率可言,存在感极强却难以捉摸,主人公徒劳与之相连。从中可见歌德和尼采的思想,甚至对德国浪漫主义的追忆。但这主旨并非仅借鉴所得。首先表达着黑塞对统一的渴望,动荡的渴望,还渴望走进群体却不断孤独、以艺术及魔法之道重与独掌真理的小圈子建立联系。黑塞总易屈向魔法,魔法可轻易满足他对现代的恐惧、找到一个世界不再孤单的渴望。《玻璃珠游戏》动笔前一年,他写了《东方之旅》这部短篇,幼稚,有意幼稚,描述了一个庞大团体,集合了智者、博学灵慧者及所有欲寻东方之士,东方"不仅仅只是一个国家,地理上的某样东西,而是诞生之地,是灵魂的青春期,是任何一个地方,任何一处又都不是,是所有时间的统一"。

阅读此书,我们身于小说奇观。迁徙中,H.H.走过霍夫曼、诺瓦利斯等前人书中一个个人物,所有童年梦境里的人物。目的就是实现诺瓦利斯的希望童话(marchen,德语),再现神话之境,以回忆和预感,复兴消逝的原初之国。东方旅人所造秩序同所有秩序一般,以秘文为核心,秘文封了印一概不许泄露。明显,黑塞所欲,是将梦境与寓言、天真信仰与质疑之索、故事之简与知识之路统一:意味着总要调解精神与才智的两端。但正如旅行陷入争执与怀疑,叙事中,天真一与寓言接触即变繁琐,寓言也显幼稚。

然而,这部短篇确实助他以同一主题写就伟大小说、避开梦境之轻浮。以即刻产生的形式呈现梦境后,他耐下心来等其酝酿,积蓄力量在更高层面迎接梦境。

新艺术

卡斯达里同样是秩序,但着修道院色彩,再无魔力,是歌德记忆中名为"教区"之地,与世隔绝,遵从严苛等级制度拘泥礼数,一定数量之人自年幼经挑选入专精学校钻攻基础知识及语法、哲学、音乐、数学,以极端纯粹的精神实践所有科学学科及艺术。所以是文化人的秩序,类似于活的百科全书,一个封闭的空间,其中,精神受到保护不致天下大乱时面临消失?近乎于此。但,如果卡斯达里不过储藏室,文化可于其间永世延续避开威胁不断的世界,不过学究的一个旧梦,势必无人对这索然无味的治学之道感兴趣。但卡斯达里的核心存在更罕见,卡斯达里以新艺术的形式围绕此中心得以聚合、称颂、游戏。所以卡斯达里、黑塞所得馈赠,无法平庸,因为鲜有一个创作者,能在一个小说框架内让我们如此贴近一个不可能游戏构成的虚构作品。

托马斯·曼写《浮士德博士》时,也有雄心构想一种新的艺术形式,他能以博学、精确而迷人的感召充分地令人信服,认为作品出自未知但伟大的作者。普鲁斯特用《梵蒂尔奏鸣曲》，巴尔扎克也借用了不为人知的杰作。但黑塞承诺的更多，不只有音乐家，不仅是超出我们理解的音乐形式，而是一种新语言，他真实地创造出新规则以此表达这门新语言。但也不全然如此，而是以此将作品打造得诱人，唤起我们的期待乃至信仰。如此艺术早已有之，好以格言警句说故事的编史家乐于指出是谁预告了这艺术，从赫拉克利特、毕达哥拉斯到尼古拉·德·库思、莱布尼茨，德国伟大的浪漫主义者，特别是最贴合此艺术的中国作家。

正如思想脉络随时间纹理变化，这艺术时而简单梦着一门普世语言，根据时间变化围绕某种科学、艺术集合而成的语言，凭此试图以敏感符号表达价值与形态。这一精神游戏时而——层次已升——欲成所有知识、文化、作品之主，令其遵循统一标准在和谐空间中传达而出，和谐的空间中会诞生新关联，同时流淌隐藏的韵律、浮现背后的法则或仅仅只是无限交换的可能。

这阶段，游戏直接出自毕达哥拉斯派梦想，也少不了诺瓦利斯思辨，后者陶然于行将结束的十八世纪，坚称诗为科学而科学完满之形必含诗意。同一阶段，我们看着玩家凭巨细钻研解剖作品、分析体系从中提炼标准让柏拉图式对话、物理定律、巴赫合唱曲同鸣，就极可能看出游戏的高超伎俩，它要我们看过于纯粹的知识分子治学之时怎样堕入极端，以此反思。

Ⅲ 没有未来的艺术

但游戏之上还有游戏；或更准确地说，广、博、综合式治学，竭力汇纷繁各样知识、作品于同一空间，此为一面。冥思，也被认定为一门学科一项技能，此为另一面。游戏套着游戏，成文化的盛宴，集体的盛典，音乐、数学、冥思碰撞出博智、灵感的火花会同结盟，让玩家从精神和心灵层面养成凝聚一切关系的艺术，这艺术，每一次都能唤起对无限的预知，或产生统一的经历。游戏不再对价值及形态进行一番生动和谐的盘点，玩家深陷公式、程式感性的共鸣，游戏对他们而言甚至不再是乐享精神之妙法：而是庄严的崇拜、宗教节日，其间可走近触及根本的景象、神圣语言，崇高的炼金术，或对新人类的打造。

自然，黑塞想得很清楚，自己无法用清晰、逻辑之法表现这游戏，而应盛赞，借着艺术——确定、讲究、讽刺的艺术，过去他总缺乏的艺术，不图奇迹般骗过我们，不再教条式陈述僵化画面，而是将明确与不明确巧妙结合，不断转换视角，从不同指示出发勾勒某一思想的辐射范围，他成功让我们相信：将"无法实现"作为自身最主要特征的艺术可以实现。

走出卡斯达里

书中，卡斯达里的核心，并非仅教区、玩家之城、学院及种种构成——作者借由自身对墨尔布隆学院的回忆，生动、令人信服地再现了封闭知识社群的形象。虽然似乎在作者最初的构想中,此小说应像无人物的歌剧,一个个主题得以发展时,能表现力量、形态永恒变化的游戏,但他还是决定讲述一位游戏导师的一生,一个特别之人,约瑟·克尼克(德文)——法文中"克尼克"为"仆人"之意——,这么做并非对立威廉·迈斯特①,而让这人物后继《东方之旅》伟大首领雷欧——雷欧名字也带"仆从"之意,尤其要表明人物对所有元首(führer,德语)的否定,无论元首有无精神实质。这传记本可以只定唯一目标:讲述卡斯达里某位特定代表的故事,让卡斯达里这个空间立体、生动。或许最初约瑟·克尼克无非一个傲慢的卡斯达里人,固守着自身精神的与众不同。那时黑塞诗②中将这游戏当颐养自身的活动以得慰藉、平静,而游戏的秘密授业于约瑟·克尼克:"好了,现在我想到了一个思想游戏,我构思多年,就叫玻璃珠游戏。美妙的发明,音乐为支撑,冥思作原则。约瑟·克尼克为游戏导师,我对游戏所有美妙想象全归于他。"

约瑟·克尼克成了他挚友,现实中可能之人,不仅助他呈现不可能艺术之精华,还帮他探索自己构思中奇异经历的意义或重重艰难险阻。结果近乎惊人。克尼克,至高无上艺术、

---

① 歌德《威廉·迈斯特的学习时代》,主人公名字迈斯特(Meister,德语)有大师、师傅之意。
② 黑塞构思小说,总以诗意表达尝试各种主题。要注意一点,黑塞从自己众多水彩画中选中几幅进行了阐释。生命某一阶段,他画了上百幅画。造型艺术这一高超艺术,对他而言大有益处,不同于音乐,能让人平静。保罗·克利就是《东方之旅》的一个人物原型。

神圣语言最典型的诠释者,他因何与卡斯达里合一最终就因何抛下卡斯达里,再无法忍受眼前看似荒谬的一切。走进、转身离开,的确等距。一方面,小说仿佛在理智批判精神象牙塔,它孤绝于世,不计历史无视当下,只顾教学,教育当地,就如诺瓦利斯早前评诗人:"我们身有重任,心受感召,要培育这片土地。"凭此,黑塞悲壮反思自身的孤绝以之为错,跨出决定性的一步,走向世界,再不愿将统一变作精神两极、上帝与自我间的不解之联,统一是呈现,首先要经由人类生动的社群。这是他孤绝生涯最后几句,妥帖,也令人欣慰。但也让他的书、书之虚构步入尴尬。因为我们越承认游戏所属年代不属于任何时期,就会越惊讶,越过卡斯达里的窗口看世界,竟看到了十八世纪的德国而非书中的未来时、确定的历史时间、我们受邀走进的时间。黑塞是否稍微背离自己设定的关键小说情节?他愿将权利交由普遍世界的现实,但叙事中,普遍世界无非绘画背景,显然的一切免不了显现。我们猜想,回归世界无非良愿,实现不了只剩寓意。这让人兴味索然。

幸而有另一猜想。克尼克的结局简单,但怪异。顶级游戏导师,抛开职责,决意回日常生活做个中学老师,教导一个无纪律的天才学生,这孩子就是小时候的黑塞,一个动人的形象。一跨过卡斯达里的理想之门迎上他的学生,消逝不见,晨泳时消失在高山湖泊冰冷的湖水中。结局仅呈现出自然死亡的因素。但传记始终在提醒我们,这是传奇,克尼克走出教区那一刻就跨进了故事真相无济于事的区域。所以小说要我们理解克尼克最后的人生路,他一心愉悦辞了职,摆脱过去,实现自己最高的意愿,而最终冰寒的失败似谜,笼罩一切。实际上最终这场景,所表达的就仅此而已。托马斯·曼大为赞赏,不知从哪看出极大的情欲。眼前太阳升起,克尼克的年轻学生手舞足蹈,仿佛兴之所至忘我舞蹈,自己大吃一惊羞愧不已,仿佛自己的秘密都泄露给这个陌生的老师。为表现出风度,他建议一起跳到湖里一直游到对岸,阳光尚未铺洒的地方。克尼克,因高原反应极度不适,但不想表现得没运动细胞令学生失望。轮到他时,一头钻进冰冷刺骨的水里,水一下吞没他。年幼的学生心里一黑深感内疚,这是他人生最沉重的一课。克尼克之死,唤醒了他身上新的自我,必须如此才能回应未来之时。

结局典型地体现出黑塞的艺术和简单,因为简单,寓意透明。每一细节都为他,为他清楚展现的理想意义。克尼克入世,以山高度的攀升为象征,是最终的超越,他必须走出个人的存在往高处。太阳东升,仿佛"绝对"浮现,卡斯达里无非绝对昙花一现的赞歌,绝对不可能持久地表现于任何形式,再纯粹的形式都不可能。克尼克终于神话,转变成无名的德米安,作为祭祀品献给他所服务的绝对,他消失,人类的地平线才得以外扩。(黑塞为尽力诗意、或完美地表达主人公谜一样的本性、无个性的个性,在叙事的基础上添加三个想象的传记,可能为主人公所著。皆为学校练习,人们这么说。学成之后,每个卡斯达里人想象自己属于哪个时代和文化,作出选择。所以在第二个层面,黑塞就用到了自己的经验方法。也因此让他的书变成了玻璃珠游戏,通过环境变迁的闪光及相异文化之纷繁,折射出一个完整的个体。最后,再借非精神分析的分析法,他试图穿透一个人深邃的一生,为此他以种种可能让人感受到丰满,这是线性叙事做不到的。)

其他更多特征,负责对话思想。即便那片湖,也暗示黑暗力量在魅惑,母性的深邃在召唤,回归世界之人因更高的激情堕入其中。黑塞思来想去绕不开这样的死亡,叙事时他总屈于这念头,制造了至少四到五起溺亡事件。寓意让位于神奇的煽动力。《玻璃珠游戏》中,主人公代表作品而非作者,但黑塞不忘在虚构和自己的生活间搭建起一整个关系网。他讽刺地以近乎狂人的隐士形象描述自己,此人活在卡斯达里之边,用中国人的方式卜算天意。克尼克学习地起名海伦,纪念墨尔布隆学院,过去某个学生在那可不幸得很。玻璃珠游戏首创人,卡尔夫镇的巴斯蒂安·佩罗。卡尔夫镇的佩罗现实中在纳戈尔德办机械修理厂,雇年轻的黑塞为学徒,那时黑塞放弃传统学习尝试多个职业均以失败告终。克尼克的历史启蒙导师约可伯斯神父原型是约可伯斯·布克哈特。其中一位珠戏导师托马斯·封·德· 特拉维,影射托马斯·曼。上述名字是否表明玻璃珠游戏是别的游戏,是影射小说,甚至当代批评小说,比如文中对托马斯·曼进行忠实刻画,充满友善及敬重,是否以此批评托马斯·曼这样一个过于纯粹的文人境况?往这方向想,错。人名、影射,等等细节只在没预见的读者眼里是谜,它们构建了神奇的回忆录,其中,过去给作者信号,过去为并不存在的事物、时间所建微冷的空间渗透进暖意。或许,黑塞想借最后一部作品再次更庄严地领会决定他一生的黑暗事件:克尼克走出卡斯达里封闭的社群,正如某一天稚嫩的黑塞逃出墨尔布隆神学预备学校。一个成熟,深谙自己使命,一个年幼,因敏感而悲苦,无论谁都解放了自我,险境中书写自己的命运。最终,作者在经历的极端,最后一次回归童年,而他挑选的继承者,所定后继人,是让人失望的刁钻小男孩,就是曾经的他,他义无反顾将未来的钥匙交给他。

精神之衰

所以小说有不同的纵深,多种解读。但游戏始终是核心,围绕这核心旋转着至上的梦,属于未知的时间,却唤起我们的回忆。这就给出新的答案,回答不久后马尔罗以想象博物馆命名经历时阐述的问题。游戏是博物馆中的博物馆。游戏一旦开始,所有作品、所有艺术及所有知识全都苏醒、复活,无尽纷繁,关系变幻莫测,短暂统一。的确臻于完美。但真到故事

Ⅲ 没有未来的艺术

结尾了?真到了黄昏,密涅瓦、黑格尔的猫头鹰①,振翅让白天成黑夜,让活跃、不假思索创造的白天变如黑夜平静无声、透明?白昼结束才能得以讲述说起。但白昼,一旦叙述自己,确切说就是黑夜。能不能用这角度看黑塞这本书?编史家会强调:游戏要诞生新的艺术,除非作出悲壮、苦行的抉择,杜绝创作一切艺术作品。再不是时候继续写诗、拿新"曲段"充实乐曲。创造的精神应回溯自身,唯一的作品往后无限体现着所有作品。艺术是唱出声的意识,是知识、音乐、冥想,是艺术的总和,甚至包含了万事万物隐藏的一切,是半美学半宗教的赞歌,一切参与游戏属于游戏,有着至高无上的娱乐性。

游戏是文化的桂冠。要于此完成绝对。这或许就是我们的命运,而且很明显,黑塞爱这命运,但他也着实受惊不小。《玻璃珠游戏》,以幼稚之名②,实现了他一直梦想的真正社群,是晚来的绽放。走向顶峰意味着将要下坡。卡斯达里精神已经衰微。如果说它杜绝创作新作,那是因为再无法胜券在握。因此,绝对不过高级精神形式因疲惫隔绝一切的表现,这高级精神形式无关鲜活的现实,无视一切自以为王,实际不过无知

---

① 黑格尔《法哲学原理》:"密涅瓦的猫头鹰只有在夜幕降临的时候才开始飞翔……",密涅瓦即希腊神话中的智慧女神雅典娜,她与猫头鹰共护雅典平安,猫头鹰为哲学的代称。——译注

② 黑塞定这名,或许想让人反思高等知识与童年启迪的关系。但他最后一本书《唤回过去》,讲他小时候有套牌,罗列了众多作家、艺术家的作品。他补充:"一张张彩色画集成的先贤祠,第一次晃起了我的心思,以卡斯达里之名、玻璃球游戏描绘文学、艺术之城(universitas litterarum et artium),拥抱一切时代与文化。"

之空。

我们又落到极低处。游戏成了无果的梦,骗人的慰藉,至多一曲没落的哀歌。两种解读间,黑塞踌躇不前无法选择。因为不确定,小说迎来虚假的谜,分裂时而丰富它,时而削弱它。因为还有让他更犹豫不决的。游戏是什么?至上发明,旨在集所有时代所有作品和发明于生动的整体。但什么重要,什么才是第一位的?是整体还是所有作品和发明?是上帝般的整体,还是既成人类呈现的所有作品和发明?某些德国评论家热切地要从黑塞这书中看出黑格尔的影子。毫无道理。游戏或许是对万事万物博学的意识、唱出声的意识,但确切说就因此身受败落、衰竭的威胁。相反,走向统一、预先实现统一的过程中,按作者所说,游戏承载着极大承诺,因为它意味着"探索完美精选出的象征形式,崇高的炼金术,一切画面和纷繁之外走近精神的道路,精神走近上帝"。

所以无论如何必须超越游戏。克尼克死亡一刻,超越得以实现,油然而生宗教意义。他必然付出生命,因为不解故事不知下一步何往,还是因为他就是走向核心的正确道路,一到核心,他就和存于我们身上的上帝分道扬镳?黑塞此书全说到了,但或许一次性说太多;胜过他所说。同样,说到小说的一致性,就得问一句,把一个庞大意象摆在作品中心完全靠它支撑作品到底危不危险,因为这么一来看似压低作品只剩一个肤浅的形象,刻意安设这样的形象看似就为了按意愿作出批评。一部作品中,争议部分或许至关重要,但争议必须有意义,随意象的深入完成,意象才是作品的核心,结尾来临时、消失之地,意象来临。

私人日记与叙事

私人日记看似不讲形式,紧贴生活变迁,极其自由,因为思想、梦、虚构、自我评价,重要或无谓之事皆宜,有序无序随兴所至,所以私人日记遵循的条文,表面上看云淡风轻,实际内有玄机:日记跟着日历走。条约一签变不得。日历是魔鬼,灵感源,作曲家,煽动者,卫士。写私人日记,是暂时拿平常日子作保护伞,伞下写作,也防备写作,要它迁就幸福的常规之态,保证不形成威胁。所以下笔之时,无论情愿与否,都植根于平淡生活,选用日常生活所限定的视角。最遥不可及的思想,最反常规的思想,都维持在日常生活轨道内,不损一点真相。因此,真诚,日记必须做到,但不能超出范围。最真诚,不过写日记之人,真诚是透明,不能给每日有限的存在投下任何阴影,写作的考虑,限于一天之内。必须浅显,为不失真诚,真诚,高尚之德,还需勇气。深刻自有其办法。至少,深刻要人下定决心,不要紧抓誓言不放,誓言只是拿部分真实把我们和自己及他人联系在一起。

磁　场

并不因叙事讲奇闻异事所以区别于日记。奇、异也是日常的一部分。而是因为叙事对抗着无法观察、无法评定和考虑的一切。叙事是磁场，将真实形象吸引到必须身处的位置回应自己影子的魅力。《娜嘉》是叙事，开场如下："我是谁？"答案是鲜活的形象，某一天我们走在某条熟悉的街道或许会遇见的某个人。这人物不是象征，也不是苍白的梦，不似多萝泰，多萝泰时不时浮现年轻荣格的脑海，也不像德米安，德米安伴着黑塞坐在学校的板凳上：永恒天才之魅。娜嘉正如小说中自己的出场方式，出其不意：一生偶然，生得偶然，遇也偶然；始终忠于偶然直至迫使追随她的人走进她偶然的一生中最危险也最肮脏的曲折蜿蜒。但为何日记的形式、考虑不适合这日常点滴中有时间有地点的事件？因为，我们确定地活于寻常世界，与这现实最无关的，莫过于偶然，偶然在布勒东那化身年轻女子的形象；最迥然不同于日常生活观察的，莫过于焦虑中前行，无路无限制，必然如此，因追寻的目标是已然发生的事件，事件已经发生所以脉络已裂。谁遇偶然，仿佛"真的"遇到画面，画面、偶然在他人生中打开一道不易察觉的缝隙,缝隙中他必舍宁静之光、常用语,才能在另一光明的魅惑下站住脚、关联另一语言的标准。

什么带不回,讲述什么;什么过于真实毁了我们有度的现实条件,讲述什么。《阿道尔夫》并非净化后邦雅曼·贡斯当的故事;而是一种磁力,急于摆脱自身阴影——他不知,引他走到情感背后、情感指定的燃烧空间,但,"感受"情感的事实、日常生活的轨迹以及要做之事,他总是看不见。日记中,斯塔尔夫夫人同样身临暴风骤雨,贡斯当撕心裂肺如叙事时。但《阿道尔夫》中,情感走向重心,完全占据着属于自己的重心,祛除时间运动、消散世界与感受情感的力量:各种情感,并非相互削弱达成平衡变得容易接受,而是一道落入叙事的空间,激情与黑夜的空间,无法触及,也无法超越,背离不了也忘不掉。

日记的陷阱

无关紧要,就是日记的意义所在,是其倾向和法则。日日写,以每天的时间做保障,看看自己,能便捷地避开沉默,避免言语极端。每一天都在向我们诉说。记录每一天,就保存了时间。双重工序,皆宜。因而活了两次。因而我们挡开遗忘,不会因无话可说而绝望。"抓牢我们的财富",巴蕾斯说得吓人,夏尔·都·博斯则带着特有的简单:"一开始日记就给我无比的依靠,在我面对写作时帮我躲过彻底的绝望",他还说:"我倒好奇,要是日记无物沉淀,我还剩多少活着的感觉。"但纯粹如弗吉尼亚·伍尔夫,全身心投入创作仅专注透明、光晕及事物淡淡的轮廓,也感觉必须回到自身,絮絮叨叨记着日记,让"我"倾吐而出、得到慰藉,这意义重大也扰人。这样一来日记看似防线,抵挡写作的危险。《海浪》中,作品之险在低嗷,而危险应消失于作品。在那,作品的空间中,一切迷失,或许作品自己也迷惘。日记是锚,沿着日常生活之底擦边而过,紧扣空洞凹凸不平的起伏。同样,凡·高也写信,致兄弟①。

无意义到了日记里加倍,幸好彼此补偿。生活里一无是处之人,写自己一无是处,所以无论怎样还是有所作为。随生活聊赖无以写作之人,回归聊赖加以讲述、倾吐或乐在其中,一天因而充实。这是"站在零度,思考自己",阿米尔大勇之言。

日记给人写作的幻觉,有时是活着的幻想,让人稍微依靠抵抗孤独(莫里斯·德·盖伦称呼自己的日记本:"我温柔的朋友,……现在我是你的,完全属于你",阿米尔,何须结婚?既然"日记取代知己,是朋友、妻子"),一心想美好时刻永驻,甚至将整个人生打造成坚实的整体抱在自己怀里,紧紧抱住。日记予人希望,将生命之无意义与作品之无价值合一,将无谓

---

① 部分引文出自米歇尔·勒鲁《内心日记》。

的生命拔高到艺术惊艳之美,让不成形的艺术升华为生命唯一的真,写作、生活之幻与希望相勾连,让日记变救赎之举:写,为拯救写作,以写作拯救人生,拯救小我(报复他人,透出恶)或拯救大我给它点生气,所以写是为不落入日子的贫瘠,或像弗吉尼亚·伍尔夫、德拉克罗瓦,不想走不出艺术的考验、面对艺术无尽需求茫然无措。

日记这混杂形式,表面看似极其轻松讨喜,有人也会厌烦它反复回味自己(好像思考自己、回溯自身多无趣似的),确有独到之处,因为是陷阱。写,为挽留光阴,却把救赎交付改变光阴的写作。写,为摆脱贫瘠,却让自己成了阿米尔,回看见证自己人生崩溃的一万四千页,看是什么借"浑身的慵懒和智力活动①的幽灵""艺术又科学"地毁了自己。写,为回忆自我,但恰如朱利安·格林所说,"我想,笔下所记激活了我对剩下一切的回忆,剩下一切……但如今,所剩无几,寥寥仓促数页,欠缺地记录着过去的生活,仿佛幻觉的反光②"。所以最后,我们既无经历也无书写,双重失败,日记由此重拾张力和重力。

日记关乎某种奇怪的信念,这信念,看得到也必须了解。但苏格拉底不写。基督教最盛行的时代无视日记,因为日记不把沉默当检视自我的桥梁。人们说,新教偏好不向神甫的

---

① 同样,朱尔·勒纳尔:"我想我触井底了……写日记消遣、娱乐,也枯燥。"
② 说到渴望回忆自我,谁胜普鲁斯特?所以他这样的作家,顺其自然记录自己生活再自然不过。想要回忆自我,就得委身遗忘,投赴彻底遗忘的风险与偶然,从回忆变来的偶然。

忏悔,但神甫为何必由写作代替? 其实说到底,新教、天主教和浪漫主义必须艰难地杂糅,作家才能在虚构的对话中自审,竭力打造形式、语言给自身无法言语的部分。有了上述考虑并逐渐认识到无法自我认识只能自我转变自我毁灭,继续奇异的斗争,斗争中,感觉越来越脱离自己到无法进入的地方,这类人,却尽自己所能为我们留下残片,不属于任何人的片段,我们爱这些,甚于一切作品。

秘密边缘

作家倾向于为自己作品记日记。可能吗?《伪币制造者日记》可能吗? 掂量、检验、自问构思,随构思发展,自己下评论,看似不复杂。批评家,照人们所说,总复制作者,自己难道无话可说? 难道不能站在写作边缘同时写本书评论自己,让写作之航的幸与错顺其自然汇入其中? 这种书不存在。似乎必须保持不交流的状态,无论作品自身的经历、作品的视角、作品引发的"迷失空间",还是两人间——一个寻常可见、坚持自写日记,伊齐多尔·迪卡斯[①],另一个受作品烘托、属于作品为了写作,洛特雷阿蒙[②]——作品搭建的非凡关联。

[①] 伊齐多尔·迪卡斯,笔名洛特雷阿蒙。——译注
[②] 对洛特雷阿蒙而言,或许这种书存在:《马尔多罗之歌》。对普鲁斯特,所有作品皆是。

我们清楚,为何不写作时作家才能开始作品的日记。我们也知道,这样的日记要写成,必须成为想象,与写作者一道,融入虚构的非现实。虚构并非必然关联着它预备的作品。卡夫卡《日记》不仅有标注时间、关于生活的记录,也不仅描述他眼见之物、所遇之人,还有众多叙事草稿,有的几页,大部分寥寥数行,都不完整,虽然总已成形,最惊人:草稿几乎互不相干,杜绝已经用进作品的主题,与每日事件更无公开关系。但我们明显感觉,这些残章碎片,就如马尔特·罗伯特所言,"勾连"着"经历与艺术""生活的卡夫卡与写作的卡夫卡"。也能提早感知,残章碎片构成无名、模糊的印记合为一本竭力写就的书,但条件有一:片段与自身可能的出处、目标作品无明显亲缘关系。所以,如果可以预见书写经历的日记[①],就会同时发现,日记同完成的作品一样,封闭,但分隔更远。因为秘密边缘比秘密本身更秘密。

坚持每日为晦暗至极的写作经历记录一步一步,如此企图,或许幼稚。但有可能。因为某种需求,总有可能。不以阴影遮掩所见就无法回到那一点,作家就算明白这道理也徒劳:源头在吸引,渴望当面捕捉偏离的一切,操心着如何步上不顾

[①] 还有其他创作日记:《马尔特手记》、荣格《冒险的心》、儒贝尔《手记》、乔治·巴塔耶《内在经验》与《罪恶》或也算。这些作品都遵循一条法则:行文越深入,越接近抽象、去个人化的色彩。卡夫卡也如此,标注日期的自我评注逐渐换成笼统的论述,信息越私密,论述越大而化之。说到圣女大德兰神秘、狂热而具体的倾吐,与艾柯·哈特的布道和论文、圣十字若望的评述相比,就可见,去个人化、间接讲述炙热经历的抽象作品,恰最贴近炙热的经历。

Ⅲ 没有未来的艺术

后果的探索,这些都强过怀疑,另外,怀疑本身是在推开我们而非留住我们。我们时代最坚定、最少人心怀的诗意梦想,不就归属于这企图?弗朗西斯·蓬热不就是其中一人?对,蓬热。

叙事与争议

当代最"美"叙事或推 1941 年出版的某部叙事作品,笔名皮埃尔·安热莉克①始终无人识。所以初印 50 本;1945 年仍是 50 本;如今稍多。《艾德沃姐夫人》,但读完一看封底,和封面一样也有书名:《神圣的上帝》(*Divinus Deus*)。

开头我在"美"上加引号,不因书美得藏而不露:相反美得显然。而是因为书之美,要我们对阅读负责,不为犒劳轻下如此评语。看下述关键何在?"如果你什么都怕,读这本书,但先听我说:你要是笑,那是你怕。一本书,在你看来好像是死的。也许吧。但,如果你连读都不会,会有这种情况,那到时候你又担心什么……? 你自己一个人? 冷不冷? 你知不知道人是'你自己'到了什么程度? 蠢货? 还是什么都不是?"

我引用叙事第一句:"街角,焦虑,污秽又熏熏然的焦虑,分解我(或许看见厕所楼梯上两个妓女悄然而下)",最后一

---

① 乔治·巴塔耶笔名。——译注

III 没有未来的艺术

段:"我完了。出租车内小睡片刻,我困顿地醒来,第一个醒来……余下一切,讽刺,死亡前,长长的等待……"

陷入上述极致体验是否惹争议?当然。但冲击我们的是叙事的真相,真相明显存争议,却不知到底哪出了问题。多想控诉文字,但文字已然够严谨,不可能再进一步;或抱怨小说把艾德沃姐夫人设置成高级妓院的妓女,这倒有凭有据;甚或声讨某些细节,不得不让人大呼"下流",但必然如此,所以光明正大,不仅艺术要求必然如此,或许就连最基本的道德约束也如此要求。矛盾自能引发巨大争议;最底层的事物、言语秩序外的种种举动,突然而至仿佛承载着最高价值,恼人、难以容忍却不容置疑地显现于我们面前时,便充满争议地触动了我们,无论我们怎么看待惯习以为的高端与底层。

我们试图从理论上分离出争议点(比如求助于我们对神圣的认知,欲望及恐惧的对象),就像血细胞更新受伤的部分。身体恢复,但受过伤的事实不变。伤口可以愈合,但伤过就是伤过。

我一字一句结巴着轻问"为什么这样做?"——她说,"你瞧,我是上帝……"

——"我疯了""不,你得看:看!"这样情景下这样的对话,让人觉得反常,也看似还有更简单的要写。如果我们不赞同——作者想了法子就不要我们跟着走;某种意义上来说,他自己也无法赞同;这就是争议,本质如此,它躲过我们,我们却避不开它——，即便我们笑、讽刺、不自在或无所谓，以此回应，我们面前所呈现的叙事情景很简单，肯定只有一个真相，即便完全无法确定真相为何，真相就只有一个可做延伸，所以我们清楚地感觉到，无论我们抱持何种态度，态度已然构成真相并加以巩固。并不是说对叙事包含、牵涉的故事做出反应，立即证明故事的必要性。而是因此，书牵住了我们，争议得恰到好处，不会让我们毫发无伤，如果我们无法预防争议的本质，如果我们越是抗拒越是身陷争议。

这点上，作者也只能享受读者的待遇。不能说他早我们遇到叙事诉说的事件，就更靠近故事核心。事物如何发生，就在他讲述的那一刻，一切变得庄重，费德尔[①]也如此，想到乳母俄诺涅的建议决定撕破秘密之际，一切沉重，费德尔有罪，不因她洪水野兽般无辜的激情，而是因为她让激情变成可能，让激情走出沉默时纯粹的不可能步向真实引发争议。所有悲剧作家必然书写费德尔与俄诺涅的会面，走向这一步，曝光见不得光的一切，极端，只有在文字中，才能走向超越，走向争议。

就像乔治·巴塔耶自己在序言所说，败坏之极之书，终成最美，或许最温情，这就是彻底的争议。

---

① 拉辛依据希腊神话费德尔爱上继子希波吕托斯的故事改编成戏剧《费德尔》。——译注

Ⅳ 文学何处去

文学消失

听到些怪问题,比如:"当下文学是何走向?"甚或:"文学何处去?"是惊人,但最惊人的是,如果一定要给个答案,也简单:文学走向自己,走向本质——消失。

谁要如此泛泛的断言,转向所谓的历史即可。历史会告诉他黑格尔那句名言什么意思:"对我们来说艺术已成过去",如此言论可谓大胆至极,因为面对着歌德,因为恰逢浪漫主义勃发之时,音乐、造型艺术、诗歌都在等待旷世佳作。以如此沉重言论奠定自己美学走向的黑格尔,他清楚现状。他了然,艺术不乏作品,他赞赏同代作品有时也偏好(他同样会抗拒),然而,"对我们来说艺术已成过去"。艺术再无法承载绝对的欲望。从此往后,绝对重要的是完成世界、行为严肃、寻找真实的自由。艺术不同往昔,不再贴近绝对,只有在博物馆艺术才仍有价值、威力。或失宠得更彻底,艺术落到我们身上成了单纯美的享受或文化的替代品。

众所周知。现实摆在眼前。技术世界里我们仍能讴歌作家、犒赏画家、赞誉书籍、扩充图书馆；还能给艺术留个位置，因为它还有用或许就因为它没用，约束它、缩减它或放它自由。艺术的境遇，在如此优势下或许跌至最惨。显然，如果无法至上，艺术百无一是。艺术家因而窘迫，在这世上，艺术家仍然只是某样东西，不得公允。

黑暗而折磨的探索

这就是历史的粗暴言论。但如果我们看向文学，或艺术本身，似乎文学、艺术所说全然不同。时间否定自身重要性转而服从陌生运动时，艺术创作似乎走近了自己，目光越来越严厉也愈加深邃。却无傲慢：狂飙突进（Sturm und Drang，德语）才想以普罗米修斯和穆罕默德神话颂扬诗歌；他们称颂的，并非艺术，而是作为创作者的艺术家，是强大的个体，一旦钟爱艺术家本人甚于作品，如此偏好、对天才的颂扬意味着艺术在堕落，离强大远了一步，渴望补偿。如此野心即便令人钦佩但实在过了度，诺瓦利斯充满神秘地说："克林格索尔，永生诗人，不死，永活于世"，或看艾兴多尔夫怎么说："诗人是世界之心"，1850年后情况又完全不同，从那时开始，现代世界将决然走向自己的命运，马拉美、塞尚等名字宣告的抱负，现代艺术以运动支持。

无论马拉美还是塞尚,都不让人幻想艺术家重要、显要过他人。他们不求荣耀,荣耀不过火光四射闪耀的空洞、文艺复兴以来艺术家始终渴求的桂冠。马拉美、塞尚,皆谦逊,不顾自己而看黑暗的探索、操心本质,本质之重无关个人所得认可、无关现代人的跃进,无与伦比,然而,他们一心专注有力有方有法,谦逊无非此等态度、能力隐而不露的表达。

塞尚不歌颂画家,甚至画作,除非通过自己的作品——绘画,凡·高有言:"我不是什么艺术家——光是这么想都粗暴。"他还说:"这么说是想表明,说什么生来就是画家之类在我看来实在愚蠢。"诗歌世界,马拉美预感作品将不再返照创作者,他早有感知,决定并不以某一特定个体为转移。按古时思想,诗人说:说话之人非我,上帝借我说话。但今非昔比,古时诗人所说诗歌的独立性如今并不代表诗歌是傲慢的神谕,如果是神谕,文学创作就等于某个造物主手创的世界;更不意味诗歌的经纬永恒不变,恰相反,独立性颠倒了我们捆绑于"做"和"存在"的惯有价值。

现代艺术这一惊人转变,发生于历史赋予人类别的任务、目标时,所以转变看似为反抗这些任务和目标,像是不得认可、证明的努力。事实并非如此或只能说表象如此。作家和艺术家为回应群体召唤,肤浅地削弱自己,为回应时代强劲举措,幼稚地夸耀自己闲置的秘密,甚或利用绝望,绝望让他们在抗拒的条件下认识自己,比如福楼拜。或者他们想拯救艺术,就让艺术囿于他们自身:艺术就成了灵魂状态;诗意则代表着主观。

但确切说来,随着马拉美和塞尚的出现,象征性地借用这两个名字,艺术不求脆弱的庇护。对塞尚而言,重要的是"实现",而非自己的灵魂状态。艺术势不可挡地趋向作品,艺术作品,艺术为源的作品,仿佛另一种体现,完全不同于以劳作、价值、交换为标准的作品,完全不同,但不致相反:艺术不否定现代世界、技术世界,亦不否定以技术为支撑的解放、转变之力,但艺术所表达、或完成的关系**先于**一切客观及技术的完成。

黑暗、艰难又折磨的探索。险象重生的经历中,艺术、作品,语言之真与精髓皆遭质疑,身陷险滩。所以文学贬值的同时,也走向了伊克西翁之轮①,诗人成了诗人形象最尖利的敌人。表面上,危机和批评仅提醒艺术家身份的不确定性,强大的文明中,他人微言轻。危机和批评似出自俗世、政治和社会现实,似以历史之名羞辱文学令其抬不起头:是历史在批判文学,推开诗人让政论作家坐上文学之位,而政论作家服务的对象是一天天的日子。这是事实,但因非凡的巧合,如此怪异的批评回应着文学、艺术以自己之名引发的经历,这经历让文学和艺术置身彻底的争议。之所以有这样的争议,因为瓦莱里

---

① 依据希腊神话,伊克西翁之轮意味着永恒的惩处、无尽的磨难。——译注

天性多疑、成见之深,也因超现实主义的暴力表现。同样,似乎瓦莱里、霍夫曼斯坦尔、里尔克间无共同点。然而瓦莱里写道:"我笔下一句句诗对我而言就一个意义,要我思考诗人这一身份",霍夫曼斯坦尔:"诗人最本质的内核就是他知道自己是诗人。"至于里尔克,如果我们说他的诗从理论上吟唱出诗歌行为,就不算背离他。这三人身上,诗是深度,敞开向成诗的经历,成诗的经历怪到极点,从作品走向作品源头,作品本身成了探索,满是焦虑无限地寻找自己的根源。

还得加一句,如果历史大环境给这样的运动施压,甚至看似左右这一运动(所以我们说作家,把活动可疑的精粹当活动对象,满足于思考难以确定的状况,难以确定就是他自己的社会处境),那么仅历史环境本身,就无法掌有权力解释这一探索的意义。刚提到的三个名字,几近当代,与重大社会转变同代。我们之所以选取1850年,因1848年大革命时,欧洲开始开放成熟地打造自己。但瓦莱里、霍夫曼斯坦尔、里尔克诉说,本可以站在更高层次,站在荷尔德林的高度,后者早三人一个世纪,在他那,诗本质上就是诗中诗(近于海德格尔所说)。诗人中的诗人,唱响歌唱的可能性及不可能性,这就是荷尔德林。再提一个名字,还是一个半世纪后回应荷尔德林的热内·夏尔,借由这一回答,他让我们面前突现新型的时间,完全不同于简单历史分析所能抓住的时间。这并不是说艺术、艺术作品,乃至艺术家,无视时间进入了无时间的现实。

我们引文学经历向"时间缺席"的状态,但"时间缺席"之状根本没有脱离时间,如果艺术作品提醒我们真正的起点摇摆不定(提醒我们存在事实会以不稳定、全新的方式呈现),这就是从历史内部开始向我们讲述,这样的方式或许就给出了无数可能,历史上的开端可以有无数的可能。所有这些问题都隐晦。清楚呈现甚或清晰表达而出,只能引我们向杂耍的写作,不仅依靠不了技巧手法,反而遭其强烈排斥。

我们能够感知,这一惊人之问:"文学何处去?"或许在等历史给出答案,从某种意义上来说答案已有,但同时似乎在这个问题上,文学耍了点花招利用了我们的无知,利用走在自己身后的历史,其实在自问自答,没有答案,而是指明自身问题最深刻、最根本的意义。

文学,作品,经历

我们谈文学、作品和经历。三个词意味什么?如果从今日艺术看出纯偶然的主观经历和对美学的依赖性,似乎是错,但针对艺术,我们始终在谈论经历。艺术家、作家操心什么因而充满活力,如果答案不是个人利益而是如何以作品表达,似乎才对。所以作品似该扮演最重要的角色。但事实果真如此?完全不是。直接吸引作家、撼动艺术家的,并非作品,而是作品所作探索、走向作品的活动，是让作品走向可能的道路：艺术、文学及这两个字眼背后包含的一切。因此，画家，比起画作，更钟爱此画各异之态。而作家，常渴望一切走不到头，让上百叙事维持碎片状，因为叙事只为带他到某一点，他必须撇开叙事才能高于这一点。所以，又一惊人巧合，瓦莱里、卡夫卡，几乎完全不沾边的两人，因只考虑如何严肃写作而相遇，以证明："我所有作品都只是练习。"

同样，眼见所谓的文学作品不过愈见泛滥的庞大文本，披着记录、实录、几乎未加工的口述外衣，似乎无视了文学的意愿，我们愤恨。人们说：这和艺术创作毫无关系；人们也说：见证了虚假的现实主义。人们知道什么？这条道路，即便走不通，但想走近平常文化无法掌控的区域，对于它，人们知道什么？为何如此无名、无作者、无书样的言语，走了出来也渴望走到我们面前，却无法告诉我们重要的一切——我们口中的文学也想讲述的一切？不是相当明显吗，谜一般，不可思议到极点："文学"这后来词，无尊严，尤其为教科书服务，伴随着散文家愈具侵略性的步伐，指向的不再是文学，而是文学的偏斜、极端（仿佛这才是文学之本），但争议越来越大、不分体裁不讲形式时，一方面世界不再需要文学另一方面每一本书似与任何其他书无关、对体裁无动于衷时，还有，作品所表达的看似不再是恒定真理、类型、特征，而是一种需求——要对立精粹组成的秩序，等等这些时候，"文学"才成文学，文学活动到底有无价值,文学是否为类型的汇总,文学世界能否庇护理想和本质,等等争议不断之时,"文学"才成了写作者的重中之重,临场感越来越强,即便有所遮掩,因为总被挂念,所以呈现在写作者面前时,仿佛必须以"本质"相示。

重中之重,但文学的确受质疑,此时文学不等于确切限定的现实、形式的汇总甚或可捕捉的活动方式:文学更像是无可发现、无以证实、永远无法直接证明的活动,我们只有偏离它才能走近它,我们只能抓到一点,从这点往高处走,在那探索,无心文学、无心文学"本质",相反关心怎样缩减文学使其中立,或更确切一些,借由最终避开、无视文学的活动,让文学降至一点:讲述,只能以无人称的中立口吻。

非文学

上述矛盾必须有。唯一重要的是作品,一切体现尽在作品,诗在紧凑的节奏中,画作在自己的空间里。唯一重要的是作品,但最终作品只为引向对作品的探索;作品是运动,将我们带向作品得以诞生的纯粹灵感之源,只有消失作品才能抵达那儿。

唯一重要的是书,书本来的面目,而非体裁,不受栏目限制,拒绝"散文""诗歌""小说""实录"等标签,不以标签定位、限定形式。书不再属于某种体裁,只属于文学,仿佛文学提前握有普遍所有书的秘诀与公式,有了秘诀和公式,所写内容才具有书的真实。仿佛题材不再,文学只能自我体现,独自闪耀神秘之光,让光芒遍洒各处,多一个文学创作就为文学多增一道光芒——仿佛有文学"光源"。

但确切地说,文学之本在于避免限定本质,避免呈现时固定文学甚至将其实现:文学从来都不事先存在,要不断重找、更新。甚至永远无法肯定,"文学""艺术"两词能否回应真、可能或重要事物。前人有言:作为艺术家,永远不知已有艺术,甚至不知已有世界。或许,画家到了博物馆才会对绘画现实有点认识:他知道绘画,但他的画作不识,他的画作只知绘画不可能、不真实、无法实现。以文学体现文学,无果。寻找文学,只能到文学之外探索;找到什么,也只能低于文学,或更糟,高于文学。所以,最终"非文学"才是每本书追寻的境界,作为所爱、一心想要发现的本质。

所以不能说书只属于文学,而是每本书都决然地决定着文学。不能说作品适应文学本质的能力或揭示、体现文学本质的权利体现其现实与价值。因为绝无作品能将承载自身的问题当写作对象。绝无画作能独自开始,如果它企图让绘画可见。或许所有作家都感觉仿佛听到召唤要独自作答,通过自己对文学、对文学未来的无知,文学的未来并不只是一个历史问题,而是穿越历史的运动,借此,文学必然走出自己,却假装"终于遇上"自己、触到自己的本质。或许作为作家,身有使命回答什么是文学的未来,写作之人务必以激情、真理、掌控力支撑这问题,但他永远无法无意中发现它,特别当他有心回答时,最多通过作品给出间接答案,作品永无主人,永不确定,只回应自己,只让艺术在场于艺术隐藏、消失之地。为何?

找寻零度

书、文字、语言旨在变形,不知不觉我们已习惯了变形,但传统仍在抗拒;图书馆表面呈现另一世界因而震撼,仿佛好奇、惊讶又满心敬畏中,通过一次宇宙之旅,我们突然就发现另一更为古老、凝固于永恒沉默的星球残存的遗迹,必须对自己感到陌生才能不被发现。阅读、写作,我们完全相信这两词在我们精神中扮演的角色完全不同于世纪初:很明显,任何一台收音机任何一块屏幕都在提醒我们这一变化,周遭这些纷扰之音,我们脑中不断、不知名的嗡鸣,听不见却灵敏、不知疲倦的美妙言语,每一秒都在赋予我们一瞬间、普适的知识,让我们成为某一运动纯粹的通道,运动中每个人提早用自己交换一切,始终如此。

上述所说,我们能够预见。但更震撼的:早在技术发明、无线电广播应用、图像召唤前,光听荷尔德林和马拉美的呈现内容就足以发现变化方向及范围,而今天对于这些变化我们已经心领神会,毫不讶异。诗歌、艺术,为最终回到自身,少不了时间参与的活动,时间以特有的需求给运动一个形式,由此,诗歌、艺术投射并体现动荡,甚于如今日常随处可见、另一层面的惊人形式。阅读、写作、言语,这些词,按其完成经历理解,让我们预感,正如马拉美所说,在世,不说、不写、不读。这并非批判。言语、写作以及这些词所包含的要求,必然不再适应那套有效理解劳作、专业知识的模式;势必不再以让人听到为必然目的,这不代表世界会失去语言遍地荒凉,而意味着要有所选择,抉择需魄力。

扩　散

马拉美以特有的专断将语言分为几区。一边,是有用的言语,工具、方法、行动用语、工作用语、逻辑用语、知识用语,能立刻传达信息,如同一切好用的工具,淹没于常规的使用中。另一边,是诗歌、文学的言语,言说不再是过渡、从属、惯用的方法,而试图在特有的经历中完成。如此专断分类、分而治之,是在严格划分经纬,本来至少可帮文学围绕自己集合而成,给文学一种语言让它特别让它统一以便更醒目。但我们所见却全然相反。到十九世纪,写作艺术勾勒的地平线依旧平稳,写作之人没想着摧毁或超越。写成诗,成文学活动之本,诗比一切显眼,如果如此严格的框架内诗歌仍旧不可捉摸。我们会想说,至少在法国,或许在整个写作的古典时期,诗歌的任务就是将艺术风险揽上身、救语言于文学导致的危难:人们为保护普遍理解力不受诗歌影响,让诗歌极其显眼、特殊,将其束之高阁,——同时,还得让诗歌防着自己,全力固定它附加强制性规定,让诗歌不定限的特色丢盔弃甲。或许伏尔泰还在写诗,为写散文时就做个最纯粹、高效的散文家。仅在散文中才是诗人的夏多布里昂,开始将散文转变成艺术。他的语言成了墓畔回荡之音。

只要还有文学,只要文学只为自己存在,只要文学无任何遮掩,文学之地就不求协调,非普遍领域。一旦远远就能预感它的存在,文学就在碎片四射,踏上扩散之路,拒绝留下清晰、可确定的信号让人认出自己。而同时,传统依旧强大,人文主义仍求艺术帮助,散文始终渴望为世界一搏,因生困惑,根本无法理智地一眼分辨。为何碎片满天飞,一般找到的答案都局限,解释不了关键。人们控诉个人主义:无论谁写,都在顺应自我,为与众不同①。人们控诉:普遍价值不再,世界从深处分裂,理想与理智在瓦解②。或为了更清晰,重将散文与诗歌相区分:将诗歌丢给难以预见的混乱,却发现小说如今统领了文学,文学以小说的形式,仍忠实于语言常规的社会意图,限

---

① 但我们也抱怨作品缺才情、千篇一律、无个人特色。
② 但天主教小说家、共产主义小说家在文学上可谓毫无特色,诺贝尔文学奖、斯大林文学奖表彰文学实践及特征时标准一致。

于小说这一体裁,能够疏通、详细说明文学。小说总被说成洪水猛兽,但撇开特例,这头猛兽训练有素、相当温顺。小说由清晰信号铺垫而成,不致误解。小说自由,但仅限于表面,大胆但不危害这一体裁,因为约定俗成所以谨慎安全,内含丰富的人文主义,因而占优势地位,比肩过去规则的诗歌,那时,诗歌所表达的欲望是让我们避开一切危险的文学元素:仿佛有了毒药,文学就着急分泌解药供我们使用,但解药只能带来平静、供人长期使用。但或许,让文学无害的一切置它于死地。

如果要找扩散的次要原因,就得回答:文学分裂,此为根本,文学踏上扩散之道就标志着走近自己。作家个体,无法解释写作为何置于平稳的地平线之外、在完全分裂的区域。比起各种各样脾气、性情乃至存在的不同,更深层的理由,是因为质疑一切的探索饱含张力。比起世界的分裂,更决定性的理由,是因为就连世界的地平线也得抛诸身后。经历这词再不该让我们觉得:如果说文学如今看似处于前所未有的扩散状态,皆因文学获得许可成了不断翻新的实验地。或许,无限自由的感觉看似激活了今天想动笔写作的手:我们以为什么都能说,想怎么说都可以;什么都拦不住我们,一切尽在掌握之中。一切,是不是太多?但一切,最终嫌太少,谁开始写作,因为无心握有无限,最后会发现:倾注全力寻找唯一的点,最好。

文学再不如从前多样,或许越变越单调,仿若我们所说的黑夜,黑夜总比白昼单调。但文学没有分裂,因为它越来越随波逐流顺遂写作之人,或者因为体裁、规则、传统之外,文学成了自由地,任意发挥不求协调。并不因实验多样、新奇、无序,文学成了扩散的世界。要换个说法和表达:文学的经历就是身临扩散的考验,走近避开统一的一切,经历无契约、失调、无权的状态,即错误和外面,无法捕捉又无规律可循。

语言、风格、写作

最近一本书,罕见地写出了文学的未来,罗兰·巴特在书中区分了语言、风格和写作①。语言是普遍言语,属于我们中的每一人,属于某一特定时间,随我们隶属于世界特定的某一地;是不是作家,皆平等享有语言;无论费力忍受,拱手相迎,还是断然拒绝,语言就在那,见证着我们投身的历史状态,包围我们超越我们,语言对所有人来说仅当下的一瞬,尽管从历史角度看,比起初始状态,语言打造得愈加完善也走得更远。至于风格,就很隐晦,关联着血管里流淌的血液及本能这些神秘因素,关系着激烈的深度、图像的密集度和孤独的语言,是我们身体、欲望、封闭于我们自身的秘密时间,在随心所欲盲目言说。语言非作家所选,风格也不由他定,必然的性情、自

---

① 罗兰·巴特《写作的零度》。

身的怒气、暴风雨或蜷缩、或快或慢,都因为贴近自我,但他一无所知;正因为以上种种他的语言有了独特的腔调,形同个人气质,因为独特所以易于辨认。但这些,仍不是我们所谓的文学。

有写作,才有文学。写作是节奏的汇总,是一目了然或谨慎的仪式,借此能撇开我们想要表达的内容及表达方式,宣告:所写一切属于文学,读者看的是文学。写作不是修辞,或者说是另类修辞,它要我们听到,我们已进入封闭、隔绝又神圣的空间,文学的空间。比如,此书针对小说的一章思考极其丰富,文中就指出,简单过去式,与口语无关,服务于叙事艺术;提前指明,作者叙事时选择线性、逻辑的时间,让偶然之地清晰,摆出安全感,安全感是因为故事有了明确划定,一旦开始,就会确定、幸运地走向结尾,即使结局不幸。简单过去式或优选第三人称是在告诉我们:这是小说,正如画布、色彩及过去的角度告诉我们:这是绘画。

罗兰·巴特想提请注意:写作一度对任何人都一样,谁都天真地认同、欢迎。任何作家只操心一件事:写好,意味着将普通语言带到更高的完美层次,或者顺应自己竭力想说的一切;所有人都有着统一的意愿,一致的道德。今不同往昔。因语言特色相区别的作家,因对文学仪式态度不同更为对立;写作,如果是踏入殿堂,这所殿堂,撇开我们生来就有、命运使然的语言,指定了用途、不言明的宗教,强加了嘈杂声提前改变了我们能说的一切,让写作承载了些意图,越掩饰意图越活跃,那么写作,首先就是摧毁殿堂然后再建的欲求;至少,在跨过一道门槛前,要问问此地何属,问清最初为何犯下错下决心封闭于此。写作,最终就是拒不跨过那道坎,拒绝"写作"。

如此解释,能更好看清统一不再,而当下文学正为此苦苦挣扎或洋洋得意。每个作家都将写作当作自己的问题,然后根据自身需求随时调整决定。令作家与众不同的,并非仅仅是世界观、语言特征、天资的偶然性及自身独特的经历:自从文学让自身看似转变一切的地方(装扮一切的地方),自从我们发现文学的空气并不空洞,文学之光不仅能照明,还以惯常的光明让事物变形,自从我们预感,文学写作——体裁、符号、简单过去式、第三人称——不是单纯的透明形式,而是格外的世界,其中,偶像遍布,偏见沉睡,看不见的力量在活跃、改变一切,每个人必然竭力摆脱这世界,谁都想毁了它,以便重建不留从前一切用途,或最好留空。不留"笔迹"写作,把文学带到空缺的点,在那,文学消失,而我们,再无须担心文学秘诀,秘诀无非一派胡言,这就是"写作的零度",所有作家自觉或不自觉寻找的中立,中立,让某些人沉默。

彻底的经历

这样看①,有助于更好掌握我们面临问题的范围和重心。如果严格遵循上述分析,那么脱离写作、仪式语言——这种语言在用途、画面、象征、套路上,其他文化,比如中国文化,似乎提供了更好的典范,作家似乎首先会回到即刻的语言,甚或他身上的本能声音那一孤立语言。但如此"回归"意味什么?即刻的语言并非即刻产生,它承载着历史甚至文学,尤其最根本的一点,当写作之人想要抓住这一语言时,它就在作家手上变了本质。从中看到"跃进",这就是文学。我们手握普遍语言,普遍语言让真实可为人支配,用普遍语言说事物,与事物隔着距离,就连语言本身也在使用时消失,百无一是、毫不清晰。但,一旦成为虚构的语言,就无所谓用途,不是拿来使用,或许虚构的语言所指,我们以为仍能像在日常生活一样接收到,甚至更轻易,因为,只要写下"痛"或"天使"这两个词,我们幻想中就得见天使之美、尝到了痛——的确,但条件呢? 首先,只让我们使用事物的世界必须坍塌,事物必须无限远离自身,回到远方的画面,不讲用途的远方;我不再是我,再也说不出我。

---

① 意味着看文学,得像马克思看社会一样抱持变化的观点(这是重点)。文学异化,一部分因为与文学相关的社会依托于人的异化;也因文学背离了某些需求,但今天文学之背离分两方面:一是承认,二是欺骗,让人感觉已经有所表示。

厉害的转变。因虚构所得,可化为己有,条件是成为所得之物,成为它走近它,也因而剥离自我及一切存在,正如语言再非说话之声,而成了存在,语言成了存在随意的深度,其中,名字成为存在本身,但毫不指代也不揭示。

厉害的转变,更加难以捉摸,首先让人无法察觉,总是不断避开。立刻"跃进",但因为立刻,所以避开了一切检验。我们知道,只有完成跃进我们才能写作,但为了完成跃进,首先得写,无休止地写,从无限出发去写。想要单纯或口语的自然(正如雷蒙·格诺不无讽刺的劝诱),是企图通过折射的痕迹估量变形,仿佛涉及的是物的世界中固定不变的现象,但实际上变形是世界之空,是一声呼唤,只要我们改变自我就能听到,是一个决定,让做决定的人犹豫不决。罗兰·巴特所说的风格、肺腑之言、本能语言,紧贴我们秘密的内在,所以或许最贴近我们的,也同样最难以接近,如果为了捕捉风格,实在不得不隔开文学语言,除此之外还得再遇文学语言,遂而让不间断的言语造成的深度空洞不发一声,或许这就是艾吕雅的欲求,当他说:不间断的诗歌。

普鲁斯特一开始用拉布吕耶尔、福楼拜的语言:异化写作,为逐渐脱离此状,他不断写,信件尤多。似乎写"多少信"给"多少人"的过程中,他步入了自己的写作活动。成就了今时今日我们叹为观止的普鲁斯特形式,多少幼稚学者将这形式归于有机的结构。但普鲁斯特形式里,谁在说话?是俗世中徒有空洞社会抱负、背负学院式使命、敬仰阿纳托尔·法朗士,给《费加罗》报写专栏、上流社会的普鲁斯特？还是一身缺陷、生活异常、以折磨笼中老鼠为乐的普鲁斯特？还是已然逝去、僵死于地下、就连友人也无法认出、他自己也很陌生的普鲁斯特,仅仅是一只写作的手,"日日夜夜时时刻刻每分每秒在写"的手,仿佛时间之外不属于任何人的手？我们说普鲁斯特,但我们清楚,写作的是另外一个人,不仅有另外一个人,还有写作的需求,写作的需求冠以普鲁斯特之名,但表达的却不是普鲁斯特,只有剥夺了普鲁斯特的所有权让普鲁斯特变成另外一个人才可能表达出普鲁斯特。

文学的经历是彻底的经历,是不容限制的问题,拒绝稳定、缩减——比如缩减成单纯的语言问题(除非只有从这角度看一切都不会动摇)。文学经历是心怀激情面对自身问题,吸引人然后迫使对方完全进入这一问题。仅让人带着怀疑的目光打量文学仪式、神圣形式、仪式画面、美丽语言、韵律规律、数字规律、叙事规律远远不够。如果一本小说完全依照简单过去式、第三人称用法写就,那么显然我们遇见的根本不是"文学",那么抛开文学、令它一败涂地、无真实、无所谓障碍也无接近口的一切离文学更是遥之又遥。如今上百小说或彰显着极强的掌控力,或自然透出漫不经心的味道,风格或劲爆或无趣,无论如何皆无关文学,归咎原因,既非掌控力,也不怪漫不经心,既非语言松散也非语言典雅之责。

罗兰·巴特以他重大的思考引我们走向他所说写作的零度,或也指明了可捕捉文学的那一刻。但,那一刻,文学并非简单的白描、缺席或中立的写作,而就是"中立"的经历,我们永远无法听到的中立之声,因为一旦中立说话,只有让中立沉默的人才具备听的条件,而听的内容,就是这一中立之音,始终都是说过的话,无法停止一再说起,无人听到,折磨,塞缪尔·贝克特一言一字推我们近距离预感到了,的确折磨。

"现在何方？现在是谁？"

塞缪尔·贝克特书里，谁在说话？哪个"我"孜孜不倦表面上重复不断？最终欲望何处去？就在某地的作者有何渴望？我们呢，阅读之人，又期待什么？或许作者黑暗中绕了一圈，晃荡的言语卷挟他，这言语并未脱离意义，而是丢了中心，不开始也不结束，却热切地渴望、苛求永不停，它一停下我们大祸临头，因为会惊恐地发现，它不说但它声音犹在，它停下但它就在那，并非无声无息，因为它的身上，沉默永远在发声。

找不到出口的经历，即便一本书到另一本书，这经历越走越纯粹，抛开助它向前却不堪一击的资源。

正是这活动，首先震慑一切。写作这人，不为做本好书荣誉中飘飘然，更不因我们口中的灵感迎面而至不得不写；而是有重要的事必须说与我们，或因使命，或因写时就在希望，往前走向未知。那么是为结束？因为写作之人竭力避开卷挟他的活动，让人感觉一切仍在掌控之中，说话当下也可选择停止不说？但到底是不是他在说？空是什么，竟能变作言语，在消失其中的人敞开的内在回荡？他坠到哪？"现在何方？现在何时？现在是谁？"

错误地带

显然，他在抗争。抗争有时秘密进行，他有秘密瞒着我们也瞒着自己，抗争由此开始。其中，少不了诡计花招，最诡谲莫过于泄露自己的心机。第一计，在自己与言语间安置面具、人物。《莫洛伊》表达的内容仍试图以故事这种令人安心的形式为载体，却不幸，不仅因故事太悲，还因无力道出这故事。书中漂泊之人无法漂泊（但他还有脚，甚至有辆自行车），无止境绕一点转，那目标掩饰之后又承认，承认后再次掩饰，和他要死却始终处于死亡状态的母亲有点关系，确切说就是小说一开始他和她那点联系（"我在我母亲的房间里。现在是我生活在这里"①），让他围绕自己漂泊不断，不知隐藏了什么也无法自我揭示，——我们明显感觉，这流浪人困在更深的错误中，错误引发的冲撞，无关个人困扰。尽管我们看他神秘莫测，莫洛伊始终有他的身份，有名有姓，不致更深的混乱。但

---

① 中文译文选自《贝克特选集2·莫洛伊》，阮蓓译，湖南文艺出版社，2006年，第8页。——译注

叙事存有解体运动,令人不安:仅让流浪汉漂泊不定远远不够,还要他最终一分为二变成另一人,变成莫朗,一路追捕他却从未得手的警察,追寻中自己一路错下去。莫洛伊不知不觉中成了莫朗,另一个人,意味着他还是小说另一个人物,如此变形丝毫不损故事的安全因素,而是引进寓意,或许令人失望,因为感觉寓意无法匹配隐藏其中的深意。

《马龙之死》明显走得更远。书中,流浪人成了垂死之人,他游荡的空间里上百街区再无城市资源,而《莫洛伊》里仍有森林、海洋勾勒着自由的地平线。只有一间房、一张床、一根棍子,垂死之人靠它拨近、拨开东西,他不动,棍子扩大了他的范围,僵死的范围,尤其笔,甚至将他的空间变作无限文字与故事的空间。马龙,如同莫洛伊,是个名、一个人物形象,也是一个连贯的叙述,但叙事不再基于自身;讲述不为读者相信,反而叙事一开始,就露出编造故事时虚假的痕迹:"这次我知道我要去哪了……现在游戏开始,我要开玩了……我觉得我能讲四个故事,每个故事的主题都不尽相同。"这些空洞的故事因何存在?因为马龙自以为坠入"空",所以要用空洞的故事布置"空";空洞的时间会变作死亡无限的时间,他焦虑,要利用焦虑加以布置;为了避免空洞时间说话,让它息声的唯一方法——逼迫他不惜一切说点什么,讲个故事。所以此书只是在公开地弄虚作假;从而有了妥协,有个声音在絮絮叨叨,令书失衡,震惊地发现虚假中经历不再,因为故事还是故事;

故事的闪光点、故事之巧、故事之讽刺等令故事有形、有意义的一切同时让故事离开了马龙这将死之人,也脱离了他死亡的时间以便贴合叙事惯常的时间,我们根本不信叙事,叙事此时无关紧要,因为我们所等待的,更为重要。

《无法称呼的人》

《无法称呼的人》中,故事的确试图与《马龙之死》《莫洛伊》一致。将死之人有张床,一间房;饭店入口有瓦罐装饰,马霍德无非罐底的渣子。还有沃姆,他出生、活着都在迫于无奈、无力存在;从前的人物、无实体的幽灵、空洞的形象来来往往,机械地围着空洞的中心转,空洞的中心,是没有名字的"我"。但现在一切都变了,经历步入真正的深度。到了这一步,人物不再安享姓名的保护伞,甚至不再涉及叙事,即便内心独白流淌而出的现在,无形的现在,也不涉及叙事。原先的叙事成了抵抗,原来还有形支撑的,无论是块状还是碎片状,如今都没个模样。谁在说话?哪个"我"被罚说个不停,谁在说:"我还是不得不说。我将永远不会闭嘴。永远不会?"[①]为安心,我们照例回答:是塞缪尔·贝克特在说。由此,展现真

[①] 中文译文选自贝克特《无法称呼的人》,余中先译,湖南文艺出版社,2013年,第6页。——译注

实存在真实混乱、无虚构的情况下,我们似乎迎来了沉重。"经历"这词企图影射真正的经历。但,为此,我们竭力重获姓名给人的安全感,将书的"内容"定位于某个个体的层面,让发生的一切以个体意识为保证,让承载经历的世界免去极端的恶,无力再说"我"。然而确切说,《无法称呼的人》的经验笼罩着无个人色彩的危险氛围,走近中立的言语,这言语自说自话,穿过听者,没有内在,摒除一切内在,无人能挡,因为它不停也不间断。

那到底是谁在说?是"作者"?但"作者"的身份能说明什么,如果竭尽全力写作之人再不是贝克特,而是一种需求,带他走出自我、无所依附、两手空空、投身外界,将他变作无名无姓的存在,无名者,无存在的存在,活不成也死不了,停不下也开始不了,是一个空洞,其中,空洞言语在说话,一股漫不经心的味道,其中,好歹有个多面的"我",垂死的我。

小说道出的,就是这一变形。残存的生命、剩余之力,在变形的内部漂泊,于静止的流浪中抗争,凭一腔坚韧,坚韧并不意味权利,而是咒骂,咒骂不停不顿的一切。残存的生命,发声的残存生命,黑暗中的剩余之力,不屈不服的剩余之力。

或许不得不赞叹,此书肆意抛开一切资源,愿从无后续可能的地方开始,坚守原地,不弄虚作假,不找借口,三百多页字字句句让人听着同一冲撞运动,从未向前一步的踟蹰。但这些,仍然仅出于陌生读者的角度,陌生读者总静观看似作者妙计的一切。书中所写不会让人惊叹,无非躲不过的考验,也无惊艳点,无非关在一个空间绕圈打转,即使死也逃不出,因为一掉去确切说已跳出生命。跟这本书谈审美感受,不合时宜。或许我们面对的就不是一本书,或许甚于一本书:是条纯粹的道路,引向诞生一切书籍的活动;是原点,或令作品迷失,始终在摧毁作品,让作品重新充满无尽漫不经心的味道,但必须越来越贴近原初漫不经心的状态,否则一无是处。掘尽无限,这是无法称呼的人必遭的罪:"我没什么事要做,就是说说没什么特别的事。我得说话,这很模糊。我得说话,又没有什么要说,只有别人的话语。不善于说话,不愿意说话,我却得说话。没有人强迫我。没有任何人,这是一个事故,这是一个事实。从来就没有什么能让我免除它,没有什么,没有什么要发现的,没有什么能让该说的话减少,我有一片大海要喝,于是有一片大海。"①

热　内

为何如此?萨特已说清,逼迫热内的深层之"恶"表达而出时,文学如何一步步赋予"恶"掌控力和权利,让其从被动到行动,从无形到有形,甚至从不明确的诗到明确的散文盛宴。

---

① 中文译文选自《贝克特选集2·莫洛伊》,第49页。——译注

"《鲜花圣母》,如果作者不质疑,就是一本日记,记录'解毒'蜕变的过程:热内用书给自己解毒向另一个人转变;此书实现了自我解毒:书,源于一次噩梦,是有机的产物,浓缩了纷繁梦境激荡出手淫的史诗,此书一句一句,从死到生,从梦到醒,从疯癫到健康,是一次次堕落向上的过渡……""把恶传染给我们,他得以解脱,他每一本书都是一心宣泄导致的危机,是出心理剧:表面上每本书无非再现前书,但就因为这一本本书,魔鬼上身的人向前一步成了魔鬼的主人……"

这种形式的经历,可谓传统,歌德"诗是解脱"的传统解读就是其最初表述。《马尔多罗之歌》同样在阐述歌德所说,因为凭着变形之力、画面的激情、回归脑海中愈加萦绕不去的主题,我们看见夜深处,如同黑夜降临般,新的存在一点点浮现,想在白昼的光明中找到自身形象的真实:这就诞生了洛特雷阿蒙。但要谨慎,文学似乎将我们引往白天时不要以为文学趋于光明有理的安乐状态。对寻常白昼的激情在洛特雷阿蒙那,已经上升为对平庸的歌颂,透着威胁,而对普通语言的激情自毁成为对普通地点、仿制品的肯定,露出讽刺,这些都推他失足迷失于白天,令他昏厥的白天,那一片无边无际。同样,对热内而言,萨特洞若观火,如果说文学看似给人开了一道出口,助他成功获得掌控力,那么当一切达成时,文学会突然发现根本没有合适自己的出口,甚或发现所谓成功无非彻底的失败,然后自我消融,无甚意义,只剩学术的劳作。"《鲜花圣母》时,诗是出口。但今天:醒来有了理智,既不焦虑明天,也无恐惧,为何还写?为成文人?这恰非他所愿……如果一个作家的作品生于深层强烈的欲望,而他的风格是相当明显意图下锻造的武器,每一个形象、每一次说理极其明显概括了他整个的人生,无法想象这样一位作家会突然改变说起别的……有舍就有得:得了作家的名头,同时丢了写作的渴望、欲望、时机和方法。"

实际上,还有种传统方式描述文学经历,作家有幸借由作品摆脱自己阴暗的部分,作品中,阴暗的部分奇迹般成了作品之幸、特有的光芒,而作家也得到了庇护,更甚者,与他人自由交流尽情绽放孤独的自我。弗洛伊德肯定这点,强调升华作用的德与善,因为他对意识、表达能力留有一份感人的信任。但事情不会总那么轻巧,必须说还有另一层面的经历,步入其中的米开朗琪罗越来越苦不堪言,戈雅入魔愈甚,明朗又快乐的奈瓦尔终于老灯笼街,荷尔德林弃绝自我、精神错乱,因为已然步入动荡,为了成为诗人。

走近中立的言语

为何如此?对此,只能给出两个思考方向:第一,对提笔写作的人而言,作品绝非封闭围城,不容他停留,无法保护他的自我允他平和、避开生活重重困境。或许他以为自己实际避开了世界,但其实身陷更大更严重的危机,因为他将一无所有无所依附,因为危机就来自外面,而他就站在外面。面对这场危机,该做的不是抵抗而是投身其中。作品要求如此,写作之人必须为作品牺牲自我,转变,但不是变成另一人,无须抛开他作家的名头及义务、满足和兴趣,而是变作任何人,变作充满生命力的空地,回响着作品的召唤。

但作品为何要求如此转变?可以这么说:因为作品无法在熟悉中找到出发点,因为它在找不曾想、不曾听也不曾见的内容;但这样解释仍然没有触及本质。还可以这么回答:作家,作为在世之人,活于群体,得自己所需,依附于既成、将成事物的稳定性,无论愿不愿意,群体共同计划的真相,有他一份,但作品让这样一个在世之人脱离世界,栖居于想象的空间;实际上,是坠落世界之外的人在不安,脱离世界,永远在存在与虚无间飘荡,从此往后,生死不是,穿过一个个阴魂他的造物,他不信它们,它们一言不发,这就是《无法称呼的人》部分的展示。然而这仍不是真正答案。答案应在行文中,随着作品竭力往下发展,作品趋向考验,不可能性的考验。在那,言语不说,无所谓开始,一言不发,但它总是重新开始一再开始。

就因为逐渐走近原点,作品的经历才愈具威胁性,对经历之人、对作品都如此。但也唯独因走近原点,才让艺术成了本质探索，《无法称呼的人》也正因为兵行险招凸显了探索，所以屹立文学世界，傲视其他"成功"作品。试着听听"说话的声音，它自知是谎言，无所谓自己说什么，或许太老受了太多屈辱，因为最终永远说不出能让它停下的话"。再试着降到这中立地带，写作之人深陷其中，从此投身字词，为写作坠入时间缺席的地方，在那，必死，死亡无止无尽："……词语到处都是，在我身内，在我身外，居然这样，刚才，我没有了厚度，我听见他们，无需听见他们，无需一个脑袋，没办法止住他们，没办法停止，我是词语的，我是词语做成的，别人的词语，什么样的别人啊，地点也一样，空气也一样，四壁，地面，天花板，一些词语，整个宇宙都在这里，和我在一起，我是空气，四壁，被困住的人，一切都屈服，敞开，失去控制，回流，一些絮团，我是所有这些絮团，增长，结合，分开，无论我去哪儿我都同样存在，我深信不疑，朝着我自己走，从我自己出发，从来只有我自己，我自己的一小块，复苏的，丢失的，缺少的一小块，一些词语，我是所有这些词语，所有这些外来者，动词的这个遗骸，没有落脚的深度，没有消散的天空，为了说话的相见，为了说话的躲避，我是它们的全部，相互结合的这些，相互分开的这些，相互不知道的这些，不是别的事物，不，全部别的事物，我是全部别的事物，一个沉默的事物，在一个艰苦的、空洞的、封闭的、干燥的、洁净的、漆黑的地方，那里没有什么不动弹，没有什么不说话，而我听,而我听见,而我寻找,就像在笼子里出生在笼子里死亡出生和死亡出生和死亡在笼子里在笼子里出生然后死亡出生然后死亡的那些牲口……"①

---

① 中文译文选自《贝克特选集2·莫洛伊》,第181—182页。——译注

最后一个作家之死

想象一下,只剩最后一个作家,他死,全世界都不知道的情况下,死去的还将是写作的那点奥秘。情景设置得再奇妙一点,想象最后一个作家就是兰波,一身疑云远甚真身,他听到与他赴死的言语了无声息。最后还可以假设,在这世上、文明圈内,觉察到了结束,无声无息。结果如何?显然,沉默一片。一个作家离开时人们礼貌地说:某个声音不再,某种思想离我们而去。那将会是怎样的沉默,如果再无人以睥睨天下的气势讲述,睥睨天下,那是声名常伴喧嚣的作品必有的姿态。

想想这。这样的时代,于史有之,将来会有,我们任何一个人生命的某个时刻肯定有过如此设想。出乎常理,文学之光泯灭之日,并不因沉默,恰因沉默后退,因厚重的沉默裂了口,借由裂口接近了新的声响,无言的时代宣告来临。无所谓严重不严重,也无喧嚣;充其量低低的窸窣,不增城市大的纷扰也不多添一份挣扎。唯一的特征：不停不歇。一旦听到，不断不停，因为永远无法真正听到，理解不了，分心无用，越偏离它它越在场：是从未说过也永远不会说起的话，在提前回响。

无秘密的秘密之言

它不是噪音，虽然一接近我们周遭皆喧嚣（应提醒一下，今时今日我们不知何为噪音）。它是言语：它说话，不停说，仿佛空洞在说，喃喃细语，持续不断，无关紧要，或许对所有人都一样，无秘密，但孤立每个人让其脱离他人、世界乃至自己，带他人嘲弄的迷宫，引他越走越远，凭借日常言语构成的普通世界下迷人的斥力。

这言语不一般，因为似乎说了什么，但可能实际什么也没说。甚至，其中是深意在言说，听出了难以置信。即便惊人的冷漠，无深度无喜乐，所说却似乎最贴近每一人，只要他手握这言语一秒。它不说谎，因为既不承诺也不告诉，总对一人言，却无个人色彩，完全出自内部，却也在外部，它的所在，是独一无二的地方，在那，听到它，就听到了一切，但那里，不是定点，是遍天下；沉默，因为是沉默在说，成为虚假的言语，无人听到，这无秘密的秘密之言。

如何让它息声？如何听到，如何不听？它变白昼为黑夜，变无眠的黑夜为空洞、洞察一切的梦。低于我们所说一切,在每一种常见的思想背后,虽然难以觉察却淹没、吞没一切人类诚实的言语,作为第三个声音插入对话,回应每一独白。因为单调所以让人感觉它以耐心居高临下,以轻柔碾压一切,对万事万物如待雾霭,驱散、消除,让人们偏离互爱之权,让人空生迷恋取代一切激情。到底是什么?人类的言语?神的言语?从未说过又要存在的言语?死亡的言语,幽灵一般,轻柔,无辜,折磨,仿若鬼魂?是不是意味着一切言说的言语全都缺席?谁都不敢讨论,甚至影射也不敢。每一个人,隐藏着孤独,都在寻找合适的方式令它失效,它自己也只求如此,成空,愈加空幻:因而无所不在。

作家,是让它必须沉默的人,文学作品,对明察秋毫之人而言,是沉默富足的栖息地,是坚固的防势,是堵高墙,抵挡无边无际迎面而来令我们偏离自我的声音。如果,在这片想象的西藏大地上,再无一人身有神圣符号,整个文学将停止言说,缺席的,是沉默,因为没有沉默,文学言语才可能消失不再。

面对庞大的造型艺术作品,显然而独特的沉默触动我们,仿佛惊喜,惊喜不总是停顿:敏感的沉默,时而专制,时而漠视一切终睥睨天下,时而激动,时而生机愉悦。真正的书,总带点雕塑的味道,它的建立、构成都仿佛沉默的力量,借沉默之力给沉默形式、坚定沉默。

人们可能会反对,认为如果世界突然没了艺术的沉默,呈现毫无意义、诡异、能够摧毁其他一切的言语及其黑暗的荒芜,如果再无新的艺术家、作家,那还有前人之作累积成财富,博物馆、图书馆依旧挺立作庇护,每个人都可以私下前往寻求一点平静和沉默的气息。但必须假设,晃荡言语避无可避时,所有书都将面临极端的错乱:曾经一时拥有此言语、控制它、或多或少始终是其同谋的作品,会通过言语这一秘诀反扑。所有尽善尽美的图书馆,都有地狱,躺着所有禁书。但每一本伟大的书中,有另一个地狱,不可读的中心,某个力量在伺机等待,那是晃荡言语保护下的力量,而晃荡言语又非重复不停时微弱的气息。

所以到了那时候,因为如此想象不算大胆,那个时代的主人不会想着躲到亚历山大图书馆①,而将一把火烧完了之。对书的厌恶必然蔓延至每一人:愤怒、悲愤,如此可悲的暴力,所有懦弱的时代均可窥见一二,懦弱的时代,也称独裁。

独裁者

独裁者,让人深思的称谓。一个独裁(dictare,拉丁语)

---

① 亚历山大图书馆,世上历史最为悠久的图书馆之一,馆藏丰富,三世纪末毁于战火。——译注

者,一再专横,一旦听出怪异言语的危险信号,立下狠心奋力出击,凭借不容反驳、毫无内容又严苛的命令。事实上,他似乎就是这言语公然的敌人。在他眼里,明晰的命令背面,就是不加限制的窃窃私语;蛮横嘶喊的反面,即听不见的暗示;他以皇室的道理为道理,以确定不移、发号施令绝不怀疑的言语,取代《哈姆雷特》中魂魄漂移不定的冤怨,那魂魄仿佛地下的老鼹鼠,四处飘来荡去,无权无命运。但如此强劲的敌人,天子——出现就为以呐喊及铁定的决定遮盖幽灵言语那看不清的雾霭,难道不就是此言语引发的存在?这敌人,不就在滑稽模仿此言语,是它的面具比它更空洞,说着谎反驳它,应疲惫、不幸之人所求,为避开沉默缺席时可怕的喧嚣——可怕,但没有谎言——时,我们不就转向了不容置疑、只要他人顺从、承诺内心再无喧嚣可得静养的偶像?

如此一来独裁者自然取代了作家、艺术家及思想家。命令如此空洞的言语以恐吓、欺骗的方式蔓延,我们更愿在公共场合听其嘶吼,无需个人费心尽力迎来、平息,此时,作家就有了完全不同的任务,另一种责任:以高于个人的姿态,与最初的喧嚣建立亲密关系。只需如此,他必然使这言语沉默,在沉默中听到它,加以变形后表达而出。

不如此走近,不坚定地经受如此考验,无作家可言。这一不发声的言语,极像灵感,但有区别;它只引向对所有人而言都独一无二的地方,俄耳甫斯所下地狱,消散、不和谐之地,突然间必须面对,并在自己及这言语上、在所有艺术经历中找到是什么转无力为能力、变错误成道路、将不发声的言语变作沉默让它真正说话,让原点在它身上说话,而不损人类半点。

现代文学

这不简单。如今的文学渴望不断走近孤独的喃喃细语,渴望之因,既关系时代、历史,又关乎艺术本身的活动,为让我们在所有伟大的现代作品中听我们必须听到的一切,如果艺术、文学突然不再。所以这些作品独一无二,所以它们在我们看来才如此危险,因为是危险即刻的产物,难以迷惑住危险。

当然有众多方式(有多少作品、多少作品风格就有多少方式)掌控荒野的言语。修辞为防御方式之一,能有效构思,甚至狠准稳地布局驱灾免害,但也让这言语必需、急迫,有了它,与它的关系才能找到合适的点缓解变得有利。但修辞这种防护法完美得忘了自己为何构建:不仅只为击退,也要吸引(让荒野的言语偏离,用此方法)无边无际、不发声的地带;为了成为荒野骚动的先锋,而不仅是一小道供游人周末赏玩的幻想城墙。

我们注意到,某些"伟大"作家出乎我的理解,声音中竟透着蛮横,引发极度震动往中央集中,召唤极权(dictare)统治艺术领域。我们会说,他们聚拢一切向自己,或向某种信仰、自己坚定却立刻封闭且局限的意识,以便取代敌人的位置,敌人就在他们自己身上,要震聋敌人,他们只能让语言堂皇、声线爆裂,靠信仰之坚定或缺乏信仰之顽固。

其他人则语调中立,抹掉特色微微起皱的透明给了孤独言语一个受控的形象,仿佛一面冷冰冰的镜子,让它从中映照自己,——但,镜子常空。

可敬的米肖,作为作家,他最接近自己,与奇异言语合一,他生出疑问,自己是不是掉进了陷阱,用幽默的跳跃性表达的内容似乎不再是自己的声音而是其仿制品。为出其不意重新捕捉自己的声音,他有了法子:倍增幽默感,计算纯真,带着心机迂回、退让、放任,一旦遇险马上以尖刻画面刺破喧嚣的面纱。极致之战,妙不可言的胜利,却难以察觉。

也有喋喋不休,以及我们所谓的内心独白,我们清楚,内心独白无法再现一个人自言自语的内容,因为人不与自己交谈,人的内心的确不沉默,但最常缄默,缩减得只剩几个间隔的符号。内心独白是种极其粗略的模仿,仅能模仿无声言语的表面特征、不间断的大流。不要忘了,此言语的弱点正是其威力,无人能够听到所以不断在听,它尽可能接近沉默,所以才能灭绝沉默。最后,内心独白有中心,这个"我"将一切带向自身,而其他语言根本没有中心,本质晃荡,总在外。

必须让这样在外晃荡的言语沉默。必须引它向沉默,沉默就在它的身上。必须一时忘了它才能通过三次变形诞生真正的言语:马拉美所说,大写的书的言语。

未来之书

1. 书,在(ecce liber,拉丁语)

大写的书:马拉美这么说想表达什么? 1866 年起,他想的、说的都是同一件事。同一件事,但又有不同。任务之一,展示重复构成的活动为什么、又怎么逐渐铺就了一条道路。他要说的,似乎一开始就得以确定,同时,如若有共同点,也只是粗略相似。

多合一书

共同点:书,一开始是大写的书,文学之本,也是本"老老实实"的书。如此独一无二的书,由几卷——五卷构成,1866

年时他这么说,1867年①时他还肯定要由众多册书构成。为何要"复数"?"复数"吓到了这位百年难遇的作家,1885年时他仍旧不加怀疑地拒绝给语篇范围。成熟初期,他似乎渴望一本多面的书,一面朝向他口中的虚无,一面朝向美,就像音乐和文学,后来他说,"是非此即彼的两面,这面得以扩张朝向黑暗;那面光辉闪耀,确定有唯一的现象"。所以我们明了,之所以要多合一,因为必须分层,按层次不同安置创作空间,如果这一时期他大胆谈及大写的作品,仿佛即已完成的任务,那是因为他在酝酿着结构,在他头脑中,结构先于内容②。

因为还有另一不变特征:他首先看到了此书的必要配置,"像建筑,事先经过考虑,并非偶然灵感的集合,即便灵感美妙至极";虽然说明得太晚(1885年),但,1868年开始,他就说自己作品经过了"精心准备、分级"(另外,"完美地划定了范围"),作者万事不能省,甚至无法抽取其中的"印象"、思想或精神储备。所以得出这一瞩目的结论:往后他若想在大写的作品外写点什么,就只能写首"一无是处的十四行诗"。诡异地宣告了未来,因为要为大写的书做储备——永远都只能是自己的储备,注定了再也无字可写,除了一无是处的诗,意味

---

① 1866年他将大写的书限定为三首诗、四首散文诗。1867年,想法又有不同,按他所说,有故事一卷、诗歌一卷、批评一卷。根据谢勒在马拉美过世后出版的手稿,马拉美自己预计是四卷,可分二十册。

② 之后,他说过,多合一书,就是重复、扩充每一本书各自的纷繁关系。每一本书,复杂关系随时铺展、呈现:一卷书里,对称、平行,关系着从诗到诗篇的真实过渡,盈盈而飞,越过书卷,向着各方,在精神的空间——无名天才的花押,晕染而成精神的空间,完美得仿佛艺术的存在。(《马拉美作品全集》,七星诗社,第367页。)

着只能将诗性的力量、存在给予一切之外的部分（书之外的部分，因为书就是一切），但，因此，也就找到了大写的书的中心。

……没有偶然

"事先经过考虑，像建筑，划定范围，分级"什么意思？意味着精心打算、深思熟虑，必然能组织好整个作品。首先要稍微操心：写，依据严格的创作规则；之后的需求更复杂：严格依从思想的控制，审慎地写，让思想充分发展。但仍有另一种考虑，表现为"偶然"及废除偶然的决定。基本上，无论精心打算还是偶然为之，他所求，都是规则、加以控制的形式。1866年，他致信柯贝："偶然写不出一句诗，出大事了。"但他加了一句："我们，很多人，都碰到这状况，我相信完美划定范围的句子，诗中我们必然的目标，就是让诗中文字——文字远远足够无须获取外界印象——互相反映，直至再无自己的色彩，而仅是色列的过渡。"随后还会有更多证明作深入探讨。下决心剔除偶然，相应地，也要下决心剔除真实事物、拒绝给感性现实权利让它诗意地示意。诗，不回应事物的召唤。诗，不以"名"一物的方式保存事物。相反，诗歌语言是"奇迹，将事实从本来状态挪至几近飘摇的消失状态"。偶然在书那，永远都抬不起头，如果语言，倾尽所能攻击独特现实的有形载体，只呈现"万事万物皆有的整体关系"。那么，诗，就无异于只剩沉默精华的音乐；是纯粹关系的演变、铺展，即纯粹的动态。

抵抗偶然之所以张力不断：因为有时马拉美在工作，借诗句特有的技巧及结构考虑，将言语转变成作品；——而有时他在经历，带着神秘和哲学的意味，《伊纪杜尔》(*Igitur*)中叙事就以浓厚的神秘感部分呈现了此般经历。

我在这坚持几个基本点，纯粹想提醒一点，马拉美与偶然的关系有两个走向：一方面，探索必然的作品，必然的作品引他向缺席之诗，否定之诗，无关紧要，既非真实也非意外，无立足之地。但，另一方面，作品、语言中的否定力量，为成严肃言语不惜划掉生动时动用的否定力量，经他之手，我们看得很清楚，成为了极其重要的直接经历，可谓"即刻"的经历，如果确切说，"即刻"并不意味"马上"被这经历否认。只看他1867年如何对蕾菲布宣称："我的创作全凭排除法，收获真理全因丢了印象，印象，曾生辉，却耗尽，因其黑暗的畅通之路，我曾得以深入绝对黑暗的感觉。毁灭是我的贝阿朵莉丝①。"

……去个人化

大写的书，身于其他书中。是本多合一书，自身因特有的活动有了多种面貌，活动中，供书发展的空间有着不同深度，由此必然产生了多样性。必然的书，没有偶然。避开偶然，凭结构及界限，如此就完成了语言精粹的部分，语言之精粹，要

---

① 《神曲》重要人物，但丁的灵感女神，缪斯的化神，象征纯洁的爱情。——译注

使用事物,必将其转为空,变作有节奏的生成过程,既建立关系的纯粹活动。无偶然的书,无作者:没有个人色彩。此为马拉美重要呈现之一,至今仍将我们置于两个层面:一个层面,回应技巧及语言的探索(如果人们愿意,可以说是马拉美身上近于瓦莱里的部分);另一层面,回应经历,1867年各式信件广而告之的经历。二者缺一不可,但之间的关系没有言明。

需仔细研究才能明晰马拉美这类呈现的不同层次。有时,他只想说:书,必须始终无名:作者,要克制自己不能署名("得到认可的书,容不下署名"),诗与诗人,无直接关系,更别说占有。诗人,不能将自己所写归于自己。他所写,就算冠以他的名字,本质上仍然无名无姓。

为何无名无姓? 马拉美谈及此书,仿佛书为我们固有、自然写就,这就看出了答案。"我相信一切写于自然,闭上眼睛不好奇不张望、什么都不看。这样的作品,全世界都想得到却不知道它已经存在。"这标注回应了探索,却可能仅言及出路满足了外界的好奇。他所说,无异于瓦莱里。他还如此写道:"诗书的布局,生来有之,或遍地萌芽,没有偶然;还必须忽略作者。"但这是另一层意思。马拉美心受神秘主义蛊惑。神秘主义的出现,仿佛解决了文学摆在他面前的难题。这个策略,旨在让艺术脱离自身某些权利,试图单独实现这些权利,将其转变为立即可用的力量用于实践。但马拉美拒绝这种策略。人们引用他的宣言引发同感,却忽略了他的宣言总有所保留:

"不,就像他们(可怜的犹太教神秘哲学家),疏忽、误会不仅会让你们漏掉一门艺术完整而基本的操作,错误而孤立地完成这门艺术,不,你们绝不会满足于如此拙劣的崇拜。你们甚至将抹杀艺术最初的神圣意义[①]……"

对马拉美而言,世上无魔法,只有文学,只有排除魔法面对自己,文学才能实现。他明确指出,如果只有两条道走向思想的探索,那就是美学与政治经济学,"炼金术就是后者耀眼、仓促、混乱的先兆"。"仓促"一词,引人注目。缺乏耐心,恰是魔法的特征,魔法一心即刻掌握自然。相反,耐心,就在诗意表达的作品中[②]。炼金术企图创造、打造。诗歌,去除创造,将不存在、不可能之物推上统治之位,将无法用"能力"这种字眼表达的事物指定为人类至高无上的使命(要注意,在这点上,与瓦莱里相反)。

和神秘主义理论仅有点头之交的马拉美,却敏感于外界类似的理论。他借用某些词汇、某种色彩,从中收获了怀念之情。自然写就的书,召唤原初流传下来、交由第一批先行者守护的传统:隐藏的书,可敬的书,散落各地的碎片闪闪发光。德国浪漫派也表达过同样的思想,独一无二、绝对的书。诺瓦利斯说,写一部《圣经》,看这疯狂,身而为人,为完整,必

---

① 此处,马拉美反对记者及可悲的犹太教神秘哲学家,后者施咒杀死了布仑神甫。不过从艺术的角度看,前者比起后者,更加罪孽深重,竟犯下如此大错,漏掉一门艺术完整的操作。(魔法不该脱离艺术。)
② 《献给德埃森特的散文》("Prose pour des Esseintes")。

双手相迎。他称《圣经》为一切书的理想,施莱格尔提到"一本无限之书的想法,完全绝对的书",而诺瓦利斯仍然试图以童话(Marchen,德语)诗歌的形式继续《圣经》的计划。(但,这就远离了马拉美。看他如何严厉批判瓦格纳:"如果想象、抽象以及因抽象而诗意的法国精神,投射一道光芒,就不致如此:他厌恶神话,在这点上与完整艺术、作为发明者的艺术一致。")

或许在某一层面,马拉美以神秘主义、德国浪漫主义及自然哲学的方式表达,随时准备在这本书中看到对等的文字,大自然的文本。"空想,有人想过,也已经得以证实,所有书,或多或少,都融合了过去重复的内容:即便它只是一部——在世,它的法则——所有民族仿制的《圣经》……"①这是他的倾向之一,无可否认(同样,他也梦想一种语言,"是事实上的真理")。

但还有另一层面,无作者的书表现出另一层意义,在我看来,更重要。"作品要求诗人消失,默不作声,屈从,让文字主动,让其起伏不平、横冲直撞。""诗人消失,默不作声"的表达极其接近下面这一名句:"以语言技法奇迹地将事实从本来状态挪至几近飘摇的消失状态,有何用,如果不是……"诗人迫

---

① 但,如果把这一段等同于集所有戏剧为一体的戏剧——唯一而多面的戏剧,"沿着新的年岁,呈圆形同时铺散开来",就会发现,马拉美在写下这段文字时,或许偏离了浪漫主义及神秘主义的目标:我们所写,必然同样,同样地存在,其生成过程就是重新开始,无限丰富。(《马拉美作品全集》,第313页)

于作品的压力,因为让自然现实消失的活动,消失。更确切地说:事物消散、诗人隐退,光这么说不行,还应该说,无论事物还是诗人,都因真正的毁灭悬于一线,呈现于消失中,呈现于消失的过程中——事物因消失动荡,诗人因消失无声。自然因言语转移到极富韵律的活动中,因活动而不断、无止境地消失;而诗人,因为自己诗意言说的事实,消失于言语中,成了消失活动本身,而消失活动就发生于这言语中,所以言语是唯一的创始人和原则:源头。"诗,加冕。""忽略自己","如此这般的死亡",关乎诗意的加冕,让诗成了真正的祭品,但不为狂乱地称颂魔法,——而出于近乎技术的考虑:因为诗意言说之人,近乎于置身死亡,而死亡,必然属于真正言语构成的作品。

"既成事实、已然存在"

此书,无作者,因为作者消失默无声息才有了书。它需要作者,缺席的作者,身为缺席之地的作者。此书,当它反映的不是造它的某人,既无关作者名字,也无关读者眼中它的模样,就成了书。偶然之人——个人——,如果在此书中不再坐享作者之位,读者,还怎么从书中看到自己的重要性?"去个人化、越无人将自己当作者,此书便无需读者走近。如此一来,人类种种附属品中,它独成一体:既成事实,已然存在。"

这一阐述,为马拉美最光荣的一笔。以表态的形式,汇集了作品的根本需求。孤独,把自己当地点由此出发的完成过程,这两点同时体现于作品,但因逻辑和时间的脱节,脱离"造"作品之人、脱离作品所属的存在,冷漠对待"造"的行为;即为短暂的存在,又在不断生成、实现:作品一旦造就,就不再属于过去"打造"之时,所说只能是现在。

如果作品造就之后只能说现在,我们就无限远离了浪漫主义传统、秘传传统的大写的书。实实在在的书,因永恒的真理而存在,有所隐藏地透露,但仍可接近真理:因为有所透露,走近真理之人占有了秘密及神圣的存在。而马拉美排斥"实在"的思想,将永恒、真实的真理拒之门外。当他说"根本"——即理想、梦想——,基本上仅关乎表现于虚构、于虚构中看出的非现实性。由此生出很大一个问题:文学这回事,有吗?文学,如何存在?文学、存在的表现,二者有何关系?我们也知道,马拉美让"现在"剥离任何现实。"……没有现在,不——现在不存在……""疾呼现代人的人,搞不清楚状况……"同样的道理,他拒不承认在汇成历史之河的过程中一切会断裂、中断,但也说"历史中,一切中断,有效,鲜有渗流"。他的作品,时而凝固如白纸,静止却含有潜在性;时而——此时最富意义——活跃着时间极端的间断性,陷入变化莫测的时间中,一时加速,一时减速,一时"停顿零碎",标志着全新的动态精粹,仿佛出现了另外的时间,既无关永恒,也无关寻常时间:"这里超过,那儿回忆,一会儿未来,一会儿过去,形式上是虚假的现在。"

在这两种形式下,作品中表现、包含、内在的时间,没有现在。同样,永远不能将书看作确实、已然的存在。我们无法手握此书。然而,如果的确没有现在,如果现在必定无法处于当下,一定程度上虚假、虚构,那就成了承载非真实作品的完美时间,不再是作品表达的时间(这种时间总是未来或过去,在现在的深渊之上蹦来跳去),承载作品的时间,能让作品以适合自己的方式凸显,而作品,结合自己的非现实性与现在的非真实性,让二者相互依存于电闪之光,这光,夺目地凝聚了黑暗,从黑暗出发闪耀辉煌。马拉美,否认现在,将现在保存于作品,用这现在呈现不在场的内容,他隐遁之时,光芒四射("闪耀的一刻,它们昙花一现,如以太一般透明而亡")。书就如此凸显,散发亮眼之光,所以我们应该这么说,书在,在当下,因为没有它一切无法存于当下,但它无法以真实的条件存在:既成事实,但不可能存在。

IV 文学何处去

　　谢勒说,马拉美身后出版的手稿①清楚展现了,此书完全不像批评嘲笑的那样,绝非无稽之谈,马拉美严肃思考过怎样将其付诸现实。这么看或许幼稚。马拉美所有理论书写,几乎一致指向大写的书的写作计划,这些理论书写,是对这一计划不懈的思考,观点因而愈加深刻,所以大写的书,虽然没有实现,却已然根本地呈现在我们面前。有人对这样的保证无动于衷,还是认为马拉美骗了全世界三十年,冠冕堂皇地谈了本一无是处的大写的书,神秘兮兮地晃动着一纸低贱的荒唐言,新证据也拿这些人没办法。相反,他们事无巨细地讨论出版具体事宜、经费,分门别类地论述书中所谓的病态。

---

① 马拉美手稿由蒙多交给谢勒后,谢勒倾注心力以《马拉美大写的书,从未出版的第一手档案》为名出版。手稿有没有透露清晰的核心计划?或许有,但有条件:千万不要全心相信大写的书手稿里会有实质性的计划。大写的书由何构成?不像《伊纪杜尔》,并非连贯文本,也无并不零碎的长段章段,而是寥寥数语的笔记、孤立的字词、不可破解的密码,一笔带过一纸飘扬。一页页、一笔笔,是否为了同一个目标?我们不知。如今的排版顺序,是否完全无关他死后手稿的顺序?当时他死后留下的手稿,要么是偶然为之的结果,要么是上一次工作随手收拾的结果。更糟糕的是,我们不知,残存的这些记录代表着什么,为什么是它们,而非大多数(据蒙多所说)被毁的记录。所以我们不知,在整个探索中,在马拉美眼中,残存的记录占据怎样的位置:或许并不意味着他已然有些陌生的内容,也非他迎接的一切,而可能是他不再欢迎的内容,甚或消遣般,偏离自己的肤浅思想。最后,因为他不知记录有何意义与现实,只知特有结构下表达的内容及语言的固定形式,所以这些没有形式的笔记对他而言毫无价值,也不要我们看出点什么:即便模糊的观点。至于日期、记录日期、所属、外在的严密性、走向甚至真实性,完全不清不楚。所以大胆出版后呈现在我们面前的,是唯一一本只有本质的书,字字偶合、偶然地分布、随手合一,书,仿佛自己写就,写,为了平定偶然。出现这样的问题,并非马拉美所愿,而是后世出版人幼稚的结果。这些后世的出版人,游人一般,时不时捎带点诺亚方舟的残片,掏出些石块说是摩西择碎的法板。至少,当这些记录合成的文档被当作大写的书的草稿呈现在我们面前时,我们第一时间心生此念。但转念一想,又生它想,几乎空白的文稿、乱画的字词而非文字,出版后,似乎让我们触到了对的点,在那,纯粹消散的画面竟成了必然,由此看,手稿的出版,或许并不会惹恼马拉美。(接下页)

必须再说一句：我很想知道，谢勒将如何无所不用其极地告诉我们：书存在，ecce liber，并得我们认可，而此书的本质就是让自身既成的现实、可供辨认的内容变得不真实，更勿论那不断的纷争——显然的呈现与问题不断的真实性。

"无法忘却的危机"

然而，我们之所以会记住些务实的情况（巴尔扎克式）——经费、印数、销售额——手稿试图从这些出发思考怎样实现作品，是因为它们证实了：对于历史及文学的走向，马

（接上页）我若再说一句，并非泄愤，而是引出一个有意思的现象：道德断层，每遇身后出版物的问题，正直不阿之人也会赞同：丢了道德，我想说，出版马拉美手稿，违背了作者著书有形的初心。如果卡夫卡的例子不算明显，马拉美的情况就相当清楚。马拉美死得突然。第一次死亡危机——身体好转，死亡的征兆仍旧不太明显，第二次，死亡不到一会儿便制服了他，两次之间，间隔极短。回光返照，他得以"草拟一份遗嘱交代我的文稿"。他想悉数焚毁。"全烧了，结果：我可怜的孩子，再无文学的遗产。"还有，他拒绝任何外人干涉，拒绝好奇的审视：理应摧毁的一切，事先必须避开一切目光。"不要屈从他人赏识；杜绝一切好奇、友好的干预。就说看不出什么，真的，况且……"坚不可摧的意志，却立即被人抛诸脑后，成了枉然。死者如此渺小。再后来，瓦莱里有权审阅这批文稿，五年间，从未出版，不容置疑的重要内容不断曝光，呈现出惊人的规律性，搞得好像马拉美生前不如身后写得多。

我知道阿波利奈尔的论调："全得出版。"这话有很多意思。表明了深层的意愿：从隐藏地带步向光明，从秘密步入揭示之道再无秘密，从"你这个个体"趋向公众的表现。这并非一条规定，也并非原则。而是威力，无论谁受其摆布，都将奋笔疾书，越反对、越抗议，就越坚决。同样的威力，证实了作品去个人化的色彩。作家对作品无任何权利，面对作品，他一无是处，总是早已死亡，总是删除不剩。作家的意愿，无计可施。作家死后无视他的意愿，如果我们认为这样妥当，那从逻辑上来说，作家生前，也不该成为考虑对象。然而，作家生前，情况明显全然相反。作家想出版，出版社不同意。但这还只是表面。想想那神秘莫测、友好、顽固、非同寻常的力量如何左右我们的意志，逼迫我们一写再写、出版了多少心不甘情不愿的内容。可见又不可见的威力，总在那，根本不顾我们，突然袭击，就从我们手上夺走了我们的文稿。生者又何其渺小。

这威力，到底是什么？既非读者，也非社会，不是国家，也不是文化。给它一个名字，让它在非现实中实现，这就是马拉美的问题。他喊它"大写的书"。

拉美一以贯之地密切关注。一段时间以来，我们已经开始意识到，马拉美并非总笼居于罗马街自己的沙龙。他也过问历史。他想知道，普遍行为——以政治经济为基础，从作品出发的行为（"约束下的行为"），这二者间的关系。观察到"时代"对作家而言或许始终是条"隧道"，是间隔期，相当于两个时间点间隔的时间，他表达了这样的观点：如果形式永远都只能部分有利，千万不要拿关乎书籍完整度的极致艺术结论冒险，最好细细玩味，不给历史任何可趁之机，绝不改动丁点迎合时代，相反，要凸显和时代的冲突，撕破时代，以求光明。所以作品必须是种意识，意识到"时间"与"文学游戏"失调，而失调也是游戏的一部分，就是游戏本身。①

马拉美也没少关注他那时代文学遭遇的主要危机。终于再无人视他为象征主义诗人，就像再无人将荷尔德林与浪漫主义联系到一起。象征主义不可能再生波澜，当他在《音乐与文学》中以最明确的方式表述危机，先是三十年前的个人危机，然后凭理智加以转变成历史的危机，特属于那代人的危机："……算在这代人头上的动荡不安，令写作行为探索直抵源头。走到相当靠前的一点，至少，对于这一点，我说：——要知道有写作之地。"稍后："文学这回事，是否存在……极少浮现的谜团，在夜里暗淡，恰如我所做，我冲动地想说什么，疑虑突然而至捕捉到这谜团。""离奇的催促"，我们清楚他如何回

---

① 《作品全集》，第373页。

答:"——对,文学存在,如果我们愿意,文学,孑然一身,一切不再。"

大写的书的计划与完成,显然关乎这根本的质疑。文学要想从根本上得完整构思,必须剥除可能性条件、惯常的条件,以此经历出发。马拉美亦然,如果他构思大写的书,那必在感觉"写作活动引发极端不安之状"后笔耕不辍时,因为那时,写作对他而言再非可能的活动。"暴风雨,献祭。"只是,暴风雨中,一切文学惯习不再,文学迫于无奈寻觅根基,根基处,两口深渊相交,所以只会引发另一次动荡。马拉美目睹这一切,惊诧不已;"我确实带来些新的……前所未有。就已经触到了诗句。""统治变了:碰都不碰诗律学。"就是这类事件,在他眼里,必从根本上决定历史。历史转向,因为文学翻天变化,文学只在彻底自我怀疑、自问直"抵源头"时才能得以建立。变化,首先就表现为对传统格律的质疑。

严重一击,对马拉美而言,为何? 不得而知。他一直肯定——此为他一贯的坚持——无论何地,韵律在,诗就在,唯一重要的,就是发现、掌握存在充满韵律的缘由。他承认,一切要走向言语,必先打破文学重要的韵律。但同时,谈及现已遗忘的诗律学,他就说到诗的停顿,诗不慌不忙,经过间隙,仿佛传统诗句以错误标志着断裂,脱离了诗歌本身。这一切都让我们预感,打击身为"卫士"的韵律对他而言如何惊天动地。然而,最后他写的还是"诗"。根本的诗(而非散文诗),但第一次也是唯一一次打破了传统:不仅顺应断裂,还有意奠定新的艺术手法,仍在路上的艺术以及艺术一般的未来。重要的决定,这首诗本身,也具决定意义。

2. 重新理解文学空间

如果(稍显大胆)承认马拉美总有办法以传统诗"逐字"攻克偶然,就会发现《骰子一掷》中,占上风的核心诗句表达着不可战胜的偶然性,对应地,就要抛开一切无关偶然的形式——古诗。"偶然一掷不会改变偶然",这一句仅道出了新形式的意义,传达着新形式的内涵。但,凭此,诗歌形式、支撑诗歌并贯穿诗歌的表现内容互相关联时,诗句就成必然。打破常规诗没有解放偶然性:相反,偶然性得以确切表达,遵从形式精确的法则,形式与偶然必相互回应。偶然性就败于此,至少落入严谨的言语中,拔高成固定形式自我封闭。由此,一切重演,仿佛因为矛盾,必然性不再那么必然。

通过扩散聚合而成

《骰子一掷》也同样坚定地表现着自己构成的作品,一旦成为作品,诗就变成眼下或仅仅属于未来的现实,既不属于未完成的过去,也不属于不可能的未来,就在这双重否定中,诗就在极远之处,拥有独特可能的远方。如果我们要求确定性——确定性只能决定真实的造物,那么一切只会扼制诗歌的萌芽。《骰子一掷》,我们的手、眼睛、注意力证实了它确定在场,但它不仅不真实、不确定,而且存在也需要条件:给偶然性法定身份的普遍规则,在存在的某一区域,打破不再,在那,必然、偶然的一切都因荒野之力一败涂地。所以大写的作品不在那,而与始终在上的一切同在。《骰子一掷》要成为大写的书,必须表达出自身极端、精致的不可能性,包括那星宿的不可能性,那星宿,为独特的可能(无其他证明,除了天之空,深渊的消散能力),投射于"空而至上的表面":诞生了仍然未知的空间,作品的空间。

此时就极其接近大写的书,因为只有大写的书,在宣告、等待自己成为作品,没有其他内容,除了自身充满无限问题的未来,总超前于存在,不断脱离、分离以便最终成为脱离、分离过程本身。"警惕、怀疑、翻滚、闪亮与沉思",说到这必须停下看看这五个词,就依靠它们,作品用自己特有的方式不断生成,不可见。这五个词,极端纯粹有着神奇的煽动力,在不定限的张力下——张力下,酝酿着新的时间,纯粹等待、关注的时间——召唤同一思想,让思想在诗歌活动电光一闪中睁大眼睛。

当然我不会说《骰子一掷》就是大写的书,了解大写的书的需求,这样的论断就显得毫无意义。但,比起谢勒曝光的那些手稿记录,这首诗给了大写的书更大的支持和现实,《骰子一掷》在为大写的书储备,是它始终隐藏的存在,表现出它关键的风险,是它没有尺度的挑战的尺度。它有大写的书的根本特征:存在,有如闪电一般——闪电劈开它又让它聚合,但存在地充满问题,以至于今天,哪怕就我们一群对一切陌生事物见怪不怪的人而言,它也依然是最不可能的存在。我们可以说,或多或少我们近似于马拉美作品的幸福,却区别于《骰子一掷》。《骰子一掷》宣告的书,迥异于仍然属于我们的书:让人预感,我们仍按西方传统称作的书,只需来来回回顺着往下看就能理解的书,唯一的价值,就是便于分析理解。说到底,必须清楚:即便手头的书,构思极端枯竭,我们仍然阅读,上千年来,仿佛我们所做,仅仅是开始学习如何阅读。

既在无限扩散,又处在压力之下,压力能通过发掘最复杂的形式,"聚合"无限的多样性,《骰子一掷》就这样趋向书的未来。黑格尔之后,马拉美说,思想"挥发着扩散"。采集思想的书,迎来极致能力——爆裂,以及无限的焦虑,书无法遏制的焦虑,祛除一切内容,一切有限、确定、完整的意义。分散的活动,永远不能遏制,而应原样保存,迎至一个空间,以分散活动为基础凸出的空间,分散活动只能回应这空间,回应这无限多样的空,在那,扩散有了统一的形式和模样。这样一部书,不断变化,不断逼近扩散的极限,也将从各方聚合而成,通过扩散,依照至关重要的分离趋势,书,并不废除分离活动,而是维持它让它显现以便自我完成。

《骰子一掷》诞生于对文学空间新的理解,借由新的活动关系衍生新的理解联系。马拉美一直清楚,在他之前或者在他之后都无人了解的事实:语言是一个系统,由无比复杂的空间关系构成,无论寻常的地理空间,还是实际生活空间都无法像它那样独特。我们无法创造,无法创造性地讲述,除非预先走近极端空置的地方,其中,语言,在表达前,在确定之前,是各种关系默无声息的活动,这意味着"对存在进行格律分析"。言语的存在,永远只为指向言语间的关系范围:各种关系投射的空间,一经划定,便折叠、合拢,再非现在所在①。诗性空间,语言的源头与"结果",从来都不似事物;而是一直"在合成、扩充空间"。所以一切引他向此地独特精华的一切,在他看来都趣味盎然,比如戏剧、舞蹈,不要忘了思想及人类感情的本义皆在于打造"一席之地"。"所有情感跳脱你,延展为一席之地;或消融于你,与一席之地合而为一。"可见,诗意的情感并非内在感觉,未经主观动过手脚,是陌生的外在,在那,我们被抛离自身。所以他补充一句,似舞蹈:"围绕着裸露,纷繁地散开,宏大,各种矛盾飞翔,裸露在其中控制,暴风骤雨中,翱翔着称颂裸露直至消散:核心……"

---

① 在这里可点明一下海德格尔对语言的关注及理解,他看语言,迫切到极端,涉及单独考量的字词、集合的字词、认识中基本而动荡的字词,甚至形成及存在过程中让人听到的一切,——却从不考虑字词关系,更勿论字词关系推导的原有空间,而原始活动只可能让语言看似原有空间的铺展。对马拉美而言,语言并非出自纯粹的字词,而是不断令字词消失的一切,是出现、消失间晃动的活动。

我们断定马拉美不知因何缘由创造了这门新语言,谢勒过去也仔细研究过这语言,它严格,旨在以新途径打造特属于语言的空间,我们其他人,写日常散文、用文学之时,都将这空间缩减为普通平面,上有统一、不可逆转的活动。这空间中,马拉美重塑深度。一个句子不再满足于线性地展开;而是敞开;以此开口,句子的多重活动、言语的多样韵律层层叠起、发散,合成空间然后收拢,成就不同的层次,无论句子活动还是言语的韵律,一个个按固定、确定的结构,相互关联,即便无寻常逻辑——无从属关系,寻常逻辑会摧毁空间、规范活动。当得上深刻之名的,马拉美当属唯一。深刻,不因譬喻,而凭他所说透出的思考深度;因为他所说,推导出一个多面空间,所以要听到他所说,必依随空间的深度变化细细领会不同的层次(另外,我们总是脱口而出:"深刻吗?"又想说明什么?意义之深,在于向后的步伐——后退,意义引我们后退到意义之后)。

《骰子一掷》感性地呈现着这个全新的空间,诗化的空间。作品中的虚构,似无他想——洪水的考验中,一些形象由生到筋疲力尽,愈加暗示性地指向越来越远的空间——就是要消解一切真实的范围,形成"深渊般一致的中立",以此到达扩散的极点,只剩地点:"无",有如无事发生之地。这是否就是《伊纪杜尔》竭力抵达的永恒虚无?不,是因缺席而生的不确定的晃动,是"哪有什么潺潺水声","在那浪涛拍去的海岸真实的一切全部溶解",扩散却永远无法消解扩散的活动,扩散始终在不断进行,在某地越走越深。

然而,就是此地,深渊"大敞之深",反转成绝无仅有的海拔,缔造了另一深渊——空空天之渊,形成星宿的模样:无限扩散,又聚拢于确定的繁星中,诗中,文字只是空间,空间有如纯粹之星,光芒四射。

诗歌空间与宇宙空间

很显然,如果说马拉美优选宇宙方面的词汇阐发自己的诗歌思想,这不仅受爱伦坡的影响(《我发现了,言语的力量》),更因创作空间要求如此,创作者,无限空,空在无限跃动。《悲哀的祝酒》里的对话让我们预感马拉美会如何恰当地形容人类:人类是条地平线上的存在;需求远方,远方就在他的言语中,言语不断扩大空间,甚至以死相抵,他一开口,就与这空间合一:

> 虚无问不复存在的前人;
> "地平线的回忆,你说,何为大地?"
> 梦在嘶吼;光怪陆离之声,
> 空间玩世不恭,答说:"我不知道!"

帕斯卡面对空间永恒的沉默,惊恐,儒贝尔看天空空无限,陶醉,马拉美介于二者,让人类有了新的体验:空间有如道路,不断接近"另一"空间,创作之源,冒险的诗歌活动。如果诗人注定焦虑,担心不可能,意识到虚无,悲苦之时——属于诗人的时间,"间隙之时,国无一主之时",就别将我们的意图付诸现实,绝不能给马拉美戴上禁欲的面具,也别简单地把他看成一个清醒、绝望中斗争的战士形象。如果一定要选个空泛的哲学词汇来形容他,"悲观主义"绝不合适,因为他的诗,总站在快乐的一面,兴奋地表现着,每一次他不由自主就站在了那儿。《音乐与文学》中著名一句,道出的恰是这快乐;"文明的伊殿"(civilisé édennique)①,给二十四封信件关照,保有怜悯之心,信与信存在着意义关系,"超越其他优点,拥有快乐元素,快乐既是主义,又是地带"。"地带"让我们想到"栖息地"。烦不胜烦回信某一人时,马拉美说,诗,"让我们真实地栖居"②我们得以真实栖息的地方,只有那,诗歌发生、引发之地。这接近世人归于荷尔德林的那句(后来某篇颇具争议的文章将此话归于荷尔德林):"……人,诗意地栖居。"荷尔德林还有一句:"但栖居者,诗人所创。"以上一切,我们统统想到了,但我们所思,或无法对应因海德格尔的评论而流传的解读。因为对马拉美而言,诗人所创的空间——言语的深渊,无

---

① Édennique:马拉美没按常规拼写 édénique,法语,伊甸。
② "诗,以回归根本韵律的人类语言,表达存在各方面的神秘意义;诗歌让我们真实地栖居,诗歌成为唯一的灵魂任务。"《理查德·瓦格纳,一个法国诗人的遐思》中:"人类,真实地栖居于大地上,人与真实的栖居相互证明。"

法栖居,真实的栖息地并非庇护所,保护不了人类,却因海难、漩涡,关系着暗礁及"无法忘却的危机",唯独"无法忘却的危机"允许抵达变化运动的空,其中,创作的任务起航。

马拉美赋予诗人义务:"像俄耳甫斯那样解读大地",给大写的书任务:"解读人类",一再重复"解读",他意欲如何?就是"解读"的本义:铺展大地和人类,在歌唱的空间。并非原样认知大地或人类,而以发展的目光看——脱离既有的现实,看神秘、无法看清的部分,借用空间扩散的力量,以及人类、世界充满韵律的生成过程中聚合的力量。因为诗歌的存在,宇宙不仅仅有所变化,而是翻天覆地从根本上变,实现大写的书,只能发现或给这个变化意义。诗歌,总开创"他物"。与真实相比,可用非真实("不存在的国度")形容诗;与我们世界的时间相比,它"无人统治""永恒";与更改自然的行为相比,它是"限制下的行为"。但这些形容只会让人在理解"他物"时再次落入分析式理解。

另一点也很重要。《悲哀祝酒》,十四行诗《阴影开始时》,《骰子一掷》,构成三部作品,间隔二十五年,等量齐观,一致关乎诗歌与宇宙两空间。但三首,区别甚大。有一点相当震撼。十四行诗中,最确定不过诗歌空间,它在天空中闪耀有如"欢庆的星辰":满溢尊严、至上的现实、阳光的阳光,围绕着它,真实繁星的"生动火焰"旋来转去只为见证它的光芒。"对,我知道……"但,《骰子一掷》中,什么都不再确定:遥不可及,无以实现,高超的海拔上屹立起特殊性,无法在场,只能一直存于未来,只有未来允它成形,作品的星宿存在前已遭遗忘,无法宣告自己。那是不是就得下结论,揪心地疑惑,马拉美几乎不再相信作品的创作,及等价的作品星宿?是否必然眼睁睁地看他再无诗歌信仰走向死亡?实际上,这么假设符合逻辑。但确切说这么想,显然是拿逻辑扯弥天大谎,竟然企图拿逻辑为"他物"定规立法(逻辑费心耗力要以"他物"打造一个超脱世俗的世界或另一个现实,精神的现实)。但《骰子一掷》所说完全不同,其志之坚远甚十四行诗,让我们投身更本质的未来,道出了一个毅然决然的决定,为创造的言语。马拉美自己,不再让作品拥有确定,确定性独属于事物,而让我们身染确定性,以这唯一的视角召唤确定性,仿佛在等待更远更无法确定的一切,如此看来,马拉美深信作品的呈现能力。(不确定地)言说以传达:怀疑,是对诗歌的确信,同样,无法证明作品让我们更接近作品自身的证明——那五个词"警惕、怀疑、翻滚、闪亮与沉思"托付思想进行的证明。

作品与生成的秘密

诗在未来:诗来自未来,尚在未来时,诗不断朝我们走来。世界时间让我们成为另一时间的主人,这另一时间,关乎言语,当言语通过对存在的格律分析,揭示铺展自我的空间时。其中,看不到任何确定性。遵循确定性、可能性低等形式的一切,绝不可能走向"地平线",也无法与唱出声的思想同行——唱出声的思想以"警惕、怀疑、翻滚、闪亮与沉思"之法,玩味偶然。

作品是对作品的等待。去个人化后,以语言特有的空间为道路、为地点,全情灌注于这唯一的等待。《骰子一掷》是未来之书。马拉美清楚表明,尤其在序言中,《骰子一掷》就要改变空间及时间活动的关系,以此将其表而出。空间不存在,而按动态写作的纷繁形式,"抑扬顿挫""靠近""消散""休息",祛除了寻常时间。在这空间——书本身的空间——,绝无时间的上下承接,时间绝不会以可逆转的方式水平铺开。空间里,绝无过去可能发生过的事,即便是虚构。历史被假设代替:"或许……"诗歌不从已然发生、历史事件一般或虚构上真实的事件出发:让诗歌出发的事件,无其他价值,仅关乎可能引发它的思想及语言的各种活动,思想及语言以"退、延伸、逃离"的方式形象体现,仿佛另一语言,构建起空间与时间的新游戏。

必然模棱两可。一方面,我们企图赶走历史,让均衡关系、互利关系取而代之,探索中,两种关系马拉美都有大量使用:"如果此即彼,那彼即此",这话可在他身后出版的手稿中看到,还有:"同一主体的两种不同选择,非此即彼——(并非按历史的发展先后出现,始终是智力上的同时选择)。"他遗憾十七世纪的法国,不到希腊和罗马的回忆中找悲剧,却往笛卡尔的作品里找,无果(笛卡尔与拉辛合一:瓦莱里尝试回忆这样的梦,稍显浅薄),同样的道理,他尝试模仿严谨的几何手段,以期语言脱离感性承接的过程、为自身关系做主。但这只是模仿。马拉美并非斯宾诺莎。他不让语言几何化。"或许"已足够。自从"一切缩略地发生于假设中,人们避开叙事"。为何避开叙事?不仅因为排除了叙事时间,还因为不再讲述,而是展示。我们眼前一亮,这就是马拉美想要引以为傲的创新。第一次,思想及语言的内部空间以感性的方式呈现。"精神上……的距离隔开字词群以及群与群之间的字词",距离是看得见的活字印刷,呈现着这些词汇的重要性、表现力、加快关系的过程、聚拢分散的过程,最后再现文字指代的事物,靠的是文字气质和韵律。

结果,强劲的表现力:的确惊天动地。但惊人也因马拉美在这点上自我矛盾。他原先极其重视语言缺席时非真实的力量,如今却将一切存在和一切具体现实交付语言——原先负责驱散一切存在即具体现实的语言。"抽象无声的腾飞"转变成文字勾勒的可见风景。我再不说:一朵花;我以词语描绘。矛盾既在语言中,又在马拉美对待语言的双重态度上:过去总强调、研究这矛盾。《骰子一掷》还能再告诉我们什么?《骰子一掷》中,文学作品悬于自身可见与可读的存在间:是必读的乐谱,是必看的画作,因为在两者间摆动,文学作品试图以360度、同时性视觉丰富分析性阅读,以变化活跃静态的视觉,最后倾尽全力置身交叉地带,在那,听即看,即读,同时身处尚未接缝的地方,让诗仅占有核心的空无,核心的空无,勾勒着绝无仅有的未来。

马拉美想维持在这一点,原先的点——思想产生前的歌唱①,在那,一切艺术皆语言,一方面,语言祛除存在凭此将其表达而出,另一方面,语言将存在的外貌聚集在自己身上以期意义不可见的部分得到形式、动态地说话,语言就在这两边摇摆不定。如此动来摆去,就是语言特有空间的现实,唯独诗——未来之书——才能表现运动和时间的多样性,运动和时间构成语言,令它仿佛意义,细心保存,让它仿佛一切意义的源泉。读着,仿佛也看着,看着,仿佛透明中也读到了,如此同时往返两边,合成了理解,而书,就集中在此般理解之中。但同时,书始终偏离自己,因为书,是既存在又运动变化的作品,不仅如此,还因为作品给了生成过程一个载体,决定着它,反过来,生成的过程将作品铺展开来。

作品没向我们借时间。作品的时间,由作品自己生成,就在作品中,是人类思维所创最动荡不已的时间。说"这一"时间,仿佛仅有一种时间形式,这就埋没了此书最大的谜,不解此书不竭的吸引力。即使没做细致研究,也能明显看出,"现在虚假的表面下",缤纷的时间可能不断重叠,并非混乱的杂合,而是适于作品的整体(双面最常见),其他时间也会形成这

---

① "早于思想,生就有源泉,其间,歌声迸溅而出……"

样的整体,整体与整体合成组,形成另一时间结构并占主导地位,——而"同时",仿佛一强劲力道直穿正中心,一个核心的声音,坚如磐石般回荡于整个作品,那声音中,发声的是未来,永远否定的未来——比如"未来绝不废除"——,否定,却同时向两个方向延伸:一个方向,站在过去推测将来可能完成的动作,排除一切行为只看尚未完成的表面——比如"将来可能不会发生"——,另一方向,朝向全新的可能,因而否定一切,依托于否定,作品还将继续狂奔向前:到达绝无仅有的时间,攀升可能的纬度。

阅读,"手术"

大可以问一句,马拉美是否没想着通过阅读呈现作品,毕竟作品中上演的时间叫人无法抵达作品。他排除读者,却排除不了这问题。相反,隔开读者,更凸显了阅读的问题。马拉美深思细想过。所以他说"绝望的实践"。书的交流——作品以适于自己的方式生成,作品就与这尚在生成的自己交流,这就是马拉美身后出版的手稿带来的新启示。无作者、无读者之书,并不必然封锁,而是总在运动变化,那它将如何按照构成自己的韵律自我呈现,如果某种程度上它无法跳脱自己,也无法找到外面无法联系起自己的距离、无法回应自身内部动荡的结构?所以需要一个中间人。阅读。这里所说的阅读,并非某一读者进行的阅读,读者总倾向于使劲拉作品往自己偶然的个体靠。马拉美或许就是那个声音,代表着根本的阅读。删除了作者的身份自我消失后,就与大写的书时隐时现的本质产生了关联,包括大写的书自我交流时不断摇来摆去的动态。

这一中间人角色,相当于乐队指挥或弥撒时的神甫。但,如果说他身后出版的手稿倾向于给阅读神圣仪式的特色,像似魔术、戏剧、天主教礼拜,那就得记清楚,马拉美,并非寻常读者,他有意识地不让自己成为握有特权的普通读者,他能够评论文本,让文本从这个意义走向那个意义始终在所有可能的意义间往返。他并非真正的读者。他就是阅读:运动变化的交流活动,让书自我交流的活动,——因为书是活动页构成,所以必然产生了多样的有形交换活动,首先就按如此纷繁的可能自我交流[1];其次,语言整合各方各法、各种艺术打造出对文本的理解,所以第二步,按这一理解新的活动让书自我交流;最后,借由绝无仅有的未来,由此开始,书走向自己,走向我们,将我们置于空间与时间至上的游戏中。

马拉美称阅读为"手术"。阅读,像诗,是"手术"。然而,他既保留了"作品"一词的含义,又借用了近于外科手术的意思,而外科手术的意思又是他讽刺地从自己技术感极强的笔

---

[1] 按手稿所说,大写的书由活动页组成。谢勒说,我们可以换着顺序读,并非随便乱翻,而按排列原则确定下不同的几种顺序阅读。书总是那样,因为自身每个部分万花筒般缤纷,所以总是变化莫测,所以无法线性阅读——以唯一一个方向阅读。并且,大写的书,铺展开又合拢,扩散又聚合,没有任何稳固的实体:它从不在那,生成的过程中不断自我打乱。

锋中看到的:手术即删除,某种程度上就是黑格尔所说的"废除"(Aufhenbung,德语)。阅读即手术,阅读的过程是作品一边删除一边完成的过程,这样的作品,自我对峙中自我证明,自我呈现时自我悬空。在他身后出版的手稿中,马拉美坚持阅读必波涛汹涌、大胆无谓。波涛汹涌,因为死于窃取了书拥有作者的权利,书,再无可能重现变作寻常读物。危险,也来自交流本身:就连作者本人,身陷这风险与考验并存的活动,也无从提前知晓书为何样,无论书的现在,还是它的生成过程——书以无限的删除过程不断生成,以此回应生成的过程,不论这生成过程从现在开始有意义还是永无意义。"警惕、怀疑、翻滚、闪亮与沉思",时间大起大落时,表达出无限的交换,作品生成,那最终,作品是否将撞到那一刻:一切完结,剩下的时间先于书飞逝,提前将"祝圣的终点"摆在书的面前让它一动不动?所有时刻,就在最终的完成过程中停滞,没有终点的终点。难道这就完了? 一到不动点,看着作品是否就像全天下将死一般,而读者看文本时总有点类似的感觉?

纬度,可能

停止点,或停止点之外,《骰子一掷》告诉我们,仍有话要说,坚不可摧呈现出的一切,仿佛整本书的概述和"结果",借这毅然决然的话语,作品在呈现中消解:"骰子一掷散落一切思想。"隔着一条粗线,出现这一句,仿佛极端地孤立出这话,让句子难以定位。最后这句,带有总结的意味,让人无法说再多,但这话本身似乎已经溢出诗外,超出了诗的界限。话里的含义,将思想与偶然、拒绝命运与召唤命运、玩乐的思想与思想的游戏相连,试图在一个短句里掌握可能的一切。"骰子一掷散落一切思想。"是结束也是出路,是看不见的通道,其上,以星体的形态展开的活动不断结束、不断开始。一切终结,一切重又开始。大写的书就如此,谨慎地呈现于"生成"过程,反过来,"生成"或许就是大写的书的意义,意义或许又在循环地生成①。结束即作品的起点、全新的开始、一再的重复:再一次敞开可能,再掷一次骰子,也让主导的言语再吐露一次,让大写的作品始终无法完成——"骰子一掷,绝不会"——,让最终的洪水再来,洪水之深,一切已然消失其中:偶然、作品、思想,除了(大写,诗也有)"纬度",可能(大写)……

---

① 此处用"或许",因为关键所在——诗歌循环的生成过程,并不开始于《骰子一掷》最后一句开头"骰子"一词。看此诗,我们心下感叹,多少书的概念、作品概念、艺术概念实在无法回应此诗中隐藏的所有可能。如今,绘画总让我们预感绘画竭力创造的产物不可能再是作品,而想回应我们仍无法命名的事物。文学亦然。这首诗,无论我们怎么看,所呈现的或许绝非真实的未来。这首诗,无论我们怎么看,贫瘠也好、丰富也好,它所关乎的未来,无法凝固于旧结构维持的传统中。

权势与荣耀

我想总结几种表现,简单定位一下文学与作家。

曾几何时,作家,艺术家也如是,与有荣焉。作品行赞美之事,荣耀,作家一手创造、双手赢回。荣耀,按古时义,表示让某一(神圣或至高无上的)存在发光发亮。里尔克仍坚持,赞美,并不意味着让人了解;荣耀,彰显着存在,所彰显的存在向前走进壮丽,挣脱掩盖物,因为发现的真实表现得以确立。

荣耀之下,才有名望。名望紧随姓名。有能力命名、让人听到他所名的人,有特权命名、得享取名之力、拥有名字给予的危险安全感(被他人命名有危险性)。理解,依赖于反响。永存于文字的言语,有希望不朽。作家,部分关联着战胜死亡的一切;作家,无视暂时之物;身为灵魂之友,讲精神,担保永恒。众多批评人,至今仍真诚地相信,艺术、文学的使命,就是让人类永恒。

名望之下,声名次之,正如真理之下观点随之。为声名,出版的行为——出版——就显得尤为重要。可以简单地理解为：作家为公众所知，就有了名声，他竭力体现自身价值，因为他需要有价的金钱。但，什么才能唤起大众，什么能招揽价值？广告。广告本身也成了门艺术，所有艺术的艺术，重中之重，因为广告决定了谁将决定一切。

这就进入了一个考量过程的先后问题，在过程先后方面，挑起论战也简化不了。大众作家。出版，让自己进入大众视野；但进入大众视野，并非简单地将私密事物曝光于大众，并非单纯移动下位置，把某地——内心深处，密闭的房间——开放给另一地——外界，大街。再不是揭露某一特定个体的消息或秘密。"大众"，并非大量人群汇成，也非小众读者的合成，大众，为自己而读。作家爱说，写书为某一位密友。愿望注定落空。大众之中，没有朋友的位置。不留一点余地给特定个人、家庭、族群、阶层、民族。个人不牵涉其中。所有世界归属于大众，不仅人类世界，而是所有世界，一切事物及事物之外的存在。由此，审核再严苛，对命令的忠实度再高，作为一种权利，出版的行为，也有可疑、糟糕的一面。因为出版，形成了大众，大众始终无法确定，能避开最铁定的政策方面确定的因素。

出版，并非出书让人读，也不是不挑不拣一概让人读。大众的，根本无需他人来读；大众的，总是提前已然为人全面所知，无需再做拓展。大众总睁大着眼寻寻觅觅仍旧饥渴，却始终心满意足,因为无需关注就发现一切都兴趣盎然,所以大众的兴趣在运动变化,我们一度决绝地以贬义形容之。去个人化后的大众力量,确实以松散、固定的形态,仿佛障碍和资源,形成文学奋力前行的原点。就为抵抗无限制、不中断、无开始也无结束的言语,抵抗它也为得它助力,作者得以表达。就为抵抗大众的兴趣,抵抗分散、摇摆不定、普适、全知全能的好奇心,读者终于开始阅读,使出浑身解数跳脱第一眼阅读,第一眼阅读都是阅读前的过去印象:为抵抗第一眼阅读而读,同样,借由第一眼阅读开始阅读。读者、作者参与其中,读者负责中立的理解,作者,负责中立的言语,谁都想将中立的理解与言语悬置一时,好让位于更易理解的表达。

想想文学奖项的设立。从现代出版业及知识生活中社会及经济的构成来看,很容易解释。但,想想作家,几乎毫无例外,就算手头奖项再一文不值仍旧掩不住神清气爽,这就不是什么虚荣心作乐,而是早于大众理解形成交流前,一心渴望交流,这就得召唤深层、浅层的喧嚣,因为喧嚣中,有冥河斯提克斯河①在流淌,若隐若现、忽明忽暗,光天化日下涌入街头巷尾,势不可挡地吸引活人,仿佛活着的人已成阴魂,殷切地渴望留下记忆不被遗忘。

不为影响力,并非乐于被盲目的人群围观,也并非渴望不认识的人认识自己,而是转变无法确定的存在呈现于已然确

---

① 古希腊神话中冥河之一,为怒河、守誓河。——译注

定的大众面前,快乐!就是要降低无法捕捉的运动至手到擒来、伸手可及的现实。再低一点,能尽赏一出花边政治的大戏。但在这一层游戏里,作家没好果子吃。论提及的频率,鼎鼎大名之人,抵不过广播里日日出声的传话筒。如果渴求的是智识,此人必定清楚,智识早晚殆尽于无意义的知名度。我相信,无论作家还是其作品,无欲无求。但,出版的渴望——走向外存在于外界,敞开向外,外泄到我们的大城市中分解——属于作品,仿佛回忆,追忆着作品诞生的活动,这活动,作品必须不断延伸,又想彻底超越,每一次一旦作品完成,活动即终结。

"大众",应理解为"外面"(始终原地不动的吸引力,不远不近,既不熟悉也不陌生,没有中心,类似于空间,包容一切也一切不留)的统治,改写了作家的归属。作家,无关荣耀,也无关名望,宁可追求无名,他一抛不朽的欲望,逐渐瓦解追逐权势的野心,第一眼看,这方面不太明显,说到追求权势,巴雷斯与泰斯特就是两个极其典型的类型,前者善用自身影响力,后者恰恰相反,拒不使用。有人会说:"有史以来就现在的作家爱掺和政治。瞧他们签的那些请愿书,看他们心急火燎地自认权威要审判一切,就因为他们动笔写了几字儿。"的确:两个作家见了面,闭口不谈文学(真是幸运),开口第一个字,总是政治。但有那么一群作家,决然无心担任个什么角色、体现个权力、践行什么法官权,相反,惊人的谦卑、不显山露水,离个人崇拜更是远之十万八千里(单凭这点,总是立马就能一分现代作家、过去的作家),我以为,这样的作家,站在大众操心的范围边缘,一心追求另一种交流——不断有召唤邀他尊重某一交流,而他所要,是这交流前的另一种交流,这样的作家,只会在外界簌簌发抖,但他越是战栗,越深受政治的吸引。

情况可能更糟。会有"什么都要问个为什么的**好奇鬼**、凡事都要聊上一聊的**侃爷**、全知全能的**掉书袋子**,事事通、样样晓,一动抖一身,某事某物才出现他就立下断言,让人根本赶不上节奏搞不懂到底怎么回事:我们已经全都知道了",迪奥尼斯·马斯科罗谈"法国知识界的悲哀①"时就说过这类人。马斯科罗还说:"这些人什么都知道,聪明、好奇,什么都懂,马上搞懂这个又有时间想其他。他们什么都不懂……这些早就什么都懂了的人,快让他们承认吧,已经出现了新的事物!"这一描述,也能让人看到大众存在的迹象,只是多了份控诉、专业、打击的意味,大众的存在,中立的理解,无限敞开,细嗅中、预感中理解,理解的过程中,整个世界摧毁了一切价值评判,以此了解到来之物、已然决定了一切。这显然更糟。但也由生新的境况:作家,某种程度上迷失了自我的存在,无法确定自己,他所经历的考验,是仍旧未定、强大又无力、完整又无价值的交流,此时,作家,恰如马斯科罗妙言"减到无能为力","但也减到简单"。

---

① 迪奥尼斯·马斯科罗《波兰人信札,论法国知识界的悲哀》。

可以说,如果今天作家关心政治,急进之势惹专家皱眉,但也没继续过问政治,而在关注一种难以发现的全新关系,作家与文学语言都想在接触大众时唤醒的新关系。这就是为何,谈政治,所说已在政治之外。伦理;谈伦理时,实际说的是本体论;讲本体论,实则论诗;最后,论文学,论"文学绝无仅有的激情",实际落回到政治,落回"政治绝无仅有的激情"。变来变去,让人沮丧,但还能再一次衍生更糟的情况:空洞的言谈,高效之人不忘以拜占庭风格及"智识"形容(如果形容词无法掩盖有权之人惹人厌的缺点,形容词本身自然也划归到无聊的絮叨)的空洞言论。正如马斯科罗指明、确定的那样,象征主义已经向我们展示出如此变来变去的难与易、需求与风险,我们只能说,实在变来变去太复杂,始终不离焦虑,始终无法稳定让人筋疲力尽,不断扩增,让所有言语拒绝停滞于任何确定的表现内容。

必须再说一句,如果因为这样变来变去,作家偏离了一切专家职能,甚至无法当个文学家,更别谈专营某一文学体裁,那么作家反而成不了全知全能——十七世纪的老实人、歌德那样的人及不分阶层的社会人,为了就德日进的论述范围谈人类,将全知全能当幻想及目标摆在我们面前。总是提前就已经理解一切的大众,却撑不起任何恰当的理解,同样的道理,大众喧嚣,却容不下任何坚定、决然之声,少了这样的声音不断告诉我们言外之音(因为有了无休止、永恒的误会,就这点,尤内斯库允我们嘲笑一下),大众无确定性,摧毁一切群体、阶层,同理,与"出版了书"这一事实相关的一切震慑住作家,让他因此走向大众,正如俄耳甫斯步入地狱,作家就朝向了一个不属于任何人、任何人都无法听到的声音,因为这声音,总是说给另一人听,总能唤醒聆听之人身上的另一个自我,唤醒他别样的等待。世上无全知全能,没什么能让文学成普罗米修斯之力或神力,文学无权决定一切,除了被剥夺、无根的言语,它宁愿一言不发,也不假意说尽一切,一有言语,有所指向,必然还得往下降到更低,如果我们想开始说话。所以我们"知识界的悲哀",也包含着思想的境遇,因为贫瘠,所以让人预感:思考,就是不断学习尽可能少想一点、思考缺失,缺失也同样是思想,如果一边思考一边言说,就要学着保存缺失,将缺失带至言语,即便需要老调重弹絮叨不停,就像今天一样。

然而,当作家如此练习着,越来越操心如何匿名、如何中立成为大众的存在时,当他除此之外,似乎再无他想、看也不看其他地平线、想都不想不该他想的事情即便转一个念头也不愿多想时,又将如何? 当俄耳甫斯下到地狱探寻作品迎面而来另一条斯提克斯冥河:黑暗的分离之河,他必须以不定的目光迷住它。根本的经历,唯一的经历,他必须全身心一头钻入其中。重回光明,面对外界权势,他的角色只能消失,酒神派来的狂女将他撕碎,而斯提克斯河,光明下成了大众的喧嚣之河，河里漂着他碎裂的尸身，也承载着吟唱出声的作品，不仅承它载它，还想借着它自己也唱起歌儿，在它身上维持自身流动的现实、潺潺不断生成的过程，迥异于任何一条河流。

如果今天，作家心想下到地狱，却仅是上了个街，那是因为两条河、最基本的两类交流活动，彼此相交，趋于混合。原初深层的喧嚣——在那，道出了什么却无声无息，有什么闭上了声音却并无沉默——像极了无声的言语，无法理解所以总邀人聆听的言语，这才是大众"精神"、大众之"路"。所以作品总使劲想出版，存在之前就已在寻实现，不到适合自己的空间找，跑到外界凑热闹，外界的热闹似万花筒丰富，但，一旦你想占为己有，就会发现实在不可能也不可靠，危险得很。

如此混乱，绝非偶然。怪诞不经的混杂状态：还没写作，作家就已经出版，公众已在，听不到的有人传达，批评人在，评定的对象，全没看过，最后，读者也在，必须读出尚未成白纸黑字的内容。相当于每一次提前预料作品成形过程中纷繁的时刻，将其揉作一团，合起来共寻新的统一。所以丰富，所以悲哀，所以骄傲，所以卑贱，大肆宣扬却依然冷清孤独，这不就是我们的文学工作，但至少挺起了脊梁，不求权势，也不揽荣耀。

图书在版编目(CIP)数据

未来之书/(法)布朗肖(Blanchot,M.)著;赵苓
岑译.—南京:南京大学出版社,2015.11(2024.8重印)
(布朗肖作品集)
ISBN 978-7-305-15825-4

Ⅰ.①未… Ⅱ.①布…②赵… Ⅲ.①文艺评论-西方国家-现代 Ⅳ.①I106

中国版本图书馆CIP数据核字(2015)第209426号

Le Livre à venir
de Maurice Blanchot
Copyright © Editions GALLIMARD, Paris, 1959.
Simplified Chinese translation rights © 2015 NJUP
All rights reserved
江苏省版权局著作权合同登记 图字:10-2011-131号

出版发行	南京大学出版社
社　址	南京市汉口路22号　　邮　编 210093
丛 书 名	布朗肖作品集
	WEILAI ZHI SHU
书　名	**未来之书**
著　者	[法] 莫里斯·布朗肖
译　者	赵苓岑
责任编辑	芮逸敏
照　排	南京紫藤制版印务中心
印　刷	南京爱德印刷有限公司
开　本	850 mm×1168 mm　1/32　印张 11.25　字数 206千
版　次	2015年11月第1版　2024年8月第3次印刷
ISBN	978-7-305-15825-4
定　价	58.00元

网　址:http://www.njupco.com
官方微博:http://weibo.com/njupco
官方微信:njupress
销售咨询:(025)83594756

* 版权所有,侵权必究
* 凡购买南大版图书,如有印装质量问题,请与所购
　图书销售部门联系调换